笑林广记

[清] 游戏主人　[清] 程世爵　著

SPM 南方传媒
广东人民出版社
·广州·

图书在版编目（CIP）数据

笑林广记 / （清）游戏主人，（清）程世爵著．—广州：广东人民出版社，2024.5

ISBN 978-7-218-17463-1

Ⅰ．①笑… Ⅱ．①游… ②程… Ⅲ．①笑话—作品集—中国—古代 Ⅳ．①I276.8

中国国家版本馆 CIP 数据核字（2024）第 060596 号

XIAOLIN GUANGJI

笑林广记

［清］游戏主人 ［清］程世爵 著

出 版 人：肖风华

责任编辑：吴福顺

责任技编：吴彦斌 马 健

出版发行：广东人民出版社

地　　址：广州市越秀区大沙头四马路 10 号（邮政编码：510199）

电　　话：（020）85716809（总编室）

传　　真：（020）83289585

网　　址：http: //www. gdpph. com

印　　刷：天津丰富彩艺印刷有限公司

开　　本：880 毫米 × 1230 毫米　1/32

印　　张：11.25　　字　　数：270 千

版　　次：2024 年 5 月第 1 版

印　　次：2024 年 5 月第 1 次印刷

定　　价：39.80 元

如发现印装质量问题，影响阅读，请与出版社（020-87712513）联系调换。

售书热线：（020）87717307

目　录

笑林广记（游戏主人版）

[清]游戏主人　著

原　序

大块茫茫，流光瞬息，而其间覆雨翻云，错互变灭，几令天地为之戚容，河山为之黯色。抱此六尺躯，不能胸出智珠，廓清陷溺，犹自栩栩燕笑，徒资谭柄，是亦可慨也已。

虽然，文人游戏，为龙为蛇，无所不可。故虽满目荆榛，盈前矛戟，而清樽惟我，白眼由他，总付之哑然一笑，乌所论妍媸美丑耶？

主人秉异赋，倜傥英奇，不屑作小儒鞶帨态，弱冠即有志四方，足迹遍海内。故其闻见日益广，而谙练日益深，夫何颖秃研穿，径荒裘敝，而白衣苍狗，笑眼谁青？则又往往袭曼倩之诙谐，学庄周之隐语，清言倾四座，非徒貌晋人之风味，实深有激乎其中，而聊借玩世。此《笑林广记》之所以不辞俚鄙，闲辑成书，亦足见其一斑矣。

书为同人欣赏，久请付梓，而主人终以游戏所成，惟恐受嗤俗目，不敢问世。昨因访请甚虔，乃掀髯大噱曰：“知我罪我，吾亦听之，斯世已矣！”

且余壹不知天壤间何者当歌，何者当泣，第念红尘鹿鹿，触绪增愁，所谓“人世难逢开口笑”，不独余悼之戚之。苟得是编而一再流览焉，非拍案以狂呼，即抚膺而叫绝，或断淳于之缨，或解匡鼎之颐，言者无罪，闻者倾倒，几令大块尽成一欢喜场；若徒赏其灵心慧舌，谓此则工巧也，此则尖颖也，此则神奇变幻，匪所思存也，则供轚笑于当涂，博欢颜于叔季，壮夫之所不为，岂有心世教者之所取容求媚者哉？

余故于主人之镌是集而乐为序也。

掀髯叟漫题于笑笑轩

卷一　古艳部

升官

一官升职，谓其妻曰："我的官职比前更大了。"妻曰："官大，不知此物亦大不？"官曰："自然。"及行事，妻怪其藐小如故，官曰："大了许多，汝自不觉着。"妻曰："如何不觉？"官曰："难道老爷升了官职，奶奶还照旧不成？少不得我的大，你的也大了。"

比职

甲乙两同年初中。甲选馆职，乙授县令。甲一日乃骄语之曰："吾位列清华①，身依宸禁②，与年兄做有司者，资格悬殊。他不具论，即选拜客用大字帖儿，身份体面，何啻天渊。"乙曰："你帖上能用几字，岂如我告示中的字，不更大许多？晓谕通衢，百姓无不凛遵恪守，年兄却无用处。"甲曰："然则金瓜黄盖，显赫炫耀，兄可有否？"乙曰："弟牌棍清道，列满街衢，何止多兄数倍？"甲曰："太史图章，名标上苑，年兄能无羡慕乎？"乙曰："弟有朝廷印信，生杀之权，惟吾操纵，视年兄身居冷曹，图章私刻，谁来怕你？"甲不觉词遁，乃曰："总之，翰林声价值千金。"乙笑曰："吾坐堂时，百姓口称青天爷爷，岂仅千金而已耶？"

---

① 清华：这里指清高显贵的门第或官职。

② 宸禁：宫禁，指皇帝所居之宫殿。

发利市

一官新到任，祭仪门毕，有未烬纸钱在地，官即取一锡锭藏好。门子禀曰："老爷，这是纸钱，要他何用？"官曰："我知道，且等我发个利市看。"

贪官

有农夫种茄不活，求计于老圃。老圃曰："此不难，每茄树下埋钱一文即活。"问其何故，答曰："有钱者生，无钱者死。"

有理

一官最贪。一日，拘两造对鞫[①]，原告馈以五十金，被告闻知，加倍贿托。及审时，不问情由，抽签竟打原告。原告将手作五数势曰："小的是有理的。"官亦以手覆曰："奴才，你讲有理。"又以手一仰曰："他比你更有理哩。"

取金

一官出朱票，取赤金二锭，铺户送讫，当堂领价。官问："价值几何？"铺家曰："平价该若干，今系老爷取用，只领半价可也。"官顾左右曰："这等，发一锭还他。"发金后，铺户仍候领价。官曰："价已发过了。"铺家曰："并未曾发。"官怒曰："刁奴才，你说只领半价，故发一锭还你，抵了一半价钱。本县不曾亏了你，如何胡缠？快撵出去！"

---

① 两造对鞫（jū）：对原告和被告进行审问。两造，即原告和被告。鞫，审问。

糊涂

一青盲人涉讼，自诉眼瞎。官曰：“你明明一双清白眼，如何诈瞎？”答曰：“老爷看小人是清白的，小人看老爷却是糊涂得紧。”

不明

一官断事不明，惟好酒怠政，贪财酷民。百姓怨恨，乃作诗以诮之云：“黑漆皮灯笼，半天萤火虫。粉墙画白虎，黄纸写乌龙。茄子敲泥磬，冬瓜撞木钟。惟知钱与酒，不管正和公。”

启奏

一官被妻踏破纱帽，怒奏曰：“臣启陛下，臣妻罗唣，昨日相争，踏破臣的纱帽。”上传旨云：“卿须忍耐。皇后有些惫赖，与朕一言不合，平天冠打得粉碎，你的纱帽只算得个卵袋。”

偷牛

有失牛而讼于官者，官问曰：“几时偷去的？”答曰：“老爷，明日没有的。”吏在旁不觉失笑，官怒曰：“想就是你偷了！”吏洒两袖曰：“任凭老爷搜。”

避暑

官值暑月，欲觅避凉之地。同僚纷议，或曰某山幽雅，或曰某寺清闲。一老人进曰：“山寺虽好，总不如此座公厅，最是凉快。”官曰：“何以见得？”答曰：“别处多有日头，独此处有天无日。”

石碑

一官素有清名，考察任满，父老与之立德政碑告成。官命打轿往观之，先于公厂坐下。少顷，左右禀曰："请老爷看石（肏）碑（屄）。"

强盗脚

乡民初次入城，见有木桶悬于城上，问人曰："此中何物？"应者曰："强盗头。"及至县前，见无数木匣钉于谯楼之上，皆前官既去而所留遗爱之靴。乡民不知，乃点首曰："城上挂的强盗头，此处一定是强盗脚了。"

属牛

一官遇生辰，吏典闻其属鼠，乃醵黄金铸一鼠为寿。官甚喜，曰："汝等可知奶奶生日，亦在目下乎？"众吏曰："不知，请问其属？"官曰："小我一岁，丑年生的。"

同僚

有妻妾各居者，一日，妾欲谒妻，谋之于夫："当如何写帖？"夫曰："该用'寅弟'二字。"妾问："其义何居？"夫曰："同僚写帖，皆用此称呼，做官府之例耳。"妾曰："我辈并无官职，如何亦写此帖？"夫曰："官职虽无，同僚（屪）总是一样。"

家属

官坐堂，众役中有撒一响屁，官即叫："拿来！"隶禀曰："老爷，屁是一阵风，吹散没影踪，叫小的如何拿得？"官怒云："为何徇情卖放，定要拿到。”皂无奈，只得取干屎回销：“禀老爷，正犯是走了，拿得家属在此。”

州同

一人最好古董，有持文王鼎求售者，以百金买之。又一人持一夜壶至，铜色斑驳陆离，云是武王时物，亦索重价。曰：“铜色虽好，只是肚里臭甚。”答曰：“腹中虽臭，难道不是个周（州）铜（同）？”

衙官隐语

衙官聚会，各问何职。一官曰：“随常茶饭掇将来，盖义取现成（县丞）也。”一官曰：“滚汤锅里下文书，乃煮（主）簿也。”一官曰：“乡下蛮子租粪窖。”问者不解，答曰：“典屎（史）。”

详梦

一作吏典者，有媳妇最善详梦。适三考已满，将往谒选。夜得一梦，呼媳详之。媳问：“何梦？”公曰：“梦见把许多册籍，放在锅内熬煮，不知主何吉凶？”媳曰：“初选一定是个主（煮）簿。”隔数日，公曰：“我又得一梦，梦见你我二人皆裸体而立，身子却是相背的，何也？”媳曰：“恭喜一转，就是县（现）丞（成）。”

太监观风

镇守太监观风，出“后生可畏焉”为题，众皆掩口而笑。珰问其故，教官禀曰：“诸生以题目太难，求减得一字也好。”珰笑曰：“既如此，除了‘后’字，只做‘生可畏焉’罢。”

常礼

内相见人撒尿，喜甚，唤他过来一看。其人脱裤，见此物尚在撺动，内相拍掌大喜曰："我的乖儿，见我公公，只消常礼儿罢了。"

念劾本

一辽东武职，素不识字。一日被论，使人念劾本云："所当革任回卫者也。"因痛哭曰："'革任回卫'还是小事，这'者也'二字，怎么当得起！"

武弁夜巡

一武弁夜巡，有犯夜者，自称书生会课归迟。武弁曰："既是书生，且考你一考。"生请题，武弁思之不得，喝曰："造化了你，今夜幸而没有题目。"

垜子助阵

一武官出征将败，忽有神兵助阵，反大胜。官叩头请神姓名，神曰："我是垜子。"官曰："小将何德，敢劳垜子尊神见救？"答曰："感汝平昔在教场，从不曾有一箭伤我。"

进士第

一介弟横行于乡，怨家骂曰："兄登黄甲，与汝何干，而豪横若此？"答曰："你不见匾额上面写着'进士第（弟）'么？"

及第

一举子往京赴试，仆挑行李随后。行到旷野，忽狂风大作，将担上头巾吹下。仆大叫曰："落地了！"主人心下不悦，嘱曰："今后莫说落地，只说及第。"仆领之，将行李拴好，曰："如今凭你走上天去，再也不会及第了。"

嘲武举诗

头戴银雀顶，脚踏粉底皂。也去参主考，也来谒孔庙。颜渊喟然叹，夫子莞尔笑。子路愠见曰："这般呆狗醣，我若行三军，都去喂马料。"

封君

有市井获封者，初见县官，甚局蹐，坚辞上坐。官曰："叨为令郎同年，论理还该侍坐。"封君乃张目问曰："你也是属狗的么？"

老父

一市井受封，初见县官，以其齿尊，称之曰："老先。"其人含怒而归，子问其故，曰："官欺我太甚。彼该称我老先生才是，乃作歇后语，叫甚么老先，明系轻薄。我回称，也不曾失了便宜。"子询何以称呼，答曰："我本应称他老父母，今亦缩住后韵，只叫他声老父。"

公子封君

有公子兼封君者，父对子，乃欣羡不已。讶问其故，曰："你的爷既胜过我的爷，你的儿又胜过我的儿。"

送父上学

一人问："公子与封君孰乐？"答曰："做封君虽乐，齿已衰矣，惟公子年少最乐。"其人急趋而去，追问其故，答曰："买了书，好送家父去上学。"

纳粟诗

赠纳粟诗曰："革车（言三百两）买得截的高（言大帽也），周子窗前（言草也）满腹包。有朝若遇高曾祖，焕乎其有（言京章也）没分毫。"

考监

一监生过国学门，闻祭酒方盛怒两生而治之，问门上人者："然则打欤？罚欤？镦锁欤？"答曰："出题考文。"生即咈然曰："咦，罪不至此。"

坐监

一监生妻，屡劝其夫读书，因假寓于寺中。素无书箱，乃唤脚夫以罗担挑书先往。脚夫中途疲甚，身坐担上。适生至，闻旁人语所坐《通鉴》，因怒责脚夫。夫谢罪曰："小人因为不识字，一时坐了鉴（监），弗怪弗怪。"

不往京

一监生娶妾，号曰京姐，妻妒甚。夫诣妾，必告曰："京里去。"一日，欲往京去，妻曰："且在此关上纳了钞着。"既行事讫，妻曰："汝今何不往京！"生曰："毯也没有一些在肚里，京里去做甚么！"

咬飞边

贫子途遇监生，忽然抱住兜耳一口。生惊问其故，答曰："我穷苦极矣，见了大锭银子，如何不咬些飞边用用。"

入场

监生应付入场方出，一故人相遇揖之，并揖路旁猪屎。生问："此臭物，揖之何为？"答曰："他臭便臭，也从大肠（场）里出来的。"

书低

一生赁僧房读书，每日游玩，午后归房，呼童取书来。童持《文选》，视之，曰："低。"持《汉书》，视之，曰："低。"又持《史记》，视之，曰："低。"僧大诧曰："此三书，熟其一，足称饱学，俱云低，何也？"生曰："我要睡，取书作枕头耳。"

监生娘娘

监生至城隍庙，旁有监生案。塑监生娘娘像。归谓妻曰："原来我们监生恁般尊贵，连你的像，早已都塑在城隍庙里了。"

监生自大

城里监生与乡下监生，各要争大。城里者耻之曰："我们见多识广，你乡里人孤陋寡闻。"两人争辩不已，因往大街同行，各见所长。到一大第门首，匾上"大中丞"三字，城里监生倒看指谓曰："这岂不是丞中大？乃一征验。"又到一宅，匾额是"大理卿"，乡下监生以"卿"字认作"乡"字，忙亦倒念指之曰："这是乡里大了。"

两人各不见高下。又来一寺门首，上题“大士阁”，彼此平心和议曰：“原来阁（各）士（自）大。”

打丁

一人往妓馆打丁毕，妓牵之索谢，答曰：“我生员也，奉祖制免丁。”俄焉又一人至，亦如之。妓曰：“为何？”答曰：“我监生也。”妓曰：“监生便怎么？”其人曰：“岂不知监生从来是白丁。”

王监生

一监生姓王，加纳知县到任。初落学，青衿呈书，得“牵牛”章。讲诵之际，忽问：“那王见之是何人？”答曰：“此王诵之之兄也。”又问：“那王曰然是何人？”答曰：“此王曰叟之弟也。”曰：“妙得紧。且喜我王氏一门，都在书上。”

自不识

有监生，穿大衣，戴圆帽，于着衣镜中自照，得意甚。指谓妻曰：“你看镜中是何人？”妻曰：“臭乌龟！亏你做了监生，连自（字）多不识。”

监生拜父

一人援例入监，吩咐家人备帖拜老相公。仆曰：“父子如何用帖，恐被人谈论。”生曰：“不然。今日进身之始，他客俱拜，焉有亲父不拜之理？”仆问：“用何称呼？”生沉吟曰：“写个眷侍教生罢。”父见，怒责之。生曰：“称呼斟酌切当，你自不解。父子一本至亲，故下一‘眷’字。‘侍’者，父坐子立也。‘教’者，从幼延师教训。生者，父母生我也。”父怒转盛，责其不通，生谓仆曰：“想是嫌我太妄了，你去另换过晚生帖儿来罢。”

半字不值

一监生妻谓其孤陋寡闻，使劝读书。问：“读书有甚好处？”妻曰：“一字值千金，如何无益？”生答曰：“难道我此身，半个字也不值？”

借药擂

一监生临终，谓妻曰：“我一生挣得这副衣冠，死后必为我殡殓。”妻诺。既死，穿衣套靴讫，惟圆帽左右欹侧难戴。妻哭曰：“我的天，一顶帽子也无福戴。”生复转魂，张目谓妻曰：“必要戴的。”妻曰：“非不欲戴，恨枕不稳耳。”生曰：“对门某医生家药擂槽，借来好做枕。”

斋戒库

一监生姓齐，家资甚富，但不识字。一日，府尊出票，取鸡二只，兔一只。皂亦不识票中字，央齐监生看。生曰：“讨鸡二只，免一只。”皂只买一鸡回话。太守怒曰：“票上取鸡二只，兔一只，为何只缴一鸡？”皂以监生事禀，太守遂拘监生来问。时太守适有公干，暂将监生收入斋戒库内候究。生入库，见碑上“斋戒”二字，认做他父亲“齐成”姓名，张目惊诧，呜咽不止。人问何故，答曰：“先人灵座，何人设建在此？睹物伤情，焉得不哭。”

附例

一秀才畏考援例，堂试之日，至晚不能成篇。乃大书卷面曰：“惟其如此，所以如此。若要如此，何苦如此。”官见而笑曰：“写得此四句出，毕竟还是个附例。”

酸臭

小虎谓老虎曰：“今日出山，搏得一人食之，滋味甚异，上半截酸，下半截臭，究竟不知是何等人。”老虎曰：“此必是秀才纳监者。”

仿制字

一生见有投制生帖者，深叹“制”字新奇。偶致一远札，遂效之。仆致书回，生问：“见书有何话说？”仆曰：“当面启看，便问：‘老相公无恙？’又问：‘老安人好否？’予曰：‘俱安。’乃沉吟半晌，带笑而入，才发回书。”生大喜曰：“人不可不学，只一字用得着当，便一家俱问，倒添下许多殷勤。”

春生帖

一财主不通文墨，谓友曰：“某人甚是欠通，清早来拜我，就写晚生帖。”旁一监生曰：“这倒还差不远。好像这两日秋天拜客，竟有写春（眷）生帖子的哩。”

借牛

有走柬借牛于富翁者，翁方对客，讳不识字，伪启缄视之。对来使曰：“知道了，少刻我自来也。”

哭麟

孔子见死麟，哭之不置。弟子谋所以慰之者，乃编钱挂牛体，告曰：“鳞已活矣。”孔子观之曰：“这明明是一只村牛，不过多得几个钱耳。”

江心赋

有富翁同友远出，泊舟江中。偶散步上岸，见壁间题“江心赋”三字，错认“赋”字为“贼”字，惊欲走匿。友问故，指曰：“此处有贼。”友曰：“赋也，非贼也。”其人曰：“赋（富）便赋了，终是有些贼形。”

吃乳饼

富翁与人论及童子多肖乳母，为吃其乳，气相感也。其人谓富翁曰：“若是如此，想来足下从幼是吃乳饼大的。”

不愿富

一鬼托生时，冥王判作富人。鬼曰：“不愿富也。但求一生衣食不缺，无是无非，烧清香，吃苦茶，安闲过日足矣。”冥王曰：“要银子便再与你几万，这样安闲清福，却不许你享。”

萱字塔

一富翁问“萱”字如何写，对以草字头，次一字，次田字，又一字，又田字，又一字。其人写草、壹、田、壹、田、壹，写讫玩之，骂曰：“天杀的，如何诳我！分明作耍我造成一座宝塔了。”

医银入肚

一富翁含银于口，误吞入腹，痛甚，延医治之。医曰："不难，先买纸牌一副，烧灰咽之，再用艾丸灸脐，其银自出。"翁询其故，医曰："外面用火烧，里面有强盗打劫，那怕你的银子不出来！"

田主见鸡

一富人有余田数亩，租与张三者种，每亩索鸡一只。张三将鸡藏于背后，田主遂作吟哦之声曰："此田不与张三种。"张三忙将鸡献出，田主又吟曰："不与张三却与谁？"张三曰："初间不与我，后又与我，何也？"田主曰："初乃无稽（鸡）之谈，后乃见机（鸡）而作也。"

讲解

有姓李者暴富而骄，或嘲之云：一童读《百家姓》首句，求师解释。师曰："赵是精赵[①]的赵字（吴俗谓人呆为赵），钱是有铜钱的钱字，孙是小猢狲的孙字，李是姓张姓李的李字。"童又问："倒转亦可讲得否？"师曰："也得。"童曰："如何讲？"师曰："不过姓李的小猢狲，有了几个臭铜钱，一时就精赵起来。"

训子

富翁子不识字，人劝以延师训之。先学"一"字是一画，次"二"字二画，次"三"字三画。其子便欣然投笔，告父曰："儿已都晓字义，何用师为？"父喜之，乃谢去。一日，父欲招万姓者饮，

① 精赵：精呆，即蠢之极致。

命子晨起治状，至午不见写成。父往询之，子患曰：“姓亦多矣，如何偏姓万。自早至今，才得五百画着哩！”

卷二　腐流部

辞朝

一教官辞朝见象，低徊留之不忍去。人问其故，答曰："我想祭丁的猪羊，有这般肥大便好。"

上任

岁贡选教职，初上任，其妻进衙，不觉放声大哭。夫惊问之，妻曰："我巴得你到今日，只道出了学门，谁知反进了学门。"

争脏

祭丁过，两广文争一猪大脏，各执其脏之一头。一广文稍强，尽掣得其脏，争者止两手撸得脏中油一捧而已。因曰："予虽不得大葬（脏），君无尤（油）焉。"

厮打

教官子与县丞子厮打，教官子屡负，归而哭诉其母。母曰："彼家终日吃肉，故恁般强健会打。你家终日吃腐，力气衰微，如何敌得他过？"教官曰："这般我儿不要忙，等祭过了丁，再与他报复便了。"

钻刺

鼠与黄蜂拜为兄弟，邀一秀才做盟证，秀才不得已往，列为第三人。一友问曰："兄何居乎鼠辈之下？"答曰："他两个一会钻，一会刺，我只得让他罢了。"

证孔子

两道学先生议论不合，各自诧真道学而互诋为假，久之不决。乃请证于孔子，孔子下阶，鞠躬致敬而言曰："吾道甚大，何必相同。二位老先生皆真正道学，丘素所钦仰，岂有伪哉。"两人各大喜而退。弟子曰："夫子何谀之甚也！"孔子曰："此辈人哄得他动身就够了，惹他怎么？"

放肆

道学先生嫁女出门，至半夜，尚在厅前徘徊踱索。仆云："相公，夜深请睡罢。"先生顿足怒云："你不晓得，小畜生此时正在那里放肆了！"

贽礼

广文到任，门人以钱五十为贽者，题刺曰："谨具贽仪五十文，门人某百顿首拜。"师书其帖而返之，曰："减去五十拜，补足一百文何如？"门人答曰："情愿一百五十拜，免了这五十文又何如？"

不养子

一士夫子孙繁衍，而同侪有无子者，乃骄语之曰："尔没力量，儿子也养不出一个。像我这等子孙多，何等热闹。"同侪答曰："其子尔力也，其孙非尔力也。"

借粮

孔子在陈绝粮，命颜子往回回国借之，以其名与国号相同，冀有情熟。比往通讫，大怒曰：“汝孔子要攘夷狄，怪俺回回，平日又骂俺回之为人也择（贼）乎！”粮断不与。颜子怏怏而归。子贡请往，自称平昔极奉承，常曰：“赐也何敢望回回。”群回大喜，以白粮一担，先令携去，许以陆续运付。子贡归，述之夫子，孔子攒眉曰：“粮便骗了一担，只是文理不通。”

廪粮

粮长收粮在仓廪内，耗鼠甚多，潜伺之，见黄鼠群食其中。开仓掩捕，黄鼠有护身屁，连放数个。里长大怒曰：“这样放屁畜生，也被他吃了粮去。”

脱科

其年乡试，一县脱科。诸生请堪舆来看风水，以泥塑圣像卵小，不相称故耳。遂唤妆佛匠改造。圣人大喝曰：“这班不通文理的畜生，你们自不读书，干我卵甚事！”

黉门

三秀才往妓家设东叙饮，内一秀才曰：“兄治何经？”曰：“通《诗经》。”复问其次，曰：“通《书经》。”因戏问妓曰：“汝通何经？”曰：“妾通月经。”众皆大笑。妓曰：“列位相公休笑我，你们做秀才，都从这红门中出来的。”

野味

甲乙二士应试，甲曰："我梦一木冲天，何如？"乙曰："一木冲天，乃'未'字也，恐非佳兆。"因言己"梦一雉贴天而飞，此必文门之象，稳中无疑矣"。甲摇首曰："咦，野（也）味（未）。"

僧士诘辩

秀才诘问和尚曰："你们经典内'南无'二字，只应念本音，为何念作那摩？"僧亦回问云："相公,《四书》上'于戏'二字，为何亦读作呜呼？如今相公若读于戏，小僧就念南无。相公若是呜呼，小僧自然要那摩。"

杨相公

一人问曰："相公尊姓？"曰："姓杨。"其人曰："既是羊，为甚无角？"士怒曰："呆狗入出的！"那人错会其意，曰："嗄！"

头场

玉帝生日，群仙毕贺。东方朔后至，见寿星彷徨门外，问之，曰："有告示贴出，不放我进。"又问："何故贴出？"答曰："怪我头长（场）。"

后场

宾主二人同睡，客索夜壶。主人说："在床下，未曾倒得。"只好棚过头一场，后场断断再来不得了。

识气

一瞎子双目不明，善能闻香识气。有秀才拿一《西厢》本与他闻，曰："《西厢记》。"问："何以知之？"答曰："有些脂粉气。"又拿《三国志》与他闻，曰："《三国志》。"又问："何以知之？"答曰："有些刀兵气。"秀才以为奇异，却将自做的文字与他闻，瞎子曰："此是你的佳作。"问："你怎知？"答曰："有些屁气。"

蛀帽

有盛大、盛二者，所戴毡帽，合放一处。一被虫蛀，兄弟二人互相推竞，各认其不蛀者夺之。适一士经过，以其读书人明理，请彼决之。士执蛀帽反复细看，乃睨盛大曰："此汝帽也！"问："何以见得？"士曰："岂不闻《大学》注解云：'宣（先）着（蛀），盛大之貌（帽）。'"

无一物

穷人往各寺院，窃取神物灵心，止有土地庙未取。及去挖开，见空空如也。乃骇叹曰："看他巾便戴了一顶，原来腹中毫无一物！"

带巾人

一和尚撒尿，玩弄自己阳物。偶有带巾人走来，戏曰："你师徒两个，在此讲甚么？"和尚曰："看他头有几多大，要折顶方巾与他带带。"

穷秀才

有初死见冥王者，王谓其生前受用太过，判来生去做一秀才，与以五子。鬼吏禀曰："此人罪重，不应如此善遣。"王笑曰："正惟罪重，我要处他一个穷秀才，把他许多儿子，活活累杀他罢了。"

颂屁

一士死见冥王，自称饱学，博古通今。王偶撒一屁，士即进词云："伏惟大王高耸金臀，洪宣宝屁，依稀乎丝竹之声，仿佛乎麝兰之气。臣立下风，不胜馨香之味。"王喜，命赐宴，准与阳寿一纪，至期自来报到，不消鬼卒勾引。士过十二年，复诣阴司，谓门上曰："烦到大王处通禀，说十年前做放屁文章的秀才又来了。"

出学门

儒学碑亭新完，一士携妓往视，见碑下负重，戏谓妓曰："汝父在此，为何不拜？"妓即下拜云："我你爷，看你这等蹭蹬，何时得出学门！"

抄祭文

东家丧妻母，往祭，托馆师撰文。乃按古本误抄祭妻父者与之，为识者看出，主人怪而责之。馆师曰："此文是古本刊定的，如何得错？只怕倒是他家错死了人，这便不关我事。"

行房

一秀士新娶，夜分就寝，问于新妇曰："吾欲云雨，不知娘子尊意允否？"新人曰："官人从心所欲。"士曰："既蒙俯允，请娘子展股开肱，学生无礼又无礼矣。"及举事，新妇曰："痛哉，痛哉！"秀才曰："徐徐而进之，浑身通泰矣。"

做不出

租户连年欠租，每推田瘦做不出米来。士怒曰：“明年待我自种，看是如何？”租户曰：“凭相公拼着命去种，到底是做不出的。”

凑不起

一士子赴试，艰于构思。诸生随牌俱出。接考者候久，甲仆问乙仆曰：“不知作文一篇，约有多少字？”乙曰：“想来不过五六百。”甲曰：“五六百字，难道胸中便没有了，此时还不出来？”乙曰：“五六百字虽有在肚里，只是一时凑不起来耳。”

四等亲家

两秀才同时四等，于受责时曾识一面。后联姻，会亲日相见。男亲家曰：“尊容曾在何处会过来？”女亲家曰：“便是有些面善，一时想不起。”各沉吟间，忽然同悟，男亲家点头曰：“嗄。”女亲家亦点头曰：“嗄。”

七等割屦

一士考末等，自觉惭愧，且虑其妻之姗己[①]也。乃架一说诳妻曰：“从前宗师止于六等，今番遇着这个瘟官，好不利害，又增出一等，你道可恶不可恶？”妻曰：“七等如何？”对曰：“六等不过去前程，考七等者，竟要阉割。”妻大惊曰：“这等，你考在何处？”夫曰：“还亏我争气，考在六等，幸而免割。”

① 姗己：嘲讽自己。姗，古同“讪”，讥讽。

腹内全无

一秀才将试，日夜忧郁不已。妻乃慰之曰：“看你作文，如此之难，好似奴生产一般。”夫曰：“还是你每生子容易。”妻曰：“怎见得？”夫曰：“你是有在肚里的，我是没在肚里的。”

不完卷

一生不完卷，考置四等，受朴。对友曰：“我只缺得半篇。”友云：“还好。若做完，看了定要打杀。”

求签

一士岁考求签，通陈曰：“考在六等求上上，四等下下。”庙祝曰：“相公差矣，四等止杖责，如何反是下下？”士曰：“非汝所知。六等黜退，极是干净。若是四等，看了我的文字，决被打杀。”

梦入泮

府取童生祈梦道：“考可望入泮否？”神问曰：“汝祖父是科下否？”曰：“不是。”又问：“家中富饶否？”曰：“无得。”神笑曰：“既是这等，你做甚么梦！”

谒孔庙

有以银钱夤缘入泮者，拜谒孔庙，孔子下席答之。士曰：“今日是夫子弟子礼，应坐受。”孔子曰：“岂敢。你是我孔方兄的弟子，断不受拜。”

狗头师

馆师岁暮买舟回家，舟子问曰："相公贵庚？"答曰："属狗的，开年已是五十岁了。"舟人曰："我也属狗，为何贵贱不等？"又问："那一月生的？"答曰："正月。"舟子大悟曰："是了，是了，怪不得！我十二月生，是个狗尾，所以摇了这一世。相公正月生，是个狗头，所以教（叫）了这一世。"

狗坐馆

一人惯会说谎，对亲家云："舍间有三宝：一牛每日能行千里，一鸡每更止啼一声，又一狗善能读书。"亲家骇云："有此异事，来日必要登堂求看。"其人归与妻述之："一时说了谎，怎生回护？"妻曰："不妨，我自有处。"次日，亲家来访，内云："早上往北京去了。"问："几时回？"答曰："七八日就来的。"又问："为何能快？"曰："骑了自家牛去。"问："宅上还有报更鸡？"适值亭中午鸡啼，即指曰："只此便是，不但夜里报更，日间生客来也报的。"又问："读书狗请借一观。"答曰："不瞒亲家说，只为家寒，出外坐馆去了。"

讲书

一先生讲书，至"康子馈药"[①]，徒问："是煎药是丸药？"先生向主人夸奖曰："非令郎美质不能问，非学生博学不能答。上节'乡人傩'[②]，傩的自然是丸药。下节又是煎药，不是用炉火，如何就'厩焚'[③]起来！"

① 康子馈药：语出《论语·乡党》："康子馈药，拜而受之。曰：'丘未达，不敢尝。'"

② 乡人傩：语出《论语·乡党》："乡人傩，朝服而立于阼阶。"

③ 厩焚：语出《论语·乡党》："厩焚，子退朝，曰：'伤人乎？'不问马。"

师赞徒

馆师欲为固馆计，每赞学生聪明。东家不信，命当面对课。师曰："蟹。"学生对曰："伞。"师赞之不已。东翁不解，师曰："我有隐意，蟹乃横行之物，令郎对'伞'，有独立之意，岂不绝妙！"东翁又命对两字课，师曰："割稻。"学生对曰："行房。"师又赞不已。东家大怒，师曰："此对也有隐意，我出'割稻'者，乃积谷防饥，他对'行房'者，乃养儿待老。"

请先生

一师惯谋人馆，被冥王访知，着夜叉拿来。师躲在门内不出，鬼卒设计哄骗曰："你快出来，有一好馆请你。"师闻有馆，即便趋出，被夜叉擒住。先生曰："看你这鬼头鬼脑，原不像个请先生的。"

骂先生

一人见稳婆姿色美，欲诱之，乃假装妇人将产，请来收生。稳婆摸着此物，大惊曰："我收生多年矣，有头先生者，名为顺生；脚先生者，名为倒生；手先生者，名为横生。这个鸡巴先生，实是不曾见过。"

没坐性

夫妻夜卧，妇握夫阳具曰："是人皆有表号，独此物无一美称，可赠他一号。"夫曰："假者名为角先生，则真者当去一角字，竟呼为先生可也。"妇曰："既是先生，有馆在此，请他来坐。"云雨既毕。次早，妻以鸡子酒啖夫。夫笑曰："我知你谢先生也，且问你先生何如？”妻曰：“先生尽好，只是嫌他略罢软，没坐性些。”

兄弟延师

有兄弟两人，共延一师，分班供给。每交班，必互嫌师瘦，怪供给之不丰。于是兄弟相约，师轮至日，即秤斤两，以为交班肥瘦之验。一日，弟将交师于兄，乃令师饱食而去。既上秤，师偶撒一屁，乃咎之曰：“秤上买卖，岂可轻易撒出！说不得，原替我吃了下去。”

读破句

庸师惯读破句，又念白字。一日训徒，教《大学序》，念云：“大学之，书古之，大学所以教人之。”主人知觉，怒而逐之。复被一荫官延请入幕，官不识律令，每事询之馆师。一日，巡捕拿一盗钟者至，官问：“何以治之？”师曰：“夫子之道（盗）忠（钟），恕而已矣。”官遂释放。又一日，获一盗席者至，官又问，师曰：“朝闻道（盗）夕（席），死可矣。”官即将盗席者立毙杖下。适冥王私行，察访得实，即命鬼判拿来，痛骂曰：“不通的畜生！你骗人馆谷，误人子弟，其罪不小，摘往轮回去变猪狗。”师再三哀告曰：“做猪狗固不敢辞，但猪要判生南方，狗乞做一母狗。”王问何故，答曰：“南方之（猪），强与北方之（猪）。”又问：“母狗为何？”答曰：“《曲礼》云：‘临财毋（母）苟（狗）得，临难毋（母）苟免。’”

退束脩

一师学浅，善读别字。主人恶之，与师约，每读一别字，除脩一分。至岁终，退除将尽，止余银三分，封送之。师怒曰：“是何言兴（與），是何言兴（與）！”主人曰：“如今再扣二分，存银一分矣。”东家母在旁曰：“一年辛若，半除也罢。”先生近前作谢曰：“夫人不言，言必有中。”主人曰：“恰好连这一分，干净拿进去。”

赤壁赋

庸师惯读别字。一夜，与徒讲论前后《赤壁》两赋，竟念“赋”字为“贼”字。适有偷儿潜伺窗外，师乃朗诵大言曰：“这前面《赤（作拆字）壁贼》呀。”贼大惊，因思前面既觉，不若往房后穿逾而入。时已夜深，师讲完，往后房就寝。既上床，复与徒论及后面《赤壁赋》，亦如前读。偷儿在外叹息曰：“我前后行藏，悉被此人识破。人家请了这样先生，看家狗都不消养得了！”

于戏左读

有蒙训者，首教《大学》，至“于戏前王不忘”句，竟如字读之。主曰：“误矣，宜读作‘呜呼’。”师从之。至冬间，读《论语》注“傩虽古礼而近于戏”，乃读作“呜呼”。主人曰：“又误矣，此乃‘于戏’也。”师大怒，诉其友曰：“这东家甚难理会，只‘于戏’两字，从年头直与我拗到年尾。”

中酒

一师设教，徒问：“‘大学之道’如何讲？”师佯醉曰：“汝偏拣醉时来问我。”归与妻言之，妻曰：“‘大学’是书名，‘之道’是书中之道理。”师颔之。明日，谓其徒曰：“汝辈无知，昨日乘醉便来问我。今日我醒，偏不来问，何也？汝昨日所问何义？”对以“大学之道”。师如妻言释之。弟子又问：“‘在明明德’如何？”师遽捧额曰：“且住，我还中酒在此。”

教法

主人怪师不善教，师曰：“汝欲我与令郎俱死耶？”主人不解，师曰：“我教法已尽矣，只除非要我钻在令郎肚里去，我便闷杀，令郎便胀杀。”

浇其妻妾

人家请一馆师，书房逼近内室。一日课徒，读“譬如四时之错行”句，注曰：“错，犹迭也。”东家母听见，嗔其有意戏狎，诉于主人。主人不通书解，怒欲逐之。师曰：“书义如此，汝自不解耳，我何罪焉？”遂迁馆于厅楼，以避啰唣。一日，东家妻妾游于楼下，师欲小便不得，乃从壁间溺之。不意淋在妻妾头上，复诉于主人。主因思前次孟浪怪他，今番定须考证书中有何出典。乃左右翻释，忽大悟曰：“原来在此，不然，几被汝等所误矣。”问：“有何凭据？”主曰：“施施[1]从外来，骄（浇）其妻妾。”

书生意气

主人问先生曰：“为何讲书再不明白？”师曰：“兄是相知的，我胸中若有不讲出来，天诛地灭！”又问：“既讲不出，也该坐定些？”答云：“只为家下不足，故不得不走。”主人云：“既如此，为甚供给略淡泊，就要见过？”先生毅然变色曰：“若这点意气没了，还像个先生哩！”

---

① 施施（yí）：喜悦自得貌。

梦周公

一师昼寝，而不容学生瞌睡。学生诘之，师谬言曰：“我乃梦周公也。”明昼，其徒亦效之，师以戒方击醒曰：“汝何得如此？”徒曰：“亦往见周公耳。”师曰：“周公何语？”答曰：“周公说，昨日并不曾会见尊师。”

猫逐鼠

一猫捕鼠，鼠甚迫，无处躲避，急匿在竹轿杠中。猫顾之叹云：“看你管（馆）便进得好，这几个节如何过得去！”

问馆

乞儿制一新竹筒，众丐沽酒称贺。每饮毕，辄呼曰：“庆新管酒干。”一师正在觅馆，偶经过闻之，误听以为庆新馆也，急向前揖之曰：“列位既有了新馆，把这旧馆让与学生罢！”

闲荡

一女将下教场点兵，中军官以马肾伸长不雅，各将竹管一个，预套阳物于内。及女将至，一马跳跃，脱去竹筒，阳物翘然挂于腹下。女将究问，中军禀曰：“那件东西，凡有管的，都在管里。这个失了管（馆）的，所以在此闲荡。”

改对

训蒙先生出两字课与学生对曰：“马嘶。”一徒对曰：“鹏奋。”师曰：“好，不须改得。”徒揖而退。又一徒曰：“牛屎。”师叱曰：“狗屁！”徒亦揖而欲行，师止之曰：“你对也不曾对好，如何便走？”徒曰：“我对的是牛屎，先生改的是狗屁。”

挞徒

馆中二徒，一聪俊，一呆笨。师出夜课，适庭中栽有梅树，即指曰：“老梅。”一徒见盆内种柏，应声曰：“小柏。”师曰：“善。”又命一徒“可对好些”，徒曰：“阿爹。”师以其对得胡说，怒挞其首。徒哭曰：“他小柏（伯）不打，倒来打阿爹。”

蜈蚣咬

上江人出外坐馆，每兴举，辄以手铳代之，以竹筒盛接。其精日久气腥，为蜈蚣潜啖。一日，其兴复发，正作事，忽被蜈蚣箝住阳物，师恐甚。岁暮归家，摸着其妻阴户多毛，乃大声惊诧曰：“光光竹筒，尚有蜈蚣，蓬蓬松松，岂无蛇虫！”

我不如

一先生出外坐馆，离家日久，偶见狗练，叹曰：“我不如也。”

掘荷花

一师出外就馆，虑其妻与人私通，乃以妻之牝户上，画荷花一朵，以为记号。年终解馆归，验之已落，无复有痕迹矣。因大怒，欲责治之。妻曰：“汝自差了，是物可画，为何独拣了荷花？岂不晓得荷花下面有的是藕，那须来往的人，不管好歹，那个也来掘掘，这个也来掘掘，都被他们掘干净了，与我何干！”

濽粪

师在田间散步，见乡人挑粪灌菜。师讶曰：“菜是人吃的，如何泼此秽物在上？”乡人曰：“相公只会看书，不晓我农家的事。菜若不用粪浇，便成苦菜矣。”一日，东家以苦菜膳师，师问：“今日为何菜味甚苦？”馆僮曰：“因相公嫌龌龊，故将不浇粪的菜请相公。”师曰：“既如此，粪味可盐，拿些来待我濽濽[①]吃罢。”

咬饼

一蒙师见徒手持一饼，戏之曰：“我咬个月湾与你看？”既咬一口，又曰：“我再咬个定胜与你看？”徒不舍，乃以手掩之，误咬其指。乃呵曰：“没事，没事，今日不要你念书了。家中若问你，只说是狗夺饼吃，咬伤的。”

想船家

教书先生解馆归，妻偶谈及“喷嚏鼻子痒，有人背地讲”。夫曰：“我在学堂内也常常打喷嚏的。”妻曰：“就是我在家想你了。”及开年，仍赴东家馆。别妻登舟，船家被初出太阳搐鼻，连打数嚏。师顿足曰：“不好了，我才出得门，这婆娘就在那里看想船家了！”

叔叔

师向主人极口赞扬其子沉潜聪慧，识字通透，堪为令郎伴读。主曰：“甚好。”师归谓其子曰：“明岁带你就学，我已在东翁前夸奖，只是你秉性痴呆，一字不识。”因写“被”“饭”“父”三字，令

① 濽濽（zàn）：意同撒一撒、蘸一蘸。

其熟记，以备问对。及到馆后，主人连试数字，无一知者。师曰："小儿怕生，待我写来，自然会识。"随写"被"字问之，子竟茫然。师曰："你床上盖的是甚么？"答曰："草荐。"师又写"饭"字与认，亦不答。曰："你家中吃的是甚么？"曰："麦粞。"又写"父"字与识，子曰："不知。"师忿怒曰："你娘在家，同何人睡的？"答曰："叔叔。"

是我

一师值清明放学，率徒郊外踏青。师在前行，偶撒一屁，徒曰："先生，清明鬼叫了。"先生曰："放狗屁！"少顷，大雨倾盆，田间一瓦，为水淹没，仅露其背。徒又指谓先生曰："这像是个乌龟。"师曰："是瓦（我）。"

问藕

上路先生携子出外，吃着鲜藕，乃问父曰："爹，来个沙东西，竖搭起竟似烟囱，横搭着好像泥笼，捏搭手里似把弯弓，嚼搭口里醒松醒松，已介甜水浓浓，咽搭落去蜘蛛丝绊住子喉咙，从来勿曾见过？"其父怒曰："呆奴，呆奴！个就是南货店里包东包西的大（读土音）叶个根结么。"

卵脬皮

一师挈子赴馆，至中途，见卖汤圆者，指问其父曰："爹，此是何物？"父怒其不争气，回曰："卵子。"及到馆，主家设酒款待，菜中有用腐皮做浇头者。子拍掌大笑曰："他家卵子，竟不值得拿来请人，好笑一派都用着卵脬皮了。"

屎在口头

学生问先生曰："屎字如何写？"师一时忘却，不能回答，沉吟片晌曰："咦，方才在口头，如何再说不出。"

村牛

一士善于联句，偶同友人闲步，见有病马二匹卧于城下。友即指而问曰："闻兄捷才，素善作对，今日欲面领教。"士曰："愿闻。"友出题曰："城北两只病马。"士即对曰："江南一个村牛。"

瘟牛

经学先生出一课与学生对曰："隔河并马。"学生误认"并"字为"病"字，即应声曰："过江瘟牛。"

善对

有游湖者，见岸上有儿马厥物伸出，因同行中一友善对。乃出对曰："游湖客偶睹马屌。"友即回对曰："过江人惯肏牛屄。"

个人个妻

一上路先生问人曰："原来吴下朋友的老妈官，个人是一个哥喇。"

歪诗

一士好做歪诗。偶到一寺前，见山门上塑赵玄坛喝虎像，士即诗兴勃发，遂吟曰："玄坛菩萨怒，脚下踏个虎（读座音）。旁立一判官，嘴上一脸垩。"及到里面，见殿宇巍峨，随又续题曰："宝殿雄哉大（读度音），大佛归中坐。文殊骑狮子，普贤骑白兔。”僧出见曰：“相公诗才敏妙，但韵脚欠妥。小僧回奉一首何如？”士曰：“甚好。”僧念曰：“出在山门路，撞着一瓶醋。诗又不成诗，只当放个破（破，屁声也）。”

歇后诗

一采桑妇，姿色美丽，遇一狂士调之，问：“娘子尊姓？”女曰：“姓徐。”士作诗一首戏之曰：“娘子尊姓徐，桑篮手内携。一阵狂风起，吹见那张”，下韵“屄”，因字义村俗，故作歇后语也。女知被嘲，还问：“官人尊姓？”答曰：“小生姓陆。”女亦回嘲云：“官人本姓陆，诗书不肯读。令正在家里，好与别人”，下“笃”字，亦作缩脚韵。士听之，乃大怒，交相讼之于官。值官升任，将要谢事，当堂作诗以绝之曰：“我今任已满，闲事都不管。两造俱赶出，不要咬我”，缩下“卵”字。

咏钟诗

有四人自负能诗。一日，同游寺中，见殿角悬钟一口，各人诗兴勃然，遂联句一首。其一曰：“寺里一口钟。”次韵云：“本质原是铜。”三曰：“覆转像只碗。”四曰：“敲来嗡嗡嗡。”吟毕，互相赞美不置口，以为诗才敏捷，无出其右。“但天地造化之气，已泄尽无遗，定夺我辈寿算矣。”四人忧疑，相聚环泣。忽有老人自外至，询问何事，众告以故。老者曰：“寿数固无碍，但各要患病四十九日。”众问何病，答曰：“了膀骨痛！”

老童生

老虎出山而回，呼肚饥。群虎曰：“今日固不遇一人乎？”对曰：“遇而不食。”问其故，曰：“始遇一和尚，因臊气不食。次遇一秀才，因酸气不食。最后一童生来，亦不曾食。”问：“童生何以不食？”曰：“怕咬伤了牙齿。”

认拐杖

县官考童生，至晚忽闻鼓角喧闹。问之，门子禀曰：“童生拿差了拐杖，在那里争认。”

拔须

童生拔须赶考，对镜恨曰：“你一日不放我进去，我一日不放你出来！”

末冠

童生有老而未冠者，试官问之，以“孤寒无网”对。官曰：“只你嘴上胡须剃下来，亦够结网矣。”对曰：“童生也想要如此，只是新冠是桩喜事，不好戴得白网巾。”

卷三　术业部

医官

医人买得医官札付者，冠带而坐于店中。过者骇曰："此何店，而有官在内？"旁人答曰："此医官之店（嘲衣冠之玷）。"

冥王访名医

冥王遣鬼卒访阳间名医，命之曰："门前无冤鬼者即是。"鬼卒领旨，来到阳世，每过医门，冤鬼毕集。最后至一家，见门首独鬼彷徨，曰："此可以当名医矣。"问之，乃昨日新竖药牌者。

抬柩

一医生医死人，主家愤甚，呼群仆毒打。医跪求至再，主曰："私打可免，官法难饶。"即命送官惩治。医畏罪，哀告曰："愿雇人抬往殡殓。"主人许之。医苦家贫，无力雇募，家有二子，夫妻四人共来抬柩。至中途，医生叹曰："为人切莫学行医。"妻咎夫曰："为你行医害老妻。"幼子云："头重脚轻抬不起。"长子曰："爹爹，以后医人拣瘦的。"

医人

有送医士出门，犬适拦门而吠，主人喝之即止。医赞其能解人意，主曰："虽则畜生，倒也还会依（医）人。"

好郎中

一人向医家买春药吃了。行至半路，药性发作，此物翘然直竖。乃以手捧住赞曰：“好郎中，好郎中，好郎中。”

谢郎中

有害赤眼者，百方治之不效。或教以用尿除头去尾，抹之即好，如言用后果愈。一日小便，手握阳具而言曰：“亏你医好我眼，欲折顶巾你戴，你头忽大忽小，做件衣你穿，你身时长时短。”人问为何自言自语，答曰：“我在此打点谢郎中。”

哭郎中

一人有一妻二妾，死后，妻妾绕尸而哭。妻抚其首，曰：“我的郎头呀！”次捏其足，曰：“我的郎脚呀！”又次者无可哭附，只得握其阳物曰：“我的郎中呀！”

屦子郎中

一士人往花园游玩，见篱边蔷薇盛开，娇媚可人。近前攀折，被蔷薇刺破手指，出血不止。偶遇一牧童，言曰：“血不止，可将热尿淋之即好。”士依其言，血果即止。遂作口号以赞之曰：“今朝散步入园中，窥见蔷薇满树红。双手摘时遭一刺，血流不止手鲜红。牧童传把热尿淋，果然灭迹就无踪。莫道人间无妙药，屦子也会做郎中。”

迷妇药

一方士专卖迷妇人药，妇着在身，自来与人私合。一日，有轻浪子弟来买药，适方士他出，其妻取药付之。子弟就以药弹其身上。随妇至房，妇只得与伊交合。方士归，妻以其事告之。方士怒云："谁教你就他？"妻曰："我若不从，显得你的药便不灵了。"

跳蚤药

一人卖跳蚤药，招牌上写出"卖上好蚤药"。问："何以用法？"答曰："捉住跳蚤，以药涂其嘴，即死矣。"

医乳

人家请医看乳癖，医将好奶玩弄不已。主骇问何意，答曰："我在此仔细斟酌，必要医得与他一样才好。"

医屁

一人患病，医家看脉云："吃了药，腹中定响，当走大便，不然，定撒些屁。"少顷，坐中忽闻屁声，医曰："如何？"客应云："是小弟撒的。"医曰："也好。"

医按院

一按台[1]患病，接医诊视，医惊持畏缩，错看了手背。按院[2]大怒，责而逐之。医曰："你打便打得好，只是你脉息俱无了。"

愿脚踢

樵夫担柴，误触医士。医怒，欲挥拳。樵夫曰："宁受脚踢，

① 按台：提刑按察使司的省称。
② 按院：巡按御使的别称。

勿动尊手。”旁人讶之，樵者曰：“脚踢未必就死，经了他手，定然难活。”

锯箭竿

一人往观武场，飞箭误中其身，迎外科治之。医曰：“易事耳。”遂用小锯截其外竿，即索谢辞去。问：“内截如何？”答曰：“此是内科的事。”

怨算命

或见医者，问以生意何如，答曰：“不要说起，都被算命先生误了，嘱我有病人家不要去走。”

包殡殓

有医死人儿，许以袖归殡殓，其家恐见欺，命仆随之。至一桥上，忽取儿尸掷之河内。仆怒曰：“如何抛了我家小舍？”医曰：“非也。”因举左袖曰：“你家的在这里。”

屄打弹

一尼欲心甚炽，以萝卜代阳，大肆抽送，畅所欲为。不料用力太猛，折其半截在内。挖之不出，渐至肿胀。延医看视，医将两手阴旁按捺，良久突出，刚打在医人脸上。医者叹曰：“我也医千医万，从未见屄会打弹。”

送药

一医迁居，谓四邻曰：“向来打搅，无物可作别敬，每位奉药一帖。”邻舍辞以无病，医曰：“但吃了我的药，自然会生起病来。”

补药

一医止宿病家，夜半屎急不便，乃出于一箱格中，闭之。晨起，主人请用药，偶欲抽视此格，医坚执不许。主人问：“是何药？”答曰：“我自吃的补药在内。”

药户

一乡人与城里人同行，见一妓女，乡人问：“是谁家宅眷？”城里人曰：“此乐（药）户也。”乡人曰：“原来就是开药店的家婆。”

屄样

有生平未近女色者，不知阴物是何样范。向人问之，人曰：“就像一只眼睛竖起便是。”此人牢记在心。一日，嫖兴忽发，不知妓馆何在，遂向街头闲撞。见一眼科招牌，上画眼样数只，偶然横放，以为此必妓家也。进内道其来意，医士大怒，叱而逐之。其人曰：“既不是妓馆，为何摆这许多屄样在外面。”

取名

有贩卖药材者，离家数载，其妻已生下四子。一日夫归，问众子何来，妻曰：“为你出外多年，我朝暮思君，结想成胎，故命名俱暗藏深意：长是你乍离家室，宿舟沙畔，故名宿砂；次是你远乡作客，我在家志念，故名远志；三是料你置货完备，合当归家，故唤当归；四是连年盼你不到，今该返回故乡，故唤茴香。”夫闻之，大笑曰：“依你这等说来，我再在外几年，家里竟开得一爿山药铺了。”

索谢

一贫士患腹泻，请医调治，谓医曰："家贫不能馈药金，医好之日，奉请一醉。"医从之。服药而愈，恐医索谢，诈言腹泻未止。一日，医者伺其大便，随往验之。见撒出者俱是干粪，因怒指而示之曰："撒了这样好粪，如何还不请我？"

包活

一医药死人儿，主家诟之曰："汝好好殡殓我儿罢了，否则讼之于官。"医许以带归处置，因匿儿于药箱中。中途又遇一家邀去，启箱用药，误露儿尸。主家惊问，对曰："这是别人医杀了，我带去包活的。"

退热

有小儿患身热，请医服药而死，父请医家咎之。医不信，自往验视，抚儿尸谓其父曰："你太欺心，不过要我与他退热，今身上幸已冰凉的了，倒反来责备我。"

僵蚕

一医久无生意，忽有求药者至，开箱取药，中多蛀虫。人问："此是何物？"曰："僵蚕。"又问："僵蚕如何是活的？"答曰："吃了我的药，怕他不活？"

看脉

有医坏人者，罚牵麦十担。牵毕，放归。次日，有叩门者曰："请先生看脉。"医应曰："晓得了。你先去淘净在那里，我就来牵也。"

医女接客

医生、妓女、偷儿三人，死见冥王，王问生前技术。医士曰："小人行医，人有疾病，能起死回生。"王怒曰："我每常差鬼卒勾提罪人，你反与我把持抗衡，可发往油锅受罪。"次问妓女，妓曰："接客。人没妻室者，与他解渴应急。"王曰："方便孤身，延寿一纪。"再问偷儿，答曰："做贼。人家晒晾衣服，散放银钱，我去替他收拾些。"王曰："与人分劳代力，也加寿十年，发转阳世。"医士急忙哀告曰："大王若如此判断，只求放我还阳。家中尚有一子一女，子叫他去做贼，女就叫他接客便了。"

大方打幼科

大方脉踩住小儿科痛打，旁人劝曰："你两个同道中，何苦如此。"大方脉曰："列位有所不知，这厮可恶得紧。我医的大人俱变成孩子与他医，谁想他医的孩子，一个也不放大来与我医。"

幼科

富家延二医，一大方，一幼科。客至，问："二位何人？"主人曰："皆名医。"又问："哪一科？"主人曰："这是大方，这个便是小儿。"

小儿窠

小儿科之妻，乃大方脉之女，每每互相讥诮。一夜行房，妇执阳物问夫曰："此是何物？"夫曰："大方脉。"夫亦指牝户问，妇曰："这是小儿窠。"

小犬窠

有人畜一金丝小犬，爱同珍宝，恐其天寒冻坏，内外各用小棉褥铺成一窠，使其好睡。不意此犬一日竟卧于儿篮内，主人见之，大笑曰："这畜生好作怪，既不走内窠（科），又不往外窠（科），倒钻进小儿窠（科）里去了。"

骂

一医看病，许以无事。病家费去多金，竟不起，因恨甚，遣仆往骂。少顷归，问："曾骂否？"曰："不曾。"问："何以不骂？"仆答曰："要骂要打的人，多得紧在那里，叫我如何挨挤得上？"

赔

一医医死人儿，主家欲举讼，愿以己子赔之。一日，医死人仆，家止一仆，又以赔之。夜间又有叩门者云："娘娘产里病，烦看。"医私谓其妻曰："淘气！那家想必又看中意你了。"

吃白药

有终日吃药而不谢医者，医甚憾之。一日，此人问医曰："猫生病，吃甚药？"曰："吃乌药。""然则狗生病，吃何药？"曰："吃白药。"

游水

一医生医坏人，为彼家所缚，夜半逃脱，赴水遁归。见其子方读《脉诀》，遽谓曰："我儿读书尚缓，还是学游水要紧。"

地师

一风水新婚初夜，子摸着新人鼻梁曰："此是发龙之所。"又摸其两乳曰："喜得龙虎俱全。"再摸至肚上曰："好一块平沙。"摸至腰下曰："好个金井护穴。"及上妻身，问："汝来何事？"地师曰："阴地皆由做成，我把罗星来塞水口。"其父隔壁听见，放声大笑曰："既有这等好穴，何不将我老骨头埋在里面，荫些好子孙出来。"

风水

一风水父子同室。其子与媳欲合，乃从头摸起曰："密密层层一座山。"至乳则曰："两峰高耸实非凡。"至肚则曰："中间好块平阳地。"至阴户则曰："正穴原来在此间。"父听见，乃高叫曰："我儿有如此好地，千万留来把我先埋葬在里面。"

阴阳先生

昔一人患膀胱偏坠之症，请医调治。医曰："外肾左边属阳，右边属阴，今偏于一边，却是阴阳不和之故耳。"其人问曰："既是左属阳，右属阴，不知中间危坐者唤作何名？"医笑曰："此是看阴阳的先生。"

阴阳生

从来人堕水淹死，飘浮水面，覆者是男，仰者是女。一日，有尸从河内侧身氽来者。人见之，皆道："奇怪！若是女，一定仰面，而男则覆转。今此人侧起，男女未知孰是。"旁一人曰："此必是个阴阳生耳。"

法家

无赖子怒一富翁，思所以倾其家而不得。闻有茅山道士法力最高，往诉恳之。道士日："我使天兵阴诛此翁。"答："其子孙仍富，吾不甘也。"曰："然则，吾纵天火焚其室庐。"答曰："其田土犹存，吾不甘也。"道士曰："汝仇深至此乎！吾有一至宝，赐汝持去，朝夕供奉拜求，彼家自然立耗矣。"其人喜甚，请而观之。封缄甚密，启视，则纸做成笔一枝也。问："此物有何神通？"道士曰："你不知我法家作用耳。这纸笔上，不知破了多少人家矣。"

相相

有善相者，扯一人要相。其人曰："我倒相着你了。"相者笑云："你相我何如？"答曰："我相你决是相不着的。"

卜孕

一人善卜，又喜诙谐。有以孕之男女来问者，卜讫，拱手恭喜曰："是个夹卵的。"其人喜甚，谓为男孕无疑矣。及产，却是一女，因往咎之。卜者曰："维男有卵，维女夹之。有夹卵之物者，非女子而何？"

不着

街市失火，延烧百余户。有星相二家欲移物以避，旁人止之曰："汝两家包管不着，空费搬移。"星相曰："火已到矣，如何说这太平话？"曰："你们从来是不着的，难道今日反会着起来！"

写真

有写真者，绝无生意。或劝他将自己夫妻画一幅行乐贴出，人见方知。画者乃依计而行。一日，丈人来望，因问："此女是谁？"答云："就是令爱。"又问："他为甚与这面生人同坐？"

胡须像

一画士写真既就，谓主人曰："请执途人而问之，试看肖否？"主人从之，初见一人问曰："那一处最像？"其人曰："方巾最像。"次见一人，又问曰："那一处最像？"其人曰："衣服最像。"及见第三人，画士嘱之曰："方巾、衣服都有人说过，不劳再讲，只问形体何如？"其人踌躇半晌，曰："胡须最像。"

讳输棋

有自负棋高，与人角，连负三局。次日，人问之曰："昨日较棋几局？"答曰："三局。"又问："胜负何如？"曰："第一局我不曾赢，第二局他不曾输，第三局我本等要和，他不肯罢了。"

好棋

一人以好棋破产，因而为小偷，被人缚住。有相识者，见而问之，答云："彼请我下棋，嗔我棋好，遂相困耳。"客曰："岂有此理？"其人答曰："从来棋高一着，缚手缚脚。"

银匠偷

一人生子，虑其难养，请一星家算命。星士曰："关煞倒也没得，大来运限俱好，只是四柱中犯点贼星，不成正局。"那人曰：

“不妨，只要养得大，就叫他学做银匠。”星士曰：“为何？”答曰：“做了银匠，那日不偷几分养家活口。”

利心重

银匠开铺三日，绝无一人进门。至暮，有以碎银二钱来倾者，乃落其半，倾作对充与之。其人大怒，谓其利心太重。银匠曰：“天下人的利心，再没有轻过如我的。开了三日店，止落得一钱，难道自己吃了饭，三分一日，就不要还了？”

有进益

一翁有三婿，长裁缝，次银匠，惟第三者不学手艺，终日闲游。翁责之曰：“做裁缝的，要落几尺就是几尺。做银匠的，要落几钱就是几钱。独汝游手好闲，有何结局？”三婿曰：“不妨。待我打一把铁撬，撬开人家库门，要取论千论百，也是易事，稀罕他几尺几钱！”翁曰：“这等说，竟是贼了？”婿曰：“他们两个，整日落人家东西，难道不是贼？”

裁缝

时年大旱，太守命法官祈雨。雨不至，太守怒，欲治之，法官禀云：“小道本事平常，不如其裁缝最好。”太守曰：“何以见得？”答曰：“他要落几尺就是几尺。”

不下剪

缝匠裁衣，反复量久，不肯下剪。徒弟问其故，答曰：“有了他的，便没有了我的。有了我的，又没有了他的。”

要尺

一裁缝上厕坑，以尺挥墙上，便完忘记而去。随有一满洲人登厕，偶见尺，将腰刀挂在上面。少顷，裁缝转来取尺，见有满人，畏而不前，观望良久。满人曰：“蛮子，你要甚么？”答曰：“小的要尺。”满人曰：“咱囚攮的，屙也没有屙完，你就要吃（尺）！”

木匠

一匠人装门闩，误装门外，主人骂为“瞎贼”。匠答曰：“你便瞎贼！”主怒曰：“我如何倒瞎？”匠曰：“你若有眼，便不来请我这样匠人。”

含毛

一人破家与一妓相处数年，临别，妓女赠得阴毛数根，珍藏帽中，时为把玩。一日忽失去，遍寻不得。偶踱至街头，遇一皮匠口含猪鬃缝鞋，其人骂而夺之曰：“我用尽银钱，只落得这两根毛，如何偷来倒插在你口里面？”

待诏

一待诏初学剃头，每刀伤一处，则以一指掩之。已而伤多，不胜其掩，乃曰：“原来剃头甚难，须得千手观音来才好。”

蓖头

蓖头者被贼偷窃。次日，至主顾家做生活，主人见其戚容，问其故。答曰：“一生辛苦所积，昨夜被盗。仔细想来，只当替贼蓖了一世头耳。”主人怒而逐之。他日另换一人，问曰：“某人原是府上主顾，如何不用？”主人为述前言，其人曰：“这样不会讲话的，只好出来弄卵。”

头嫩

一待诏替人剃头，才举手，便所伤甚多。乃停刀辞主人曰：“此头尚嫩，下不得刀。且过几时，姑俟其老再剃罢。”

取耳

一待诏为人看耳，其人痛极，问曰：“左耳还取否？”曰：“方完，次及左矣。”其人曰：“我只道就是这样取过去了。”

同行

有善刻图书者，偶于市中唤人修脚。脚已脱矣，修者正欲举刀，见彼袖中取出一袱，内裹图书刀数把。修者不知，以为剔脚刀也，遂绝然而去。追问其故。则曰：“同行中朋友，也来戏弄我。”

偷肉

厨子往一富家治酒，窃肉一大块，藏于帽内。适为主人窥见，有意作要他拜揖，好使帽内肉跌下地来。乃曰：“厨司务，劳动你，我作揖奉谢。”厨子亦知主人已觉，恐跌出不好看相，急跪下曰：“相公若拜揖，小人竟下跪。”

船家

一人睡倒，戏语人曰：“我好像一只船，头似船头，脚似船尾，肚腹似船舱。”又指阳物曰：“这个岂不像撑船的？”人曰：“那里有这等垂头丧气的家长。”答曰：“你不晓得，摇船的时节，从来是软腊塔的，一到讨船钱时，便硬挣得不像样了。”

艄公

艄公死，阎王判他变作阴户。艄公不服，曰：“是物皆可做，为何独变阴物？”阎王曰：“单取你开也会开，摆也会摆，又善摇，又善摆。”

水手

船家与妻同睡，夫摸着其妻阴户，问曰：“此是何物？”妻曰：“是船舱。”妻亦握夫阳具，问是何物，答曰：“客货。”妻曰：“既有客货，何不装入舱里来？”夫遂与云雨，而两卵在外。妻以手摸曰：“索性一并装入也罢。”夫曰：“这两个是水手，要在后面看舵的。”

卖淡酒

一家做酒，颇卖不去，以为家有耗神。请一先生烧楮退送，口念曰：“先除鹭鸶，后去青鸾。”主人曰：“此二鸟，你退送他怎的？”先生曰：“你不知，都吃亏这两只禽鸟会下水，遣退了他，包你就卖得去！”

三名斩

朝廷新开一例，凡物有两名者充军，三名者斩。茄子自觉双名，躲在水中。水问曰：“你来为何？”茄曰：“避朝廷新例。因说我有两名，一名茄子，一名落苏。”水曰：“若是这等，我该斩了：一名水，二名汤，又有那天灾人祸的放了几粒米，把我来当酒卖。”

酒娘

人问："何为叫做酒娘？"答曰："糯米加酒药成浆便是。"又问："既有酒娘，为甚没有酒爷？"答曰："放水下去，就是酒爷。"其人曰："若如此说，你家的酒，是爷多娘少的了。"

走作[①]

一店中酿方熟，适有戴巾者过，揖入使尝之。尝毕曰："竟有些像我。"店主知其秀才也，谢去之。少焉，一女子过，又使尝之，女子亦曰："像我。"店主曰："方才秀才官人说'像我'，是酸意了，你也说'像我'，此是为何？"女子曰："无他，只是有些走作。"

着醋

有卖酸酒者，客上店谓主人曰："肴只腐菜足矣，酒须要好的。"少顷，店主问曰："菜中可要着醋？"客曰："醋滴菜心甚好。"又问曰："腐内可要放些醋？"客曰："醋烹豆腐也好。"再问曰："酒内可要着醋否？"客讶曰："酒中如何着得醋？"店主攒眉曰："怎么处？已着下去了。"

酸酒

一酒家招牌上写："酒每斤八厘，醋每斤一分。"两人入店沽酒，而酒甚酸。一人咂舌攒眉曰："如何有此酸酒，莫不把醋错拿了来？"友人忙捏其腿曰："呆子，快莫作声，你看牌面上写着醋比酒更贵着哩！"

---

① 走作：逾规，放逸。这里当指妓女或偷汉子的暗语。

炙坛

有以酸酒饮客者，个个攒眉，委吞不下。一人嘲之曰："此酒我有易他良法，使他不酸。"主人曰："请教。"客曰："只将酒坛覆转向天，底上用艾火连炙七次，明日拿起，自然不酸。"主曰："岂不倾去漏干了？"客曰："这等酸酒，不倾去要他做甚！"

卷四　形体部

嘲胡卖契

胡子家贫揭债，特把髭须质戤[①]。只因无计谋生，情愿央中借贷，上连鼻孔、人中，下至喉咙为界，计开四址分明，两鬓蓬松在外，根根真正胡须，并无阴毛杂带。若还过期不赎，听作猪鬃变卖。年分月日开填，居间借重卵袋。

呵冻笔

一人见春意一册，曰："此非春画，乃夏画也。不然，何以赤身露体？"又一人曰："亦非夏画，乃冬画也。"问曰："何故？"答曰："你不见每幅上，个个胡子在那里呵冻笔。"

揪卵毛

一人对胡子曰："我昨晚梦见你做了官，旗伞执事，吆喝齐声，好不威阔。"胡子大喜。其人又云："我梦里骂了你，你就呼皂隶来打我，被我将你胡须一把揪住。"胡子云："骂了官长，自然该打。后来毕竟如何？"其人曰："也就醒了，醒来一只手还揪住一把卵毛，紧紧不放。"

观相

一相士苦无生意，拉住人相。那人曰："不要相。"相者强之再

---

① 戤（gài）：以物抵押。

三，只得解裤出具，谓曰："此物倒求一观。"相者端视良久，乃作赞词云："看你生在一脐之下，长于两膀之间，软柔柔而向东向西，硬棚棚而矗上矗下，遇妻妾而无礼，应子孙而有功。一生梗直，两子送终。日后还有二十年好运。"问他有何好处，曰："生得一脸好胡须。"

愁穷

有胡子愁穷，一友谑之曰："据兄家事，不下二千金，何以过愁若此？"胡者曰："二千金何在？"友曰："兄面上现有千七百了，难道令正处便没有须私房？"

胡瘌杀

或看审囚回，人问之，答曰："今年重囚五人，俱有色认：一痴子，一颠子，一瞎子，一胡子，一瘌痢。"问如何审了，答曰："只胡子与瘌痢吃亏，其余免死。"又问何故，曰："只听见问官说痴弗杀，颠弗杀，一眼弗杀，胡子搭瘌杀。"

直缝横缝

北方极寒之地，一妇倚墙撒尿，溺未完而尿已冻，连阴毛结于石上。呼其夫至，以口呵之。夫近视而胡者也，呵之不化，连气亦结成冰，须毛互冻而不解。乃命家僮凿开，吩咐曰："看仔细了下凿，连着直缝的是毛，连着横缝的是须。"

被剃

贫妇裸体而卧，偷儿入其家，绝无一物可取。因思贼无空讨，见其阴户多毛，遂剃之而去。妇醒大骇，以告其夫。夫大叫曰："世情这等恶薄，家中的毛尚且剃了去，以后连腮胡子竟在街上走不得了！"

抛锚

道士、和尚、胡子三人过江，忽遇狂风大作，舟将颠覆。僧、道慌甚，急把经卷掠入江中，求神救护。而胡子无可掷得，惟将胡须逐根拔下，投于江内。僧、道问曰："你拔胡须何用？"其人曰："我在此抛毛（锚）。"

胡子改屄

裁缝、皮匠、妓女三人，同席行令，各要道本行四句，贯串叶韵。缝匠曰："失去一背挂，拾得一披风。改了一背挂，落下两袖桶。"皮匠曰："失去一双鞋，拾得一双靴。改了一双鞋，落下两桶皮。"妓者曰："失去一张屄，拾得一胡子。改了一张屄，落他一口齿。"

不斟酒

一家宴客，坐中一大胡子，酒僮畏缩不前，杯中空如也。主举杯朝拱数次，胡子愠曰："安得有酒？"主骂僮为何不斟，僮曰："这位相公没有嘴的。"胡子忿极，揭须以示，曰："这不是嘴，还是你娘的屄不成？"

吃白面

一僧人、一经纪、一妓女同途，陡遇大雪，遂往古庙避之。三人议曰：“今日我等在此，各将大雪为题，要插入自家本色。”和尚曰：“片片片，碎剪鹅毛空中旋。落在我山门上，好似一座白玉殿。”经纪曰：“片片片，碎剪鹅毛空中旋。落在我匾担上，好似一把白玉剑。”妓女曰：“片片片，碎剪鹅毛空中旋。落在我屄毛上，好似胡子吃白面。”

通谱

有一人须长过腹，人见之，无不赞为美髯。偶一日，遇见风鉴先生，请他一相。相者曰：“可惜尊髯短了些。”其人曰：“我之须已过腹，人尽赞羡，为何反嫌其短？”相者曰：“若再长得寸许，便好与下边通谱了。”

联宗

胡须与眉毛曰：“当今世情浇薄，必要帮手相助，我已与鬓毛连矣。看来眼前高贵，惟二位我们俱在头面，联了甚好。”眉曰：“承不弃微末，但我根基浅薄，何不往下路孔家前门，一带茂林，旗杆底下，联的更好。”

一般胡

两人聚论：“《论语》一书，皆讲胡子。开章就说：‘不亦说乎’，‘不亦乐乎’，‘不亦君子乎’，这三个都是好胡；‘为人谋而不忠乎’，‘与朋友交而不信乎’，‘传不习乎’，这三个是不好胡；‘君子者乎’，‘色壮者乎’，这两个胡一好一不好。”或问：“使乎，使乎。”答曰：“上面的胡与下面的胡，总是一般。”

稀胡子

一稀胡子要相面，相士云："尊相虽不大富，亦不至贫。"胡者云："何以见得？"相士曰："看公之须，比上不足，比下有余。"

出须药

一光脸自觉无须，非丈夫气，持银往医肆，求买出须药。适医生他出，医妻忽传一方云："可将屌脬一个打气，每日放嘴边滚撞，自然就长出来。"医归，问出何典，妻曰："医者，意也。我前日初嫁你时，一根也没得，被你的脬撞过不多几时，即长出恁一脸胡须来。"

问有猫

一妇患病，卧于楼上，延医治之。医适买鱼归，途遇邀之而去，遂置鱼于楼下。登楼诊脉，忽想起楼下之鱼，恐被猫儿偷食，因问："下面有猫（毛）否？"母在旁曰："我儿要病好，先生问你，可老实说了罢。"妇答曰："多是不多，略略有几根儿。"

骂须少

胡子行路，一孩戏之曰："胡子迎风走，只见胡子不见口。"胡子忿甚；揭须露口，指而骂曰："这不是口，倒是你娘的屄不成！"小儿被骂，归而哭诉于母。母慰之曰："我儿，他骂别人，不是骂你。你娘的此物上，却不多几根，随他骂去罢。"

胡答嘲

颜回、子路、伯鱼三人私议曰："夫子惟胡，故开口不脱'乎'

字。”颜子曰：“他对我说：‘回也，其庶乎。’”子路曰：“他对我说：‘由也，诲汝知之乎？’”伯鱼曰：“我家尊对我也说：‘汝为周南、召南矣乎。’”孔子在屏后闻之，出责伯鱼曰：“回是个短命，由是个不得其死的，说我胡也罢了。你是我的儿子，如何也来说我老子？”

光屁股

有上司面胡者，与光脸属吏同饭。上台须间偶带米糁，门子跪下禀曰：“老爷龙须上一颗明珠。”官乃拂去。属吏回衙，责备门子：“你看上台门子何等伶俐！汝辈愚蠢，不堪重用。”一日，两官又聚会吃面，属吏方举箸动口，有未缩进之面挂在唇角。门子急跪下曰：“小的禀事。”问禀何事，答曰：“爷好张光净屁股，多了一条蛔虫挂在外面。”

亲爷

有妻甫受孕而夫出外经商，一去十载，子已年长，不曾识面。及父归家，突入妻房，其子骤见，乃大喊曰：“一个面生胡子，大胆闯入母亲房里来了！”其母曰：“我儿勿作声，这胡子正是你的亲爷。”

无须狗

一税官瞽目者，恐人骗他，凡货船过关，必要逐一摸验，方得放心。一日，有贩羊者至，规例羊有税，狗无税，尽将羊角锯去，充狗过关。官用手摸着项下胡须，乃大怒曰：“这些奴才，都来骗我。明明是一船羊，狗是何曾出须的！”

没须是屁股

一公领孙溪中洗澡，孙拿得一虾，或前跳，或却走。孙问公曰："前赶后退，后赶前行，不知何处是头，何处是尾？"公答曰："有须的是头，没须的是屁股。"

拔须去黑

一翁须白，令姬妾拔之。妾见白者甚多，拔之将不胜其拔，乃将黑者尽去。拔讫，翁引镜自照，遂大骇，因咎其妾。妾曰："难道少的倒不拔，倒去拔多的？"

白须

老妓年近六旬，尚倚门接客。一人打钉，见其阴毛斑白，谓曰："该用乌须药了。"妓问："染药宜在何时？"答曰："搽了过夜。"妓摇首曰："老实对你说，没有这一夜闲工夫，由他白去罢了。"

黄须

一人须黄，每于妻前自夸："黄须无弱汉，一生不受人欺。"一日出外，被殴而归，妻引前言笑之。答曰："那晓得那人的须，竟是通红的。"

老面皮

或问："世间何物最硬？"曰："石头与钢铁。"其人曰："石可碎，铁可錾，安得为硬？以弟看来，惟兄面上髭须最硬，铁石总不如也。"问其故，答曰："看老兄这副厚脸皮，竟被他钻了出来。"那有须者回嘲曰："足下面皮更老，这等硬须还钻不透！"

胖子行房

夫妇两人身躯肥胖，每行房，辄被肚皮碍事，不能畅意。一娃子云："我倒传你个法儿，须从屁股后面弄进去甚好。"夫妇依他，果然快极。次日，见娃子问曰："你昨教我的法儿，是那里学来的？"答曰："我不是学别人的，常见公狗、母狗是那般干。"

皂隶干法

一官夫妇体肥，每次行房，两下肚皮碍住，从无畅举时节。一日，官正坐堂，见一皂隶伟胖异常，料其交感必有良法。审事毕，唤至后堂询曰："汝腹甚大，行房时用何法，而能使两物凑合，不为肚腹所碍乎？"隶曰："小的每到交合之际，命妻子斜坐一大椅上，将两足架开，自己站起行事，彼此紧凑，便无阻隔之患。"官点首命出。至夜，果依法而行。奶奶不觉乐极，问："是谁传授的？"官曰："皂隶。"奶奶一面将臀耸凑身作颠簸之状，曰："好皂隶，真爽利！来日赏他两担老白米。"

截长

夫问妻曰："此物还是长的好，短的好？"妻实喜长，而故应之曰："短的好。"夫曰："这等我的太长，不如截去一段。"持刀便砍。妻发急，止之曰："虽则长了些，却是父母生就的遗体，一毫也动不得。"

长卵叹气

一官到任，出票要唤兄弟三人，一胖子、一长子、一矮子备用，异姓者不许进见。一家有兄弟四人，仅有一胖三矮，私相计议曰："四人之中，胖矮俱有，单少一长人，只得将二矮缝一长裤，两人接起充作长人，便觉全备。"如计行之。官见大喜，簪花劳酒。三人一时荣宠，下矮压得受苦，在内光哓哓，大有怨词。官听见，问："下面甚响？"众慌禀曰："这是长卵叹气。"

矮子看灯

矮子看灯，适一人小便，竟往腿下钻过。观见厥物，赞曰："好盏绣球灯，为何不点烛？"其人溺完，将尿滴在矮子头上，以手摸曰："不好，快回去，大点雨打下来了！"

亲嘴

一矮子新婚，上床连亲百余嘴。妇问其故，答曰："我下去了，还有半日不得上来哩。"

扇坠

有持大扇者，遇矮子，戏以扇置其头曰："欲借兄权作扇坠耳。"矮子大怒，骂曰："肏娘贼！若拿我做扇坠，我就兜心一脚踢杀你！"

搁浅

矮人乘舟出游，因搁浅，自起撑之，失手坠水，水没过项。矮人起而怒曰："偏我搁浅搁在深处！"

瞎叙盟

三瞎子相聚结盟，叙齿以分长幼。一人曰："不必论年，只看那个先瞎者，便让他做大哥。"一人曰："我是周岁上不见起的，该轮着我居长。"其次曰："我是百日内坏眼的，还该我来做老大。"第三者曰："不要说起，我竟从娘胎里就是瞎的了。"两人曰："那有此事？"答曰："不然，为何从小人就骂我瞎屄里肏出来的！"

瞽笑

一瞽者与众人同坐，众人有所见而笑，瞽者亦笑。众问之曰："汝何所见而笑？"瞽者曰："列位所笑，定然不差，难道是骗我的？"

被打

二瞽者同行，曰："世上惟瞽者最好。有眼人终日奔忙，农家更甚，怎如得我们心上清闲。"众农夫窃听之，乃伪为官过，谓其失于回避，以锄把各打一顿而呵之去。随复窃听之，一瞽者曰："毕竟是瞽者好，若是有眼人，打了还要问罪哩！"

吃螺蛳

有盲子暑月食螺蛳，失手堕一螺肉在地。低头寻摸，误捡鸡屎放在口里，向人曰："好热天气，东西才落下地，怎就这等臭得快！"

响不远

盲子夫妇同睡，妻暗约一人与之交合。夫问曰："何处作欢响？”妻云：“想是间壁，不要管他。”少顷，又响，瞽者曰：“蹊跷，此响光景不远。”

独眼

兄弟二人，同往河中洗浴。兄之阳物被水蛇咬住，扯之不脱，弟持刀欲砍。兄曰：“仔细看了下刀。两眼的是蛇头，独眼的是屪子。”

兄弟认匾

兄弟三人皆近视，同拜一客。堂上悬“遗清堂”一匾，伯曰：“主人原来患此病，不然，何以取‘遗精室’也。”仲细看良久，曰：“非也。想主人好道，故名‘道情堂’耳。”二人争论不已，以季弟目力更好，使辨之。乃张目睆视半晌，曰：“汝两人皆妄，上面安得有匾？”

金漆盒

一近视出门，见街头牛屎一大堆，认为路人遗下的盒子。随用双手去捧，见其烂湿，乃叹曰：“好个盒子，只可惜漆水未干。”

问路

一近视迷路，见道旁石上栖歇一鸦，疑是人也，遂再三诘之。少顷，鸦飞去，其人曰：“我问你不答应，你的帽子被风吹去了，我也不对你说！”

噀面

一乡人携鹅入市，近视见之，以为卖布者，连呼“买布”。乡人不应，急上前拗住鹅尾，逼而视之。鹅忽撒屎，适喷其面。近视怒曰：“不卖就罢，值得这等发急，就噀起人来！”

乌云接日

近视者赴宴，对席一胡子吃火朱柿，即起别主人曰：“路远告辞。”主曰：“天色甚早。”答云：“恐天下雨，那边乌云接日头哩。”

鼻影作枣

近视者拜客，主人留坐待茶。茶果吃完，视茶内鼻影，以为橄榄也，捞摸不已。久之忿极，辄用指撮起，尽力一咬，指破血出。近视乃仔细认之，曰：“啐！我只道是橄榄，却原来是一个红枣。”

虾酱

一乡人挑粪经过，近视唤曰：“拿虾酱来。”乡人不知，急挑而走。近视赶上，将手握粪一把，于鼻上闻之，乃骂道：“臭已臭了，什么奇货，还要这等行情！”

疑蛋

一近视见鲰鱼，疑为鸭蛋，握之而腹瘪。讶曰：“如何小鸭出得恁快，蛋壳竟瘪下去了。”

拾蚂蚁

近视者行路，见蚂蚁摆阵，疏密成行，疑是一物，因掬而取之。撮之不起，乃叹息曰："可惜一条好线，毁烂得蹩蹩断了。"

捡银包

有近视新岁出门，拾一爆竹，错认他人遗失银包也，且喜新年发财，遂密藏袖内。至夜，乃就灯启视，药线误被火燃，立时作响。方在吃惊，旁一聋子抚其背曰："可惜一个花棒槌，无缘无故，如何就是这样散了。"

近趣眼

妻指牝户谓夫曰："此物你最爱的，何不取一美号赠他？"夫曰："爱其有趣，就名为趣眼。"妇又指后庭曰："你有时也用着他，也该取一美号。"夫曰："他与趣眼相近，就叫他做近趣（觑）眼罢了。"

白果眼

一女年幼而许嫁一大汉者，姻期将近。母虑其初婚之夜不能承受，"莫若先将鸡子稍用油润，与你先期开破，省得临时吃苦。"女含之。不意油滑突入牝中，不能得出，遂夹蛋过门。夫据腹良久，牝口阻塞难进，乃大叫曰："媒人误我，娶一石女矣！"母不信，向媳曰："姑媳无碍，把我看看何如？"及看毕，乃骂其子曰："畜生，亏你枉做半世人，一只白果眼也不认得！"

漂白眼

一漂白眼与赤鼻头相遇，谓赤鼻者曰："足下想开染坊，大费本钱，鼻头都染得通红。"赤鼻答曰："不敢也，只浅色而已。怎如得尊目，漂白得有趣。”

聋耳

一医者耳聋，至一家看病女人。问：“莲心吃得否？”医者曰：“面觔发病，是吃不得的。”病女曰：“是莲肉。”医者曰：“就是盐肉，也要少吃些。”病女曰：“先生耳朵是聋的。”医曰：“若是里股是红的，只怕要生横痃，倒要脱开来，待我看看好用药。”

呵欠

一耳聋人探友，犬见之，吠声不绝，其人茫然不觉。入见主人，揖毕告曰：“府上尊犬，想是昨夜不曾睡来。”主问：“何以见得？”答曰：“见了小弟，只是打呵欠。”

火症

一聋子望客，雨中见狗吠不止，乃叹曰：“此犬犯了火症，枯渴得紧，只管开口接水吃哩。”

讳聋哑

聋哑二人，各欲自讳。一日，聋见哑者，恳其唱曲。哑者知其聋也，乃以嘴唇开合，而手拍板作按节状。聋者侧听良久，见其唇住，即大赞曰：“妙绝，妙绝！许久不听佳音，今番一发更进了。”

麻屄

一客与妓密甚，临别谓妓曰：“恩爱情深，愿得一表记，睹物如见卿面矣。”妓赠以香囊、汗巾，俱不要。问曰：“所爱何物？”

答曰："欲得卿阴上之肉一块耳。"妓曰："可。然须问过母亲来。"鸨儿曰："放屁！一个孤老割一块，千百个孤老割了千百块，养成一张麻屄，那个还来要你！"

屁股麻

俗云："脚麻以草柴贴眉心，即止。"一人遍贴额上。人问："为何？"答曰："我屁股通麻了。"

麻卵袋

文宗岁试唱名，吏善读别字，第一名郁进徒，错唤曰"都退后"，诸生闻之，皆山崩往后而退。次名潘传采，又错唤"番转来"，诸生又跑上前。宗师大怒，逐之。第三名林卯伐，上前谢曰："多谢大宗师，若不斥逐此人，则生员必唤作麻卵袋了。"

麻子咬卵

粜芝麻者，见一秀才经过，问："相公要买麻子否？"士答曰："我读书人，要麻子来咬卵！"

赤鼻

一官经过，有赤鼻者在旁，皂隶喝曰："老爷专要拿吃酒的，还不快走！"其人无处躲闪，只得将鼻子塞进人家板缝中。官已过，里面人看见骂曰："这人不达时务，外面多少毛厕，如何倒向人家屋里来撒尿！"

齆鼻[1]狗

黄鼠狼遇狗追逐，即撒屁以触其鼻。有雄鼠觅食田间，被一犬逐之，鼠狼连放数屁，逐之愈甚。乃竭力跑脱，至穴诉之雌鼠。雌鼠曰："汝防身屁何在？"曰："连撒数屁，全然不理。"雌鼠曰："我知道了，决然是个齆鼻狗。"

齆鼻请酒

甲乙俱齆鼻。甲设席不能治柬，画秤、尺、笤帚各一件。乙见之，便意会曰："秤（请）尺（吃）帚（酒）。"乙答柬，画蜈蚣一条，斧一把。甲见之，点头曰："蜈（无）蚣（工）斧（夫）。"

臭嘴

或行酒令，俱要就人身上，说一必不然之事。一人云："鼻孔亏得向下，若朝上，雨落在内怎么好？"一人云："脚板亏得在前，若在后，被人踏住怎么好？"一人云："妇人阴物亏得直生，若横生，簸箕背米簸边嵌进怎么好？"一人云："屁眼亏得在臀，若在面，臭气触人怎么好？"主令者曰："此句该罚。屁眼尽有生在面上的，不信，眼前这老兄尊嘴，如何便恁般臭极！"

鼻耐性

人患口臭，一友问曰："别人也罢，亏你自家鼻头如何过了？"旁人代答曰："做了他的鼻头，随你臭极，也只索耐性跟他。"

---

① 齆（wèng）鼻：因鼻孔堵塞而发音不清楚。

蒜治口臭

一口臭者问人曰："治口臭有良方乎？"答曰："吃大蒜极好。"问者讶其臭，曰："大蒜虽臭，还臭得正路。"

臭瘌痢

北地产梨甚佳。北人至南，索梨食不得，南人因进萝卜，曰："此敝乡土产之梨也。"北人曰："此物吃下，转气就臭，味又带辣，只该唤他作臭辣梨。"

残疾婿

一家有三婿，俱带残疾。长是瘌痢，次淌鼻脓，又次患疯癫。翁一日请客，三婿在坐，恐其各露本相，观瞻不雅，嘱咐俱要收敛。三人唯唯。至中席，各人忍耐不住，长婿曰："适从山上来，撞见一鹿，生得甚怪。"众问何状，瘌痢头疮痒甚，用拳满首击曰："这边一个角，那边一个角，满头生了无数角。"其次鼻涕长流，正无计揩抹，随应声曰："若我见了，拽起弓来，'棚'的一箭。"急将右手作挽弓状，鼻间一拂，涕尽拭去。三癞子浑身发痒难禁，忙将身背牵耸曰："你倒胆大，还要射他！把我见了，几乎吓杀，几乎吓杀。"

歪屄

一婢女乃壬午生，而与陈五之人私通者。一日算命，说知生辰。星家排定四柱，开言曰："娘子是壬午养的。"此女认作说他是陈五养活的，遂曰："你只算命，莫管闲事。"星家复言："我是有名铁嘴，莫怪我讲。你这壬午命犯桃花，一生孤苦，身充贱役，性情惫赖，后运还要落薄。”婢益疑讦其阴私，遂怒骂曰：“瞎贼，不要你算了！”星士亦怒曰：“这个歪屄，恁般可恶！”女曰：“我相与一陈五，就被他认破。今他说我歪屄，莫非此物原有些异样？”乃跷起一足于凳上，解裤视之，不料果然带偏。因叹服曰：“真神仙也！不然，为何一张歪屄，也被他看出？”

鸽舌

有涩舌者，俗云鸽口是也。来到市中买桐油，向店主曰：“我要买桐桐桐……”“油”字再说不出口。店主取笑曰：“你这人倒会打铜鼓的，何不再敲通铜锣与我听？”鸽者怒曰：“你不要当当当面来腾腾腾倒刮刮刮削我。”

过桥嚏

一乡人自城中归，谓其妻曰：“我在城里打了无数喷嚏。”妻曰：“皆我在家想你之故。”他日挑粪过危桥，复连打数嚏，几乎失足。乃骂曰：“骚花娘，就是思量我，也须看甚么所在！”

大耳

一妓苦阴毛太多，为嫖客所厌，呼待诏剃之。呼者虑其不来，诈言剃面。既至，妓谓曰：“唤你剃面，乃剃小面，非大面也。”即解出阴物示之。待诏剃毕，谓妓曰：“小面既剃，小耳亦不可不取，待我拿出消息来。”即解裤出具，投入阴中。忽大诧曰：“不意小小一张面孔，竟有这只大耳朵。”

歪头

有素患痿阳之症，娶得新妇到家。初夜行房，苦于厥物不举，舞弄既久，终不能入。妇怒曰：“直恁没用，头都东倒西歪，还想硬挣甚么！”夫乃诡辞以应曰：“你不晓得，我此物生来原是个歪头，少不得弄他进去哩。”

争坐

眼与眉毛曰：“我有许多用处，你一无所能，反坐在我的上位。”眉曰：“我原没用，只是没我在上，看你还像个人哩！”

直背

一瞎子，一矮子，一驼子，吃酒争座，各曰：“说得大话的便坐头一位。”瞎子曰：“我目中无人，该我坐。”矮子曰：“我不比常（长）人，该我坐。”驼子曰：“不要争，算来你们都是直背（侄辈），自然该让我坐。”

驼叔

有驼子赴席，泰然上座。众客既齐，自觉不安，复趋下谦逊。众客曰：“驼叔请上座，直背（侄辈）怎敢。”

善屁

有善屁者，往铁匠铺打铁搭，方讲价，连撒十余屁。匠曰：“汝屁直恁多，若能连撒百个，我当白送一把铁搭与你。”其人便放百个，匠只得打成送之。临出门，又撒数十屁，乃谓匠曰：“算不得许多。这几个小屁，乞我几只钯头钉罢。”

祖师殿

祖师殿中忽闻屁臭，众人互推不认，乃推祖师曰：“汝为正祖，受十方香火，如何撒屁？”祖师惊起辩曰：“尚有四将，何独推我？”四将亦辩曰：“尚有龟、蛇。”蛇曰：“我肚小撒不出，定是这个乌龟！”

一说祖师辩曰：“尚有四将。”四将互相推卸。关圣旁立关平曰：“撒屁的定然脸红。”关圣大怒曰：“你是我的儿子，也来冤屈我！”

认屁

一女善屁，新婚随嫁一妪一婢，嘱以认屁遮羞。临拜堂，忽撒一屁，顾妪曰：“这个老妈无体面！”少顷，又撒一屁，顾婢曰：“这个丫头恁可恶！”随后又二屁，左右顾而妪婢俱不在，无可说得，乃曰：“这张屁股没正经。”

屁婢

一婢偶于主人前撒了一屁，主怒，欲抵之。见其臀甚白，不觉动火，非但免责，且与之狎。明日，主在书房，忽闻叩门声，启户视之，乃昨婢也。问来为何，答曰：“我适才又撒一屁矣。”

錾头

数人同舟，有撒屁者，众疑一童子，共錾其头。童子哭曰：“阿弥陀佛。别人打我也罢了，亏那撒屁的乌龟，担得这只手起，也来打我！”

路上屁

昔有三人行令，要上山见一古人，下山又见一古人，半路见一物件，后句要总结前后二句。一人曰："上山遇见狄青，下山遇见李白，路上拾得一瓶酒，不知是清酒是白酒。"一人曰："上山遇见樊哙，下山遇见赵盾，路上拾得一把剑，不知是快剑是钝剑。"一人云："上山遇见林放，下山遇见贾岛，路上拾得一个屁，不知是放的屁岛的屁。"

贼屁

穿窬[①]躲在人家床底，忽撒一屁甚响。夫骂妻，妻云："你撒了屁，倒来冤屈我！"争闹不已。贼无奈，只得出来招认曰："这屁其实是贼放的。"

吃屁

酒席间有人撒屁者，众人互相推卸。内一人曰："列位请各饮一杯，待小弟说了罢。"众饮讫，其人曰："此屁实系小弟撒的。"众人不服，曰："为何你撒了屁，倒要我们众人吃！"

桌面响

一人方陪客，偶撒一屁。自觉愧甚，欲掩饰之，乃假将指头擦桌面作响声。客曰："还是第一声像得紧。"

---

① 穿窬（yú）：挖洞和爬墙。指偷窃行为，这里代指小偷。

田鸡叫

甲乙两亲家母会亲，乙偶撒一屁，甲问曰：“亲家母，甚响？”乙恐不雅，答曰：“田鸡叫。”甲曰：“为甚能臭？”乙曰：“死的呀。”又问：“适才会叫，如何是死的？”乙曰：“叫了就死的。”

不嘿

各行酒令，要嘿饮。席中有撒屁者，令官曰：“不嘿，罚一杯。”其人曰：“是屁响。”令官曰：“又不嘿，再罚一杯。”举坐为之大笑。令官曰：“通座皆不嘿，各罚一杯。”

怕冷

或问：“世间何物不怕冷？”曰：“鼻涕，天寒即出。”又问：“何物最怕冷？”曰：“屁，才离窟臀，又向鼻孔里钻进。”

大乳

一妇人两乳极大，每用抹胸束之。一日，忘紧抹胸，偶出见人。人怪而问曰：“令郎是几时生的？”妇曰：“还不曾产育。”人问曰：“既不是令郎，你胸前袋的是甚么？”

抓背

老翁续娶一妪，其子夜往窃听，但闻连呼“快活”，频叫“爽利”。子大喜曰：“吾父高年，尚有如此精力，此寿征也。”再细察之，乃是命妪抓背。

善生虱

有善生虱者，自言一年止生十二个虱。诘其故，曰：“我身上的虱，真真一月（捏）一个。”

赞阳物

一人客于他乡，见土著者问曰：“贵地之人好大阳物？”土著者甚喜，答曰：“果然，但不知尊客如何知道？”其人曰：“我在贵处嫖了几晚，觉得此处的阴物比别处更宽，所以知道。”

家当

一妇有姿色，而穷人欲谋娶之，恐其不许，乃贿托媒人极言其家事富饶。妇许之，及过门，见四壁萧然，家无长物，知堕计中。辄大哭不止，怨恨媒人。穷人以阳物托出，丰伟异常，放在桌上连敲数下，仍收起曰：“不是我夸口说，别人本钱放在家里，我的家当带在身边。如娘子不愿，任从请回。”妇忙掩面拭泪曰：“谁说你甚么来。”

肚肠

有未嫁者，父方小解，亵物为女所见。问母曰：“那是甚么东西？”母不便显言，答曰：“挂出的肚肠。”女既嫁归宁，母愁婿家贫，劝之久住，谓其夫家柴米不足也。女曰：“人家穷便穷，喜得肚肠还好，就忍些饥饿也情愿。”

巨卵

一人死后，冥王罚变为驴。其人哀恳，得许复原形，放其还魂。因行急，犹有驴卵未变。既醒，欲再往换，仍复原体。其妻力止之曰："胡阎王不是好讲话的，只得做我不着，挨些苦罢。"

小卵

一人命妻做鞋而小，怒曰："你当小不小，偏小在鞋子上面！"妻亦怒曰："你当大不大，偏大在这只脚上！"

贵相

有家人妇，得宠爱于主人者，同伴私问其状，答曰："贵相真是不同。"问何故，答曰："卵袋都是绵团丝软的。"

当卵

一妇揽权甚，夫所求不如意，乃以带系其阳于后而诳妻曰："适因其用甚急，与你索不肯，已将此物当银一两与之矣。"妻摸之，果不见，乃急取银二两付夫，令速回赎，嘱曰："若典中有当绝长大的，宁可加贴些银子，换上一根回来。你那怪小东西，弃绝了也罢。"

倭刺

甲乙两妇对坐，各问夫具之大小及伎俩如何，因不便明言，乃各比一物。甲曰："我家的是铙碗盛小菜。"乙问其故，甲曰："小便不小，只是数目不多，极好不过四碟。"乙曰："这等还好，不像我家的物事，竟是一把倭刺。"甲问其故，乙曰："又小又快。"

快刀

新郎初次行房，妇欣然就之，绝不推拒。至事毕之后，反高声叫曰："有强盗，有强盗！"新郎曰："我乃丈夫，如何说是强盗。"新妇曰："既不是强盗，为何带把刀来？"夫曰："刀在那里？"妇指其物曰："这不是刀？"新郎曰："此乃阳物，何认为刀？"新妇曰："若不是刀，为何这等快极！"

瘪东西

一老人娶幼妇，云雨间对妇云："愿你养一个儿子。"妇曰："儿子倒养不出，只好养个团鱼。"夫骇问其故，答曰："像你这样瘪东西，如何养的不是团鱼？"

硬中证

有病偏坠者，左肾以家私不均事告于肚皮。左肾自觉强良占脬太多，用厚礼结纳于阳具，诉状中求其做一硬中证。及临审，左肾抗辩力甚，而阳具缩首，不出一语。肚皮责阳物曰："你向日直恁跳梁，今日何顿软弱，还不从直讲来？"答曰："见本主子脱硬挣，我只得缩了。"

卷五　殊禀部

善忘

一人持刀往园砍竹，偶腹急，乃置刀于地，就园中出恭。忽抬头曰：“家中想要竹用，此处倒有许多好竹，惜未带得刀来。”解毕，见刀在地，喜曰：“天随人愿，不知那个遗失这刀在此。”方择竹要斫，见所遗粪，便骂曰：“是谁狗肏的，屙此脓血，几乎踹了我的脚。”须臾抵家，徘徊门外曰：“此何人居？”妻适见，知其又忘也，骂之。其人怅然曰：“娘子颇有些面善，不曾得罪，如何开口便骂？”

恍惚

三人同卧，一人觉腿痒甚，睡梦恍惚，竟将第二人腿上竭力抓爬，痒终不减，抓之愈甚，遂至出血。第二人手摸湿处，认为第三人遗溺也，促之起。第三人起溺，而隔壁乃酒家，榨酒声滴沥不止，以为己溺未完，竟站至天明。

作揖

两亲家相遇于途，一性急，一性缓。性缓者，长揖至地，口中谢曰：“新年拜节奉扰，元宵观灯又奉扰，端午看龙舟，中秋玩月，重阳赏菊，节节奉扰，未曾报答，愧不可言。”及说毕而起，已半晌矣。性急者苦其太烦，早先避去。性缓者视之不见，问人曰：“敝亲家是几时去的？”人曰：“看灯之后，就不见了，已去大半年矣！”

爇衣

一最性急，一最性缓，冬日围炉聚饮。性急者衣坠炉中，为火所燃，性缓者见之从容谓曰：“适有一事，见之已久，欲言恐君性急，不言又恐不利于君，然则言之是耶，不言是耶？”性急者问以何事，曰：“火烧君裳。”其人遽曳衣而起，怒曰：“既然如此，何不早说！”性缓者曰：“外人道君性急，不料果然。”

卖弄

一亲家新置一床，穷工极丽，自思：“如此好床，不使亲家一见，枉自埋没。”乃假装有病，偃卧床中，好使亲家来望。那边亲家做得新裤一条，亦欲卖弄，闻病欣然往探。既至，以一足架起，故将衣服撩开，使裤现出在外，方问曰：“亲翁所染何症，而清减至此？”病者曰：“小弟的贱恙，却像与亲翁的心病一般。”

品茶

乡下亲家进城探望，城里亲家待以松罗泉水茶。乡人连声赞曰：“好，好。”亲翁以为彼能格物，因问曰：“亲家说好，还是茶叶好，还是水好？”乡人答曰：“热得有趣。”

出像

乡下亲家到城里亲家书房中，将文章揭看，摇首不已。亲家说：“亲翁无有得意的么？”答云：“正是。看了半日，并没有一张佛像在上面。”

刚执

有父子性刚，平素不肯让人。一日，父留客饭，命子入城买肉。子买讫，将出城门，值一人对面而来，各不相让，遂挺立良久。父寻至见之，谓子曰："汝快持肉回去，待我与他对立着。"

应急

主人性急，仆有过犯，连呼："家法！"不至，跑躁愈甚。家人曰："相公莫恼，请先打两个巴掌，应一应急着。"

掇桶

一人留友夜饮，其人蹙额坚辞。友究其故，曰："实不相瞒，贱荆性情最悍，尚有杩子桶[①]未倒，若归迟，则受累不浅矣。"其人攘臂而言曰："大丈夫岂有此理！把我便——"其妻忽出，大喝曰："把你便怎么？"其人即双膝跪下曰："把我便掇了就走！"

正夫纲

众怕婆者，各受其妻惨毒，纠合十人歃血盟誓，互为声援。正在酬神饮酒，不想众妇闻知，一齐打至盟所。九人飞跑惊窜，惟一人危坐不动。众皆私相佩服曰："何物乃尔，该让他做大哥。"少顷妇散，察之，已惊死矣。

请下操

一武弁惧内，面带伤痕。同僚谓曰："以登坛发令之人，受制

---

① 杩（mà）子桶：古代木制的便桶。

于一女子，何以为颜？”弁曰：“积弱所致，一时整顿不起。”同僚曰：“刀剑士卒，皆可以助兄威。候其咆哮时，先令军士披挂，枪戟林立，站于两旁，然后与之相拒。彼慑于军威，敢不降服！”弁从之。及队伍既设，弓矢既张，其妻见之，大喝一声曰：“汝装此模样，将欲何为？”弁闻之，不觉胆落，急下跪曰：“并无他意，请奶奶赴教场下操。”

虎势

有被妻殴，往诉其友，其友教之曰：“兄平昔懦弱惯了，须放些虎势出来。”友妻从屏后闻之，喝曰：“做虎势便怎么？”友惊跪曰：“我若做虎势，你就是李存孝。”

访类

有惧内者，欲访其类，拜十弟兄。城中已得九人，尚缺一个，因出城访之。见一人掇马桶出，众齐声曰：“此必是我辈也。”相见道相访之意，其人摇手曰：“我在城外做第一个倒不好，反来你城中做第十个。”

吐绿痰

两惧内者，皆以积忧成疾，一吐红痰，一吐绿痰。因赴医家疗治，医者曰：“红痰从肺出，犹可医，绿痰从胆出，不可医，归治后事可也。”其人问由胆出之故，对曰：“惊碎了胆，故吐绿痰，胆既破了，如何医得！”

理旧恨

一怕婆者，婆既死，见婆像悬于柩侧，因理旧恨，以拳拟之。忽风吹轴动，忙缩手大惊曰："我是取笑作耍。"

敕书

一官置妾，畏妻，不得自由，怒曰："我只得奏一本去。"乃以黄袱裹绫历一册，从外擎回，谓妻曰："敕旨在此。"妻颇畏惧。一日夫出，私启视之，见"正月大，二月小"，喜云："原来皇帝也有大小。"看"三月大，四月小"："到分得均匀。"至五月大、六月大、七月大、八月数月小，乃大怒云："有这样不公道的皇帝，凉爽天气，竟被他占了受用，如何反把热天都派与我！"

吃梦中醋

一惧内者，忽于梦中失笑。妻摇醒曰："汝梦见何事，而得意若此？"夫不能瞒，乃曰："梦娶一妾。"妻大怒，罚跪床下，起寻家法杖之。夫曰："梦幻虚情，如何认作实事？"妻曰："别样梦许你做，这样梦却不许你做的。"夫曰："以后不做就是了。"妻曰："你在梦里做，我如何得知？"夫曰："既然如此，待我夜夜醒到天明，再不敢睡就是了。"

葡萄架倒

有一吏惧内，一日被妻挝碎面皮。明日上堂，太守见而问之，吏权词以对曰："晚上乘凉，被葡萄架倒下，故此刮破了。"太守不信，曰："这一定是你妻子挝碎的，快差皂隶拿来。"不意奶奶在后堂潜听，大怒抢出堂外。太守慌谓吏曰："你且暂退，我内衙葡萄架也要倒了。”

捶碎夜壶

有病其妻之吃醋，而相诉于友，谓：“凡买一婢，即不能容，必至别卖而后已。”一友曰：“贱荆更甚，岂但婢不能容，并不许置一美仆，必至逐去而后已。”旁又一友曰：“两位老兄，劝你罢，像你老嫂还算贤慧。只看我房下，不但不容婢仆，且不许擅买夜壶，必至捶碎而后已。”

手硬

有相士对人谈相云：“男手如枪，女手如姜，一生吃不了米饭，穿不了衣裳。”一人喜曰：“若是这等说，我房下是个有造化的。”人问：“何以见得？”答曰：“昨晚在床上，嫌我不能尽兴，被他打了一掌，今日还是辣渍渍的。”

呆郎

一婿有呆名，舅指门前杨榆问曰：“此物何用？”婿曰：“这树大起来，车轮也做得。”舅喜曰：“人言婿呆，皆妄也。”及至厨下，见研酱擂盆，婿又曰：“这盆大起来，石臼也做得。”适岳母撒一屁，婿即应声曰：“这屁大起来，霹雳也做得。”

痴婿

人家有两婿，小者痴呆，不识一字。妻曰：“娣夫读书，我爹爹敬他，你目不识丁，我面上甚不争气。来日我兄弟完姻，诸亲聚会，识认几字，也好在人前卖嘴。我家土库前，写‘此处不许撒尿’六字，你可牢记，人或问起，亦可对答，便不敢欺你了。”呆子唯诺。至日，行至墙边，即指曰：“此处不许撒尿。”岳丈喜曰：“贤婿识字大好。”良久，舅母出来相见，裙上有销金飞带，绣“长命富贵，金玉满堂”八字，坠于裙之中间。呆子一见，忙指向众人曰：“此处不许撒尿。”

呆子

一呆子性极痴，有日同妻至岳家拜门，设席待之。席上有生柿水果，呆子取来，连皮就吃。其妻在内窥见，只叫得“苦呀”。呆子听得，忙答曰：“苦倒不苦，惹得满口涩得紧着哩。”

赞马

一杭人有三婿，第三者甚呆。一日，丈人新买一马，命三婿题赞，要形容马之快疾，出口成文，不拘雅俗。长婿曰：“水面搁金针，丈人骑马到山阴。骑去又骑来，金针还未沉。”岳丈赞好。次及二婿曰：“火上放鹅毛，丈人骑马到余姚。骑去又骑来，鹅毛尚未焦。”再次轮到三婿，呆子沉吟半晌，苦无搜索。忽丈母撒一响屁，呆子曰：“有了。丈母撒个屁，丈人骑马到诸暨。骑去又骑来，孔门犹未闭。”

搠穿肚

一呆婿新婚，平素见人说男女交媾，而未得其详。初夜据妇股往来摩拟久之，偶插入牝中，遂大惊，拔户披衣而出，躲匿他处。越数日，昏夜潜至巷口，问人曰：“可闻得某家新妇，搠穿了肚皮没事么？”

携冻水

一呆婿至妻家留饭，偶吃冻水美味，乃以纸裹数块，纳之腰间带归。谓妻曰："汝父家有佳味，我特携来啖汝。"索之腰中，已消溶矣。惊曰："奇！如何撒出了一脬尿，竟自逃走了。"

莫说是我

夫妇正行房事，忽丈母闯入，夫即仓皇躲避，嘱其妻曰："丈母若问，千万莫说是我。"

不道是你

新郎愚蠢，连朝不动，新人只得与他亲斗一嘴。其夫大怒，往诉岳母，母曰："不要恼他，或者不道是你啰。"

只认是我

一丈人昼寝，以被蒙头。婿过床前，忽以手伸入被中，潜解其裤。丈人大惊，乃揭被视之，乃其婿也，呵责不已。丈母来劝曰："你莫怪他，他不曾看得分明，只认是我了。"

丈母不该

女婿见丈人拜揖，遂将屁股一挖。丈人大怒，婿云："我只道是丈母啰。"隔了一夜，丈人将婿责之曰："畜生，我昨晚整整思量了一夜，就是丈母，你也不该。"

痴人生女

有痴人娶妻，久而不知交合。妻不得已，乃抱之使上，导之使入。及阳精欲泄，忽叫曰："我要撒尿。"妻曰："不妨，就撒在里面。"痴人从之。后生一女，问妻曰："此从何来？"妻曰："不记撒尿之事乎？"夫乃大悟，寻复悔之，因咎其妻曰："撒尿生女，撒屎一定生男，当初何不早说。"

糊涂花面

痴人无子，遍访生儿之法。一人戏之曰："先将阳物画作人形，然后做事，定然成胎。"痴人依法而行，事毕仍视其物，则满面糊涂矣。因自叹曰："儿子有便有了，只是生下的，必定一个花脸了。"

事发觉

一人奔走仓皇，友问："何故而急骤若此？"答曰："我十八年前干差了一事，今日发觉。"问："毕竟何事？"乃曰："小女出嫁。"

父各爨

有父子同赴席，父上坐，而子遥就对席者。同席疑之，问："上席是令尊否？"曰："虽是家父，然各爨久矣。"

烧令尊

一人远出，嘱其子曰："有人问你令尊，可对以家父有事出外，请进拜茶。"又以其呆恐忘也，书纸付之。子置袖中，时时取看。至第三日，无人来问，以纸无用，付之灯火。第四日，忽有客至，问："令尊呢？"觅袖中纸不得，因对曰："没了。"客惊曰："几时没的？"答曰："昨夜已烧过了。"

子守店

有呆子者，父出门，令其守店。忽有买货者至，问："尊翁有么？"答曰："无。"又问："尊堂有么？"亦曰："无。"父归知之，责其子曰："尊翁我也，尊堂汝母也，何得言无！"子懊怒曰："谁知你夫妇两人，都是要卖的！"

活脱话

父戒子曰："凡人说话，放活脱些，不可一句说煞。"子问："如何活脱？"时适有邻家来借物件。父指而教之曰："比如这家来借东西，看人打发，不可竟说多有，不可竟说多无，也有家里有的，也有家里无的，这便活脱了。"子记之。他日，有客到门问："令尊在家否？"答曰："我也不好说多，也不好说少，其实也有在家的，也有不在家的。"

母猪肉

有卖母猪肉者，嘱其子讳之。已而买肉者至，子即谓曰："我家并非母猪肉。"其人觉之，不买而去。父曰："我已吩咐过，如何反先说起！"怒而挞之。少顷，又一买者至，问曰："此肉皮厚，莫非母猪肉乎？"子曰："何如！难道这句话，也是我先说起的？"

望孙出气

一不肖子常殴其父，父抱孙不离手，爱惜愈甚。人问之曰："令郎不孝，你却钟爱令孙，何也？"答曰："不为别的，要抱他大来，好替我出气。"

买酱醋

祖付孙钱二文，买酱油、醋。孙去而复回，问曰："那个钱买酱油？那个钱买醋？"祖曰："一个钱酱油，一个钱醋，随分买，何消问得？"去移时，又复转问曰："那个碗盛酱油？那个碗盛醋？"祖怒其痴呆，责之。适子进门，问以何故，祖告之。子遂自去其帽，揪发乱打，父曰："你敢是疯了？"子曰："我不疯，你打得我的儿子，我难道打不得你的儿子？"

劈柴

父子同劈一柴，父执柯，误伤子指。子骂曰："老乌龟，汝眼瞎耶？"孙在旁见祖被骂，意甚不平，遂曰："狗肏出的，父亲可是骂得的么？"

悟到

一富家儿不爱读书，父禁之书馆。一日，父潜伺窥其动静，见其子开卷吟哦，忽大声曰："我知之矣。"父意其有所得，乃喜而问曰："我儿理会了么？"子曰："书不可不看。我一向只道书是写成的，原来是刊板印就的。"

藏锄

夫在田中耦耕，妻唤吃饭，夫乃高声应曰："待我藏好锄头，便来也！"乃归，妻戒夫曰："藏锄宜密。你既高声，岂不被人偷去？"因促之往看，锄果失矣。因急归，低声附其妻耳云："锄已被人偷去了。"

较岁

一人新育女，有以两岁儿来议亲者，其人怒曰：“何得欺我！吾女一岁，他子两岁，若吾女十岁，渠儿二十岁矣，安得许此老婿！”妻谓夫曰：“汝算差矣！吾女今年虽一岁，等到明年此时，便与彼儿同庚，如何不许？”

拾簪

一人在枕边拾得一簪，喜出望外。诉之于友，友曰：“此不是兄的，定是尊嫂的，何喜之有？”其人答曰：“便是不是弟的，又不是房下的，所以造化。”

认鞋

一妇夜与邻人有私，夫适归，邻人逾窗而出。夫攫得一鞋，骂妻不已。因枕鞋而卧，谓妻曰：“且待天明，认出此鞋，与汝算账！”妻乘其睡熟，以夫鞋易去之。夫晨起复骂，妻使认鞋。见是自己的，乃大悔曰：“我错怪你了，原来昨夜跳窗的倒是我。”

搽药

一呆子之妇，阴内生疮，痒甚，请医治之。医知其夫之呆也，乃曰：“药须我亲搽，方知疮之深浅。”夫曰：“悉听。”医乃以药置龟头，与妇行事。夫在旁观之，乃曰：“若无这点药在上面，我就疑心到底。”

记酒

有觞客者，其妻每出酒一壶，即将锅煤画于脸上记数。主人索酒不已，童子曰："少吃几壶罢，家主婆脸上，看看有些不好看了。"

狠干

苏人遇一友云："昨日兄为何如此高兴，在家狠干。"友云："并不曾。"其人曰："我在府上亲听甚久，还要赖么？"友曰："骗兄非人，我昨日实实不在家里。"

奸睡

奸夫闻亲夫归，急欲潜遁，妇令其静卧在床。夫至，问："床上何人？"妻答云："快莫作声，隔壁王大爷被老娘打出来，权避在此。"夫大笑云："这死乌龟，老婆值得恁怕！"

杀妻

夫妻相骂，夫恨曰："臭娼根，我明日做了皇帝，就杀了你。"妇日夜忧泣不止，邻女解之曰："那有此事，不要听他。"妇曰："我家这个臭乌龟倒从不说谎的，自养的儿女，前年说要卖，当真的旧年都卖去了。"

盗牛

有盗牛被枷者，亲友问曰："汝犯何罪至此？"盗牛者曰："偶从街上走过，见地下有条草绳，以为没用，误拾而归，故连此祸。"遇者曰："误拾草绳，有何罪犯？"盗牛者曰："因绳上还有一物。"人问："何物？"对曰："是一只小小耕牛。"

粜米

有持银入市粜米，失叉袋于途，归谓妻曰："今日市中闹甚，没得好叉袋也。"妻曰："你的莫非也没了？"答曰："随你好汉便怎么？"妻惊问："银子何在？"答曰："这倒没事，我紧紧拴好在叉袋角上。"

在行

有行路者，对人门缝撒尿，为其家妇人看见，骂之不已。撒尿者曰："我还是个童男，不消骂得。"妇曰："头多褪了一大截，还说甚么童男！"邻人笑曰："这一句话，却不该是娘子说的。"妇曰："他明明欺我不在行，如何不指破他？"

呆算

一人家费纯用纹银，或劝以倾销八九色杂用，当有便宜。其人取元宝一锭，托熔八成。或素知其呆也，止倾四十两付之，而利其余。其人问："元宝五十两，为何反倾四十？"答曰："五八得四十。"其人遽曰："吾为公误矣，用此等银反无便益。"

代打

有应受官责者，以银三钱，雇邻人代往。其人得银，欣然愿替。既见官，官喝打三十。方受数杖，痛极，因私出所得银，尽贿行杖者，得稍从轻。其人出谢前人曰："蒙公赐银救我性命，不然，几乎打杀。"

七月儿

有怀孕七个月即产一儿者，其夫恐养不大，遇人即问。一日，与友谈及此事，友曰："这个月无妨，我家祖亦是七个月出世的。"其人错愕问曰："若是这等说，令祖后来毕竟养得大否？"

卵生翼

兄谓弟曰："卵袋若生翅膀，见有好妇人便可飞去。"弟曰："使勿得，别人家个卵也要飞来个。"

试试看

新妇与新郎无缘，临睡即踢打，不容近身。郎诉之父，父曰："毕竟你有不是处，所以如此。"子云："若不信，今晚你去睡一夜试试看。"

靠父膳

一人廿岁生子，其子专靠父膳，不能自立。一日算命云："父寿八十，儿寿六十二。"其子大哭曰："这两年叫我如何过得去！"

觅凳脚

乡间坐凳，多以现成树丫叉为脚者。一脚偶坏，主人命仆往山中觅取。仆持斧出，竟日空回，主人责之，答曰："丫叉尽有，都是朝上生，没有向下生的。"

访麦价

一人命仆往枫桥打听麦价，仆至桥，闻有呼"吃扯面"者，以为不要钱的，连吃三碗径走。卖面者索钱不得，批其颏九下。急归谓主人曰："麦价打听不出，面价吾已晓矣。"主问："如何？"答曰："扯面每碗要三个耳光。"

卧锤

一人睡在床上，仰面背痛，覆卧肚痛，侧困腰痛，坐起臀痛，百医无效。或劝其翻床，及翻动，见褥底铁秤锤一个，垫在下面。

懒活

有人极懒者，卧而懒起，家人唤之吃饭，复懒应。良久，度其必饥，乃哀恳之。徐曰："懒吃得。"家人曰："不吃便死，如何使得？"复摇首漫应曰："我亦懒活矣。"

白鼻猫

一人素性最懒，终日偃卧不起。每日三餐，亦懒于动口，恹恹绝粒，竟至饿毙。冥王以其生前性懒，罚去轮回变猫。懒者曰："身上毛片，愿求大王赏一全体黑身，单单留一白鼻，感恩实多。"王问何故，答曰："我做猫躲在黑地里，鼠见我白鼻，认作是块米糕，贪想偷吃，潜到嘴边，一口咬住，岂不省了无数气力。"

露水桌

一人偶见露水桌子，因以指戏写"谋篡"字样，被一仇家见之，夺桌就走，往府首告。及官坐堂，露水已为日色曝干，字迹灭去。官问何事，其人无可说得，慌禀曰："小人有桌子一堂，特把这张来看样，不知老爷要买否？"

衣软

一乡人穿新浆布衣入城，因出门甚早，衣为露水风湿。及至城中，怪其顿软。事毕出城，衣为日色曝干，又硬如故。归谓妻曰：“莫说乡下人进城再硬不起来，连乡下人的衣服见了城里人的衣服，都会绵软起来。”

椅桌受用

乡民入城赴席，见椅桌多悬桌围坐褥。归谓人曰：“莫说城里人受用，连城里的椅桌都是极受用的。”人问其故，答曰：“桌子穿了绣花裙，椅子都是穿销金背心的。”

咸蛋

甲乙两乡人入城，偶吃腌蛋，甲骇曰：“同一蛋也，此味独何以咸？”乙曰：“我知之矣，决定是腌鸭哺的。”

看戏

有演《琵琶记》而找《关公斩貂蝉》者，乡人见之泣曰：“好个孝顺媳妇，辛苦了一生，竟被那红脸蛮子害了。”

演戏

有演《琵琶记》者，找戏是《荆钗·逼嫁》，忽有人叹曰：“戏不可不看，极是长学问的。今日方知蔡伯喈的母亲，就是王十朋的丈母。”

怯盗

一痴人闻盗入门，急写“各有内外”四字，贴于堂上。闻盗已登堂，又写“此路不通”四字，贴于内室。闻盗复至，乃逃入厕中。盗踪迹及之，乃掩厕门咳嗽曰：“有人在此。”

复跌

一人偶扑地，方爬起复跌。乃曰：“啐！早知还有此一跌，便不走起来也罢了。”

缓踱

一人善踱，行步甚迟。日将晡矣，巡夜者于城外见之，问以何往，曰：“欲至府前。”巡夜者即指犯夜，擒捉送官。其人辩曰：“天色甚早，何为犯夜？”曰：“你如此踱法，踱至府前，极早也是二更了。”

出辔头

有酷好乘马者，被人所欺，以五十金买驽马一匹。不堪鞭策，乃雇舟载马，而身跨其上。既行里许，嫌其迟慢，谓舟人曰：“我买酒请你，与我快些摇，我要出辔头哩。”

铺兵

铺司递紧急公文，官恐其迟，拨一马骑之。其人赶马而行，人问其：“如此急事，何不乘马？”答曰：“六只脚走，岂不快如四只。”

米

一妇人与人私通，正在房中行事，丈夫叩门。妇即将此人装入米袋内，立于门背后。丈夫入见，问曰："叉袋里是甚么？"妇人着忙，不能对答。其人从叉袋中应声曰："米。"

鹅变鸭

有卖鹅者，因要出恭，置鹅在地。登厕后，一人以鸭换去。其人解毕，出视叹曰："奇哉！才一时不见，如何便饿得恁般黑瘦了。"

帽当扇

有暑月戴毡帽而出者，歇大树下乘凉，即脱帽以当扇。扇讫，谓人曰："今日若不戴此帽出来，几乎热杀。"

买海蛳

一人见卖海蛳者，唤住要买，问："几多钱一斤？"卖者笑曰："从来海蛳是量的。"其人喝曰："这难道不晓得！问你几多钱一尺？"

浼匠迁居

一人极好静，而所居介于铜、铁两匠之间，朝夕聒耳，甚苦之，常曰："此两家若有迁居之日，我宁可做东款谢。"一日，二匠并至曰："我等欲迁矣，足下素许东道，特来叩领。"其人大喜，遂盛款之。席间问之曰："汝两家迁往何处？"答曰："他搬在我屋里，我即搬在他屋里。"

混堂漱口

有人在混堂洗浴，掬水入口而漱之。众各攒眉相向，恶其不洁。此人贮水于手曰："诸公不要愁，待我漱完之后，吐出外面去。"

何往

一人赋性呆蠢，不通文墨。途遇一友，友问曰："兄何往？"此人茫然不答，乃记"何往"二字以问人。人知其呆，故为戏之曰："此恶语骂兄耳。"其人含怒而别。次日，复遇前友问："兄何往？"此人遽愤然曰："我是不何往，你倒要何往哩！"

呆执

一人问大辟[1]，临刑，对刽子手曰："铜刀借一把来动手，我一生服何首乌的。"

信阴阳

有平素酷信阴阳，一日被墙压倒。家人欲亟救，其人伸出头来曰："且慢，待我忍着，你去问问阴阳，今日可动得土否？"

丑汉看

一妇人在门首，被人注目而看，妇人大骂不已。邻妪劝曰："你又不在内室，凭他看看何妨？"妇曰："我若把好面孔看看也罢，被这样呆脸看了，岂不苦毒。"

---

① 大辟：古代五刑中死刑的通称，俗称砍头。

爇翁腿

一老翁冬夜醉卧，置脚炉于被中，误爇其腿。早起骂乡邻曰："悉老人家多吃了几杯酒，睡着了，便自不知。你们这班后生，竟不来唤醒一声，难道烧人臭也不晓得！"

合着靴

有兄弟共买一靴，兄日着以拜客赴宴。弟不甘服，亦每夜穿之，环行室中，直至达旦。俄而靴敝，兄再议合买，弟曰："我要睡矣。"

教象棋

两人对弈象棋，旁观者教不置口。其一大怒，挥拳击之，痛极却步。右手摸脸，左手遥指曰："还不叉士！"

发换糖

一呆子见有以发换糖者，谬谓凡物皆可换也。晨起，袖中藏发一料以往，遇酒肆即入饱餐。餐毕，以发与之。肆佣皆笑，其人怒曰："他人俱当钱用，到我偏用不得耶！"争辩良久，肆佣因揪发乱打。其人徐理发曰："整料的与他偏不要，反在我头上来乱抢。"

卷六　闺风部

洞房佳偶

一佳人新嫁，合卺之夜，佳人以对挑之曰："君乃读书之辈，奴出一对，请君对之。如答得来，方许云雨，不然则不从也。"新郎曰："愿闻。"女曰："柳色黄金嫩，梨花白雪香，你爱不爱？"新郎对曰："洞里乾坤大，壶中日月长，你怕不怕？"

拜堂产儿

有新妇拜堂，即产下一儿，婆愧甚，急取藏之。新妇曰："早知婆婆这等爱惜，快叫人把家中阿大、阿二都领了来罢。"

抢婚

有婚家女富男贫，男家虑其新婚，率领众人抢亲，误背小姨以出。女家人急呼曰："抢差了！"小姨在背上曰："不差，不差！快走上些，莫信他哄你哩。"

两坦

有一女择配，适两家并求，东家郎丑而富，西家郎美而贫。父母问其欲适谁家。女曰："两坦[①]。"问其故，答曰："我爱在东家吃饭，西家去眠。"

---

① 两坦：意思是两个都要。坦，"坦腹"的省称，指女婿。

两尽

夫劝新妇解衣。妇曰："母戒我勿解，母命不可违；夫劝我解，夫命又不可违，奈何？"正沉吟间，夫迫之，妇曰："我知之矣！只脱去下截，做个两尽其情罢。"

问嫂

一女未嫁者，私问其嫂曰："此事颇乐否？"嫂曰："有甚乐处，只为周公之礼，制定夫妇耳。"及女出嫁后归宁，一见其嫂，即笑骂曰："好个说谎精。"

没良心

一妓倚门而立，见有客过，拉人打钉，适对门楼上，姑嫂二人推窗见之，姑问嫂："扯他何事？"嫂曰："要他行房。"须臾事毕，妓取厘戥夹剪付之，姑曰："彼欲何为？"嫂曰："行过了房，要他出银子。"姑叹曰："好没良心，如何反要他出。"

呼不好

一新妇初夜，新郎不甚在行，将阳物放进而不动。女呻吟曰："哎哟，不好，胀痛！"夫曰："拿出罢？"女又呻吟曰："哎哟，不好，空痛！"夫曰："进又胀痛，出又空痛，汝欲怎么？"女曰："你且拿进拿出间看。"

谢周公

一女初嫁，哭问嫂曰："此礼何人所制？"嫂曰："周公。"女将周公大骂不已。及满月归宁，问嫂曰："周公何在？"嫂云："他是古人，寻他做甚？”女曰：“我要制双鞋谢他。”

死结

新人初夜上床，使性不止。喜娘隔壁劝曰：“此乃人伦大事，个个如此，不要害羞。”新人曰：“你不晓得，裤子衣带，偏生今夜打了死结。”

亲嘴

一女初嫁，次早新郎背立，女扳其嘴，连亲数下，郎大怒曰：“如何不识羞耻？”妇应曰：“其实一时认错了，不知是你，莫怪，莫怪。”

出气

一女未嫁，父母索重聘。既嫁初夜，婿怪岳家争论财礼，因恨曰：“汝父母直恁无情，我只拿你出气。”乃大干一次。少顷又曰：“汝兄嫂亦甚可恶，也把你来发泄。”又狠弄一番。两度之后，精力疲倦，不觉睡去。女复摇醒曰：“我那兄弟虽小，日常多嘴多舌，倒是极蛮惫的。”

通奸

一女与人通奸，父母知而责之。女子赖说：“都是那天杀的强奸我，非我本意。”父母曰：“你缘何不叫喊起来？”女曰：“我的娘呀，喊是要喊。你想那时，我的舌头，被他噙紧在口里，叫我如何喊得出。”

用枕

有女嫁于异乡者，归宁，母问："风土相同否？"答曰："别事都一样，只有用枕不同。吾乡把来垫头，彼处垫在腰下的。"

掮脚

新人初夜，郎以手摸其头而甚得意，摸其乳腹俱欢喜，及摸下体，不见两足，惊骇问之，则已掮起半日矣。

新人哭

幼女出嫁，喜娘归。主母问："姑娘连日动静何如？"答曰："头夜听得姑娘哭，想是面生害怕。第二晚不想官人哭。"母骇问："为何？"云："姑娘扳痛了屁股。第三夜随嫁丫头又大哭。"母曰："更奇怪。"喜娘曰："我曾问来，他说这样一个好姑娘，口口声声只叫要死。"

舌头甜

新婚夜，送亲席散。次日，厨司检点桌面，不见一顶糖人，各处查问。新人忽大笑不止，喜娘在旁问："笑甚么？"女答曰："怪不得昨夜一个人舌头是甜津津的。"

起半身

一夫妇新婚，睡至晌午不起。母嫌其贪睡，遣婢潜往探之。婢覆曰："官人、娘子，大家才起得一半了。"母问何故，婢曰："官人起了上半身，娘子只起得下半身着哩。"

大话

一女出嫁坐床，掌礼撒帐云："撒帐东，官人屪子好撞钟。"女忙接口云："弗怕。"喜嫔曰："新娘子不宜如此口快。"新妇曰："不是我也不说，才得进门，可恶他就把这大话来吓我。"

正好

新妇出嫁，坐床撒帐，掌礼念云："夫妇双双喜气扬，官人屪子硬如枪。"伴送婆应曰："忒硬过了！"新妇接口曰："弗要说，正好。"

鹰啄

一母生一子一女，而女尤钟爱。及遣嫁后，思念不已。谓子曰："人家再不要养女儿，养得这般长成，就如被饿鹰轻轻一爪便抓去了。"子曰："阿姆阿姆，他们如今正在那里啄着哩。"

半处子

有寡妇嫁人而索重聘。媒曰："再醮与初婚不同，谁肯出此高价。"妇曰："我还是处子，未曾破身。"媒曰："眼见嫁过人，今做孤孀，那个肯信？"妇曰："实不相瞒，先夫阳具渺小，故外面半截，虽则重婚，里边其实是个处子。"

纳茄

一妇昼寝不醒，一人戏将茄子纳入牝中而去。妇觉，见茄在内，知为人所欺，乃大骂不止。邻妪谓曰："其事甚丑，娘子省口些罢。"妇曰："不是这等说，此番塞了茄儿不骂，日后冬瓜、葫芦便一起来了。"

嗔儿

夫妻将举事，因碍两子在旁，未知熟睡不曾。乃各唤一声以试之。两子闻而不应，知其欲为此事也。及云雨大作，其母乐极，频呼叫死。一子忽大笑，母惭而挞之。又一子曰："打得好，打得好，娘死了不哭，倒反笑起来。"

冻杀

夫妇乘子熟睡，任意交感。事毕，问其妻："爽利么？"连问数语，妻碍口不答。子在脚后云："娘快些说了罢，我已冻杀在这里了。"

软萝卜

姑嫂二人纺织，偶见萝卜一篮，姑曰："篮中萝卜，变成男子阳物，便好。"嫂曰："软的更妙。"姑曰："为何倒要软的？"嫂曰："软的硬起来，一篮便是两篮。"

捉蛇蚤

妻好云雨，每怪其夫好睡，伺夫合眼，即翻身以扰之。夫问："何以不睡？"曰："蛇蚤吓人故耳。"夫会其意，旋与之交。妻愿既遂，乃安眠至晓。夫执其物而叹曰："我与他相处一生，竟不知他有这种本事。"妻曰："甚么本事？"夫曰："会捉蛇蚤。"

贼干

贼至卧室，见一婢裸体熟睡，即与交合。婢大叫"有贼"，贼狠干不歇。婢遂低声悄问曰："贼哥，你几时来的？"

饭米

贫人正与妻合，妻云："饭米都没了，有甚高兴？"夫物顿痿。妻复云："虽如此说，坛内收拾起来，还够明后日吃哩。"

擂槌

开腐店者，夫妇云雨，妻嫌其物渺小。夫潜往外，取研石膏擂槌，暗暗塞进。妻曰："你在那里吃了什么来，此物顿然大了！天气和暖，为何冻得他恁冰冷？"

咎夫

一妇临产，腹中痛甚，乃咎其夫曰："都是你作怪，带累我如此。"怨詈不止。夫呵之曰："娘子，省得你埋怨，总是此物不好，莫若阉割了，绝此祸根！"遂持刀欲割。妻大呼曰："活冤家！我痛得死去还魂，这刻才好些，你又来催命了。"

取名

一妇临产创甚，与夫誓曰："以后不许近身，宁可一世无儿，再不干那营生矣。"夫曰："谨依尊命。"及生一女，夫妻相议命名，妻曰："唤作招弟罢。"

不怕死

一妇生育甚难，因咎丈夫曰："皆你平素作孽，害我今日受苦。"夫甚不过意，遂相戒："从今各自分床，不可再干此事。"妻然之。弥月后，夜间忽闻启户声。夫问："是谁？"妻应曰："那个不怕死的又来了。"

寡欲

一贫家生子极多，艰于衣食。夫咎妻曰："多男多累，谁教你多男？"妻曰："寡欲多子，谁教你寡欲！"

多男

一人连举数子，医士谀之曰："寡欲多男子。兄少年老成，过于保养之故。何不乘此强壮，快活快活。"妻在屏后应曰："先生说得极是。我也生育得不耐烦，觉得苦极了。"

问儿

一人从外归，私问儿曰："母亲曾往何处去来？"答曰："间壁。"问："做何事？"儿曰："想是同外公吃蟹。"又问："何以知之？"儿曰："只听见说：'拍开来，缩缩脚。'娘又叫道：'勿要慌，我个亲爷。'"

祈神

一人痿阳，具牲礼祷神。巫者祝曰："世阳世阳，顾得卵硬如枪。"病者曰："何敢望此？"妻从屏后呼曰："费了大钱大陌[1]，也得如此！"

下半截

一人欲事过度，惫甚，夫妇相约："下次云雨，止放半截。"及行事，妻搿夫腰尽纳之。夫责以前约，妻曰："我原讲过是下半截。"

---

① 大钱大陌：即钱陌。本为一百文的钱串，后成为钱的计量单位，称一陌，但实际上并不是百文。这里指费了大价钱。

嘴不准

妇人见男子鼻大，戏之曰："你鼻大物也大。"男子见妇人嘴小，亦戏曰："你嘴小阴亦小。"两人兴动，遂为云雨。不意男之物甚细，而女之阴甚大，妇曰："原来你的鼻不准。"男曰："原来你的嘴也不准。"

讼奸

有妇诉官云："往井间汲水，被人从后淫污。"官曰："汝那时何不立起？"答曰："若立起，恐脱了出来耳。"

栗爆响

妇握夫两卵，问是何物。夫曰："栗子。"夫亦指妻牝户，问是何物。妻曰："火炉。既是你有栗子，何不放在炉内，煨他一煨？"夫曰："可。"少顷，妇撒一屁，儿在旁叫曰："爹爹，栗子熟矣，在炉内爆响了！"

铁箍

夫妇同饭，妻问曰："韭蒜有何好处，汝喜吃他？"夫曰："食之，此物如铁棒一般的。"妻亦连食不已，夫曰："汝吃何用？"妻曰："我吃了像铁箍一般的。"

两来船

一人遇两来船，手托在窗槛外，夹伤一指。归诉于妻，妻骇然嘱曰："今后遇两来船，切记不可解小便。"

醉饱行房

一人好于酒后渔色，或戒之曰："醉饱莫行房，五脏皆反覆，此药石语也，如何犯之？"其人曰："不妨。行过之后，再行一次，依旧掉转来，只当不曾反覆。"

命运不好

一妇有淫行，每嫁一夫，辄有外遇，夫觉即被遣。三年之内，连更十夫。人问曰："汝何故而偃蹇至此？"妇曰："生来命运不好，嫁着的就要做乌龟。"

邻人看

一妇诉其夫曰："邻某常常看我。"夫曰："睬他做甚？"妇曰："我今日对你说，你不在意，下次被他看上了，却不关我事。"

丝瓜换韭

妻令夫买丝瓜，夫立门外候之，有卖韭者至，劝之使买。夫曰："要买丝瓜耳。"卖者曰："丝瓜痿阳，韭菜兴阳，如何兴阳的不买，倒去买痿阳的？"妻闻之，高声唤曰："丝瓜等不来，就买了韭菜罢。"

后园种韭

有客方饭，偶谈"丝瓜痿阳，不如韭菜兴阳"。已而主人呼酒不至，以问儿，儿曰："娘往园里去了。"问："何为？"答曰："拔去丝瓜种韭菜。"

脚淘

夫妻反目，分头而睡。夜半，妻欲动而难以启口，乃摸夫脚问曰："这是甚物？"夫曰："脚。"妻曰："既是脚，可放在脚淘里去。"

怕冷

幼女见两狗相牵，问母曰："好好两只狗，为何联拢在一处？"母曰："想是怕冷。"女摇头曰："不是，不是。"母曰："怎见得不是？"女曰："前日大热天气，你和爹爹也是这样，难道都是怕冷不成？"

稳生男

问："如何方稳生男？"绐[①]之者曰："连二卵纳入，无不成胎矣。"夜则如其言，纳左则右出，纳右则左复出。恚曰："便生出儿子来，也是个强种！"

龌龊

夫狎龙阳归，妻辄作呕吐状，谓其满身屎臭，不容近身。至夜同宿，夫故离开以试之。妻渐次捱近，久之，遂以牝户靠阳，将有凑合之意。夫曰："此物龌龊，近之何为？"妻曰："正为龌龊，要把阴水洗他一洗。"

---

① 绐（dài）：欺骗、哄骗。

浆硬

一人衣软，令其妻浆硬些。妻用浆浆好，随扯夫阳具，也浆一浆。夫骇问，答曰："浆浆硬好用。"

老鼠数钱

夫妻同卧，妻指阳物曰："此何物？"答曰："老鼠。"妻曰："既是老鼠，何不放他进窠去。"遂交合有声，儿在旁闻之，呼其母问曰："阿妈，老鼠才进窠，如何便数起铜钱来？"

邻人问

妇谓夫曰："脚盆内潮浴，还是脚盆好过，浴的好过？"夫曰："消息子取耳，还是耳好过，消息好过？"语毕，云雨。邻人问曰："消息落在脚盆里，那个好过？"

忌叫死

两夫妇度岁，夫于除夕戒妻曰："往日行房，每到快活处，必定叫死。明日是新正，大家忌说死字，但说我要活。"妻然之。及次日行房，妻乐极，仍叫如前。夫怪其忌犯，妻曰："不妨。像这种死法，那怕一年死到头！"

再醮[1]

有再醮者，初夜交合，进而不觉也。问夫："进去否？"曰："进去矣。"妇遂颦蹙曰："如此，我有些疼。"

---

① 再醮：再婚。后专指妇女再嫁。

扇尸

夫死，妻以扇将尸扇之不已。邻人问曰："天寒何必如此？"妇拭泪答曰："拙夫临终吩咐：'你若要嫁人，须待我肉冷。'"

不不

两妇对门而居，甲问乙曰："生过几胎了？"乙曰："未曾破体①。"甲曰："难道你家大爷是不的②么？"乙摇头曰："不，不。"

愿杀

妻妾相争，夫实爱妾，而故叱之曰："不如杀了你，省得淘气。"妾仰入房，夫持刀赶入。妻以为果杀，尾而视之，见二人方在云雨。妻大怒曰："若是这等杀法，倒不如先杀了我罢！"

心在这里

有置妾者，与妻行乐，妻曰："你身在这里，心自在那里。"夫曰："若然，待我身在那里，心在这里何如？"

公直老人

妻妾争风，夫又倦于房事，乃曰："我若就那个，只说我偏爱。今夜待我仰卧在床，看你们造化，凭他此物向谁，就去与他干事。"妻妾依言，各将阳物摸弄，一时兴起，竖若诡杆。夫大笑曰："你两个扶持他起来，做了公直老人，不肯徇私，我也没法。"

---

① 破体：指破身，不再是处子身。

② 不的：不靠谱、不可靠。这里犹言不举。由于"不"又通"丕"，即大，所以乙摇头否认。两人都在用谐音对答。

他大我大

一家娶妾，年纪过长于妻，有卖婆见礼，问："那位是大？"妾应云："大是他大，大是我大。"

罚真咒

一人欲往妾处，诈称："我要出恭，去去就来。"妻不许，夫即赌咒云："若他往做狗。"妻将索系其足放去。夫解索，转缚狗脚上，竟往妾房。妻见去久不至，收索到床边，起摸着狗背，乃大骇云："这死乌龟，我还道是骗我，却原来倒罚了真咒。"

浇蜡师

人家有一妻一妾，前后半夜分认。上半夜至妻房，妻腾身跨上夫肚行事，夫问："何为？"曰："此倒浇蜡烛也。"其妾早在门外窃闻之矣。下半夜乃同妾睡，恣意欢娱，妾快甚，不觉失声曰："我死也！"妻亦在外潜听之矣。次早量米造饭，妻曰："今日当减一人饭米？"妾曰："为何？"妻曰："昨晚死了一个人。"妾亦微笑曰："依我看来，今日还该添一人才是。"妻问何故，答曰："闻得有个浇蜡烛的师父在此。"

谢媳

一翁扒灰[①]，事毕，揖其媳曰："多谢娘子美情。"媳曰："爹爹休得如此客气，自己家里，那里谢得许多。"

---

① 扒灰：乱伦，专指公公与儿媳之间发生的不正当关系。

毛病

一翁偷媳，媳不从，而诉于姑。姑曰："这个老乌龟，像了他的爷老子，都有这个毛病。"

拿访

一人作客在外，见乡亲问曰："我家父在家好么？"乡亲曰："好是好，前日按院访拿十二个扒灰老，尊翁躲在毛厕里，几乎吓杀。"

卖古董

一翁素卖古董为业，屡欲偷觑其媳，媳诉于婆。一日，妪代媳卧，翁往摸之，妪乃夹紧以自掩。翁认为媳，极口赞誉，以为远出婆上。妪骂曰："臭老贼，一件旧东西也不识，卖甚古董！"

换床

一翁欲偷媳，媳与妪说明，妪云："今夜你躲过，我自有处。"乃往卧媳床，而灭火以待之。夜深，翁果至，认为媳妇，云雨极欢。既毕，妪骂曰："老杀才，今夜换得一张床，如何就这等高兴！"

雷击

有客外者，见故乡人至，问："家乡有甚新闻？"曰："某日一个霹雳，打死十余人，都是扒灰老。"其人惊问曰："家父可无恙乎？"答曰："令尊倒幸免，令祖却在数内，一同归天了。"

偷弟媳

一官到任，众里老参见。官下令曰："凡偷媳妇者站过西边，不偷者站在东边。"内有一老人慌忙走到西首，忽又跑过东来。官问曰："这是何说？"老人跪告曰："未曾蒙老爷吩咐，不知偷弟媳妇的，该立在何处？"

老娶

一老人欲娶，妈妈见他须发尽白，不肯嫁他。老者贿嘱媒人曰："还他夜夜有事，如一夜落空，愿责五下。"妈许之。过门初晚，勉干一度，次夜就不能动弹。妈将老儿推倒，责过五板，老者伏地不起。妈问何故，老者赔笑曰："求妈妈索性打上整百，往后一起好算账。"

使搭头

翁与妪行房，妪耻其宽，以手向臀后捏紧。翁亦苦阳痿，以两指衬贴，导之使进。妪曰："老儿，你缘何在那里使搭头？"翁曰："老娘，强如你在背地打后手。"

破开晒

翁、妪相对曝日，妪兴发动，拉翁行房，翁以天寒不举对。妪曰："请各解其物晒之，热则举矣。"翁曰："然。"遂解裤向日。少顷妪曰："我的热了，快来。"翁曰："我的还未。"妪曰："一般晒法，为何冷热不均？"翁曰："你是破开晒的，我是囫囵晒的，如何赶得上？"

忽举

有痿阳者，一夜忽举，心中甚喜，及扒上妻腹，仍痿如初。妻问："何为？"答曰："我想要里床去睡，借你肚子上来过路。"

许愿

老翁素苦阳痿，偶见猪羊交感，不觉动兴。夜归与妻同卧，触着日间所见，阳事突举，急与妻行事。恐其半途痿弃，遂模拟日间形状，口念："一个猪，一个羊。"妻曰："老贼囚，来不得罢了，如何这般大愿，直得就许出来。"

上路来

一老翁勉力行房，阳痿不能进。舞弄既久，不觉鼻涕横流，因叹曰："我说为何这等干涩，原来打从上路出来了。"

折不受

老年人娶妾，其物已痿，因急欲举子，云雨时嘱其妾曰："请受，请受。"妾曰："你干净折子，教我受什么！"

米粒

老年人行房，勉力交媾。妇云："再进得一米粒也好。"老儿大怒曰："我若有意留了一米粒，做我的倒头羹饭[①]！"

---

① 倒头羹饭：即倒头饭。旧俗人初死时，家人供祭的食物。

日进

老年娶妾，欲结其欢心，说某处有田地若干，房屋若干。妾曰："这都不在我心上。从来说家财万贯，不如📎进分文的好。"

喷嚏

老夫妇正在交合，妻忽打一喷嚏，此物脱出，乃大怒吵闹。次早，邻妇问曰："你老夫妇，为何昨夜不睦？"答曰："不要说起，老贼近来一发改变得不好，嚏也打不得一个。"

咬牙

有姑媳孀居，姑曰："做寡妇，须要咬紧了牙根过日子。"未几，姑与人私，媳以前言责之。姑张口示媳曰："你看，也得我有牙齿方好咬。"

藏年

一人娶一老妻，坐床[①]时，见面多皱纹，因问曰："汝有多少年纪？"妇曰："四十五六。"夫曰："婚书上写三十八岁，依我看来还不止四十五六，可实对我说。"曰："实五十四岁矣。"夫再三诘之，只以前言对。上床后更不过，心乃巧生一计，曰："我要起来盖盐瓮，不然被老鼠吃去矣。"妇曰："倒好笑，我活了六十八岁，并不闻老鼠会偷盐吃。"

① 坐床：古代婚俗。就是新郎新娘入洞房后，坐于床沿，由伴娘向新婚二人撒枣、花生、钱币等物，寓意早生贵子，多子多福。

谢金口

夫妇皆年老者，元旦行房，相约各说吉利语。妻执夫阳物曰：“愿你自今以后，愈老愈健。”夫随摸妻阴户曰：“多谢你的金口。”

挣命

僧、尼二人庙中避雨，至晚同宿。僧摸尼牝户问：“此是何物？”尼曰：“是口棺材。”尼摸僧阳具问：“此是何物？”僧曰：“是个死和尚。”尼曰：“既如此，我把棺材布施他装了。”僧遂以阳物投入阴中，抽提跃跳。尼曰：“你说是个死和尚，如何会动？”僧笑曰：“他在里头挣命哩。”

娶头婚

一人谋娶妇，虑其物小，恐贻笑大方，必欲得一处子。或教之曰：“初夜但以卵示之，若不识者，真闺女矣。”其人依言，转谕媒妁，如有破绽，当即发还。媒曰：“可。”及娶一妇，上床解物询之，妇以卵对。乃大怒，知非处子也，遂遣之。再娶一妇，问如前，妇曰：“鸡巴？”其人诧曰：“此物的表号都已晓得，一发不真。”又遣之。最后娶一年少者，仍试如前，答曰：“不知。”此人大喜，以为真处子无疑矣，因握其物指示曰：“此名为卵。”女摇头曰：“不是。我也曾见过许多，不信世间有这般细卵。”

咏物

两夫妇稍通文墨，一生琴瑟调和。及至暮年，精力衰耗，不能畅举，乃对物伤情，各咏一词以志感。妻先咏其牝户曰：“红焰焰，黑焰焰，嫩如出甑馒头解条线。自从嫁过你家来，日也鞺，夜也韄，如今就像破门扇，东一片，西一片。”夫亦咏麈柄曰：“光溜溜，赤溜溜，硬如檀木匾担挑得豆。自从娶你进门来，朝也凑，暮也凑，如今好似葛布袖，扯便长，不扯皱。”

卷七　世讳部

开路神

金刚遇开路神，羡之曰：“你我一般长大，我怎如你着好吃好。”开路神曰：“阿哥不知，我只图得些口腹耳。若论穿着，全然不济，剥去一层遮羞皮，浑身都是篾片了。”

焦面鬼

一帮闲汉途遇人家出丧，前面焦面鬼王，以为大老官人也，礼拜甚恭。少顷，大雨如注，而鬼身上纸衣被雨濯去。闲汉曰：“白日见鬼，我只道是大老官，却原来也是个篾片。”

咽糠

一闲汉咽糠而出，忽遇大老官留家早饭，答曰：“适间用狗肉过饱，饭是吃不下了，有酒倒饮几杯。”既饮忽吐，而糠出焉。主见，惊问曰：“你说吃了狗肉，为何吐此？”其人睨视良久，曰：“咦，我自吃的狗肉，想必狗曾吃糠来。”

望烟囱

富儿才当饮啖，闲汉毕集。因问曰：“我这里每到饭熟，列位便来，就一刻也不差，却是何故？”诸闲汉曰：“遥望烟囱内烟出，即知做饭，熄则熟矣，如何得错？”富儿曰：“我明日买个行灶来煮，且看你们望甚么？”众曰：“你煨了行灶，我等也不来了。”

老白相

荒岁闲汉无处活口，值官府于玄妙观施粥，闲汉私议曰："我等平昔鲜衣美食，今往吃，必贻人笑。"俄延久之，无奈腹中饿甚，曰："姑待众饥民吃过，尾其后可也。"远望人散而往，则粥已尽矣，乃以指拉食釜杓间余粥。道士见而问之，答曰："我等原是捞（老）白相耳。"

借脑子

苏州人极奉承大老官[①]，平日常谓主人曰："要小子替死，亦所甘心。"一日主病，医曰："病入膏肓，非药石所能治疗，必得生人脑髓配药，方可救得。"遍索无有，忽省悟曰："某人平日常自谓肯替死，岂吝惜一脑乎？"即呼之至，告以故。乃大惊曰："阿呀，使勿得，吾里苏州人，从来无脑子个。"

呵脬

一帮闲，见大老官生得面方耳圆，遂赞不置口。其人曰："你又在此呵卵脬了？"

曲蟮

帮闲者自夸技能曰："我件件俱精，天下无比。"一人曰："只有一物最像。"问："是何物？"答曰："曲蟮。"问："何以像他？"曰："杀之无血，剐之无肉，要长就长，要短就短，又会唱曲，又

---

① 大老官：财主、阔老。

会呵脬[1]。”

件件熟

帮闲人除夜与妻同饭，忽然笑曰：“我想一生止受用得一个‘熟’字。你看大老官，那个不熟？私窠小娘，那个不熟？游船上，那个不熟？戏子歌童，那个不熟？箫管唱曲的朋友，那个不熟？”话未毕，妻忽大恸。其人问故，曰：“天杀的！你既件件皆熟，如何我这件过年布衫，偏不替我赎（熟）。”

活千年

一门客谓贵人曰：“昨夜梦公活了一千年。”贵人曰：“梦生得死，莫非不祥么。”其人遽转口曰：“啐！我说差了，正是梦公死了一千年。”

屁香

有奉贵人者，贵人偶撒一屁，即曰：“那里伽楠香？”贵人惭曰：“我闻屁乃谷气，以臭为正。今反香，恐非吉兆。”其人即以手招气嗅之曰：“如今有点臭了。”

撞席

老鼠与獭结交。鼠先请獭，獭答席，邀鼠过河，暂往觅食。忽一猫见之欲捕，鼠慌曰：“请我的倒不见，吃我的倒来了。”

---

① 呵脬（pāo）：即呵卵，阿谀奉承、舔舐权贵的意思。今吉安赣语还在用该词，且频率非常高，骂人、鄙视人时常用。

泥高壁

燕子衔泥做窠，搬取蚯蚓上面土。蚓愤极曰：“你要泥高顶壁，为何把我来晦气？”燕子云：“我专怪你呵人家卵脬。”

嫖院吏

一吏假扮举人，往院嫖妓。妓以言戏之曰：“我今夜身上来，不得奉陪。”吏曰：“申上来我就驳回去。”妓曰：“不是这等说，行房龌龊。”吏曰：“刑房龌龊，我兵房是干干净净的。”曰：“是月经。”吏曰：“我从幼习的是详文、招稿，不管你甚么《易经》《诗经》。”妓曰：“相公差矣，是流红。”吏曰：“刘洪他是都吏，你拿来吓我，难道就怕了不成？”

换班

一皂隶妻性多淫，夫昼夜防范。一日该班，将妻阴户左旁画一皂看守，并为记认。妻复与人干事，擦去前皂，奸夫仓卒仍画一皂形于右边而去。及夫落班归家，验之已非原笔，因怒曰：“我前记在左边的，缘何移在右边了？”妻曰：“亏你做衙门多年，难道不要轮流换班的么？”

争坐

鼻与眉争坐位，鼻曰：“一切香臭，皆我先知，我之功大矣。汝属无用之物，何功之有，辄敢位居我上？”眉曰：“是则然矣，假如鼻头坐上位，世上有此理否？”

软硬

屪子与鼻子争论，屪子云："我能生男育女，有功人世，你有何德能，辄敢居我上位？"鼻曰："我居五岳之中，能知气味，汝何敢轻觑我？"二物争之不决，告诉于口。口曰："我劝你们和了罢。"鼻倔强不肯。口怒曰："屪子还有软的时节，你做鼻头，倒是这等硬挣。"

婢子

有婢生子，既长，或问其号。子谦逊久之，乃曰："贱号小梅。"问："尊公原号何梅？"答曰："非也，乃家母名腊梅耳。"

尿壶骂

一仆人之使，俗言鼻里。鼻也，出倾夜壶。归告主人曰："阿爹，方才尿鳖骂我，又骂阿爹。"主人曰："胡说！尿鳖如何会骂人？"小使曰："起初骂了我鼻，后连声骂曰：'鼻鼻鼻，鼻鼻鼻。'岂不把阿爹都骂在里头了？"

对戏

戏子出门，嘱其妻曰："同伴来，可拿出戏鼓，教他对对戏眼。"妻误听，以为脱出屁股，教他对屁眼。同伴至，乃以后庭与之。伴问云："你家主公比我做法如何？"妇云："好是好，只是急撮戏文，板还要上紧些。"

屁股痛

麻苍蝇与青苍蝇结为兄弟，青蝇引麻蝇到一酒席上。麻蝇恣意饮啖，被小厮拿住，将竹签插入屁股，递灯草与他使棍。半日才得脱身，遇着青蝇泣诉曰：“承你带挈，吃倒尽有，只是屁股痛得紧。”

龙阳娶

一龙阳新娶，才上床，即攀妇臀欲干。妇曰：“差了。”答曰：“我从小学来的，如何得差？”妇曰：“我从小学来，却不是这等的，如何不差？”

撒精

一人患痃病[①]，医曰：“必须用少男之精，配药服之，方可还原。”乃令人持器往觅。途遇一美童，告以故。童令以器置地，遂解裤，向臀后撒之。求者曰：“精出在前，为何取之以后？”童曰：“你不知，出处不如聚处。”

臀凑

一龙阳新婚之夜，以臀凑其妻。妻摸之，讶曰：“你如何没有的？”龙阳亦摸其妻，讶曰：“你如何也没有的？”

袭职

龙阳生子，人谓之曰：“汝已为人父矣，难道还做这等事？”龙阳指其子曰：“深欲告致，只恨袭职的还小，再过十余年，使当急流勇退矣。”

① 痃病：即怯症，中医称血气衰退、心内常恐怯不安的一种病症。痃，通“怯”。

兑车

两童以后庭相易，俗云兑车是也。一童甚黠，先戏其臀，甫完事，即赖之而走。被弄者赶至其家，且哭且叫曰："要还我，要还我！"其母不知何事，出劝曰："学生不要哭，他赖了你甚么，待我替他还你罢。"

挤进

一少年落夜船，有人挨至身边，将阳物插入臀窟内。少年骇问："为何？"答云："人多，挤了进去。"又问："为何只管动？"答曰："这却是我不是，在此擦痒哩。"

夫夫

有与小官契厚者，及长，为之娶妻。讲过通家不避。一日，闯入房中，适亲家母在，问女曰："何亲？"女答曰："夫夫。"

倒做龟

龙阳毕姻后，日就外宿。妻走母家，诉曰："我不愿随他了。"母惊问故，答曰："我是好人家儿女，为甚么倒去与他做乌龟。"

老了叫

有龙阳年纪过大者，偶撒一屁，狎客为之叩齿。众问其故，答曰："你们不听见老了叫么？"

寿板

有好男风者，夜深投宿饭店，适与一无须老翁同宿。暗中以为少童也，调之。此翁素有臀风，欣然乐就。极欢之际，因许之以制衣打簪，俱云不愿。问所欲何物，答曰："愿得一副好寿板。"

小娘

牝狗与牛交而生男，及长，人问其爷娘何在，指牛曰："此爷也。"指狗曰："此娘也。"其人讶曰："这等一个大老官，如何配恁个小娘？"

好睡纳鞋

妓好睡，每至日高不醒。有闯寡门者，窃一酒壶而去。他日客至，又复鼾睡如初，客去方醒。检点衣物，失去绣鞋一只，及下床，忽于阴中坠出。盖客笑其善睡，戏将此鞋纳之而去也。鸨儿急曰："仔细再寻一寻，前日不见的酒壶，只怕也还在里面。"

羡妓阴物

嫖客自妓馆归，妻问曰："这些娼妇，经过千万人，此物定宽，有甚好处，而朝夕恋他？"夫曰："不知甚么缘故，但是名妓，越接得客多，此物越好。"妻曰："原来如此，这也何难，为甚不早说？"

豁拳[1]

嫖客与妓密甚，相约同死。既设鸩酒二瓯，妓让客先饮。客饮毕，因促妓，妓伸拳曰："我的量窄，与你豁了这杯罢。"

---

① 豁拳：同"划拳"。豁，通"划"。

嫌口阔

一少年嫖妓，嫌妓口阔，因述俗语云："口阔屄儿大。"妓即撮口骂曰："小猢狲。"

梦里梦

妓与客久别复会，各道相思。妓云："我无夜不梦见你同食，同眠，同游戏，乃是积想所致。"客曰："我亦梦之。"妓问曰："梦怎的？"曰："我梦见你，不梦见我。"

年倒缩

一商人嫖妓，问其青春几何。妓曰："十八。"越数年，商人生意折本，仍过其家。妓忘之。问其年，则曰："十七。"又过数年，入其家问之，则曰："十六。"商人忽涕泣不止，妓问何故，曰："你的年纪，倒与我的本钱一般，渐渐的少了。想到此处，能不令人伤心？"

子嫖父帮

有子好嫖而饿其父者，父谓之曰："与其用他人闲闻，何不带挈我入席，我既得食，汝亦省钱，岂不两便？但不可说破耳。"子从之。父在妓家，诸事极善帮衬体贴。妓问曰："何处得此帮客，大异常人。"子曰："不好说得。他家媳妇与我有些私情，是我养活也，所以这般体贴。"明日，妓述此语于翁，翁曰："虽则如此，他家母亲也与我有些勾搭，只当儿子一般，不得不体贴他。"

父多一次

子好游妓馆，父责之曰：“不成器的畜生，我到娼家，十次倒有九次见你。”子曰：“这等说来，你还多我一次，反来骂我？”

醉敲门

光棍醉敲妓门，妓知其乏钞，闭而不纳，辞以有客，实无客也。光棍破门而进，妓灭灯仰卧于床。光棍摸着其足，与男人无异，乃笑曰：“他不拒我，果然是有客。”

缠住

一螃蟹与田鸡结为兄弟，各要赌跳过涧，先过者居长。田鸡溜便早跳过来。螃蟹方行，忽被一女子撞见，用草捆住。田鸡见他不来，回转唤云：“缘何还不过来？”蟹曰：“不然几时来了，只因被这歪刺骨缠住在此，所以耽迟来不得。”

龟渡

有一士欲过河，苦无渡船。忽见有一大龟，士曰：“乌龟哥，烦你渡我过去，我吟诗谢你。”龟曰：“先吟后渡。”士曰：“莫被你哄，先吟两句，渡后再吟两句，何如？”龟曰：“使得。”士吟曰：“身穿九宫八卦，四游龙王也怕。”龟喜甚，即渡士过河。士续曰：“我是衣冠中人，不与乌龟答话。”

骨血

妓接一西客，临去，欲暖其心，伪云：“有三个月身孕，是你的骨血，须来一看。”客信之，如期果至。妓计困，乃以小白犬一只置儿篮内，蒙被而诳客曰："儿生矣，熟睡不可搅动他。"客启视狗身，乃大喜，抚犬曰："果是咱亲骨血，在娘胎里就穿上羊皮袄子了。"

妻当稍[①]

一人好赌，日夜不归。已破家，止剩一妻，乃以出稍。不几掷，复输去。因请再饶一掷，赢家曰："讲绝了稍作妻，如何又饶？"答曰："其中有一缘故，房下还是室女，作少了价钱，饶一掷不为过。"赢家曰："那有此理？"曰："你若不信，只看我自做亲以来，何曾有一夜在家里？"

取头

好赌者，家私输尽，不能过活，取绳上吊。忽见一鬼在梁上云："快拿头来。"此人曰："也亏你开得这口，我输到这般地位，还来问我要头！"

捉头

按君访察，匡章、陈仲子及齐人，俱被捉。匡自信孝子，陈清客，俱不请托。惟齐人有一妻一妾，馈送显者求解。显者为见按君，按君述三人罪状，都是败坏风俗的头目，所以访之。显者曰："匡章出妻屏子，仲子离母避兄，老公祖捉得极当。那齐人是叫化子的头，也捉他做甚么？"

---

① 稍：指赌资、赌本。

白日鬼

法师上坛，焰口施食。天将明矣，正要安寝，又见一班披枷带锁、折手断脚的饿鬼索食。师问："阳世作何生理，受此果报？"众云："皆是拐骗子，做中保、镶局害人的。"又问："夜间为何不来同领法食？"答曰："我们一班，都是白日鬼。"

分子头

一人生平惯做分头，扣克人家银钱。死后阎王痛恨，发在黑暗地狱内受罪。进狱时即云："列位在此，不见天日，何不出一公分，开个天窗？"

穿窬

一士人夜读，见偷儿穴墙有声，时炉内滚汤正沸，提汤潜伺穴口。及墙既穿，偷儿先以脚进，士遂擒住其两腿，徐以滚汤淋之。贼哀告求释，士从容谓曰："多也不敢奉承，只尽此一壶罢。"

新雷公

雷公欲诛忤逆子，子执其手曰："且慢击。我且问你还是新雷公，还是旧雷公？"雷公曰："何谓？"其人曰："若是新雷公，我竟该打死。若是旧雷公，我父忤逆我祖，你一向在那里去了？"

叫城门

一人最好唱曲。探亲回迟，城门已闭，因叫："开门！"管门者曰："你唱一曲我听，便放你进来。"此人曰："唱便唱，只是我唱，你要答应。"管门曰："依你。"其人先说白云："叫周仓！"城上应曰："嗄。""关爷爷在城外了，还不快迎！"复应曰："嗄。"其人曰："你既晓得关出你爷在城外，就该开门，如何还敢要我唱曲？"

老鳏

苏州老鳏，人问："有了令郎么？"答云："提起小儿，其实心酸。前面妻祖与妻父定亲，说得来垂成了，被一个天杀的用计智退了，致使妻父不曾娶得妻母，妻母不曾养得贱内，至今小儿杳然。"

抵偿

老虎欲吃猢狲，狲诳曰："我身小，不足以供大嚼。前山有一巨兽，堪可饱餐，当引导前去。"同至山前，一角鹿见之，疑欲啖己，乃大喝云："你这小猢狲，许我拿十二张虎皮送我，今只拿一张来，还有十一张呢？"虎惊遁，骂曰："不信这小猢狲如此可恶，倒要拐我抵销旧账！"

不利语

一翁无子，三婿同居，新造厅房一所。其长婿饮归，敲门不应，大骂："牢门为何关得恁早！"翁怒，呼第二婿诉曰："我此屋费过千金，不是容易挣的，出此不利之语，甚觉可恶。"次婿曰："此房若卖也只好值五百金罢了。"翁愈怒，又呼第三婿述之。三婿云："就是五百金，劝阿伯卖了也罢，若然一场天火。连屁也不值。"

吹喇叭

乐人夜归，路见偷儿挖一壁洞，戏将叭喇插入吹起。内惊觉追赶，遇贼问云："你曾见吹喇叭的么？"

戒狗肉

乞儿戒吃狗肉，众丐劝曰："不必。"曰："我不食之久矣。"众曰："你便戒他，他却不戒你。"

病烂腿

一乞儿病腿烂，仰卧市中，狗见之欲餂。乞儿曰："畜生，少不得是你口里食，何须这般性急？"

吃荇叶

清客贫甚，晨起无米，煮荇叶食之而出。少顷，赴富儿席，饮空心酒过多，遂大哕，而荇叶出焉。恐人嘲笑，乃指而言曰："好古怪，早上吃白滚汤时，用不多几个莲心，如何一会子小荷叶出得恁快？"

书手

一人嫖院，饮酒过深，上床即鼾睡不醒，妓恐次日难索嫖钱，因而抚弄其阳。客既醒，问曰："汝是何人？"妓曰："李云卿的粗手。"其人曰："理刑厅的书手，为何在此弄我的卵？"

滑吏

有快手，妻颇美。邻吏每欲调之不得，乃壁间凿一孔，俟其夫出，将阳物穿过而诱之。偶为快手瞧见，一把捏住不放。吏赞曰："好快手。"吏以唾涂阳具，尽力一拔，遂缩回。快手亦赞曰："好滑吏。”

做牌

有叩吏门者，妻曰：“出去了。你可是要做牌的么？留大些一个东道在我房里，任凭你要搁就搁，要捺就捺，要牒就牒，要销就销，要抽就抽，无有个做不来的。”

作仆

有投靠作仆者，自言：“一生不会横撑船，不肯缩退走，见饭就住的。”主人喜而纳之。一日，使撚河泥，辞曰：“说过不会横撑船。”又使其插秧，曰：“说过不会缩退走。”主人愤甚，伺其饭，辄连进不止，乃以“见饭就住”语责之。其人张口向主人曰：“请看喉咙内曾见饭否？”

戏改杜诗

有老妓年逾耳顺，犹强施膏沐，以媚少年。恐露白发，伪作良家妆束，以冠覆之。俗眼不辨，竟有为其所惑者。有名士于席间谈及，戏改杜诗一首以嘲之云：“老去千秋强不宽，兴来今夜尽君欢。羞将短发还桃鬓，笑学良家也戴冠。阴水似从千涧落，金莲高耸两峰寒。明年此际知谁在，醉抱鸡巴仔细看。”一时绝倒。

卷八　僧道部

追度牒

一乡官游寺，问和尚："吃荤否？"曰："不甚吃，但逢饮酒时，略用些。"曰："然则汝又饮酒乎？"曰："不甚吃，但逢家岳妻舅来，略陪些。"乡官怒曰："汝又有妻，全不像出家人的戒行，明日当对县官说，追你度牒。"僧曰："不劳费心，三年前贼情事发，早已追去了。"

掠缘簿[①]

和尚做功德回，遇虎，惧甚，以铙钹一片击之。复至，再投一片，亦如之。乃以经卷掠去，虎急走归穴。穴中母虎问故，答曰："适遇一和尚无礼，只扰得他两片薄脆，就掠一本缘簿过来，不得不跑。"

鬼王撒尿

大族出丧，路逢大雨，女眷人等，避于路旁檐下。和尚没处存身，暂躲开路神腹内。少顷，一僧从神腰里伸头探望，看雨住否。诸女眷惊曰："我们回避，开路神要撒尿哩。"

发往酆都

有素不信佛事者，死后坐罪甚重。乃倾其冥资，延请僧鬼作功

① 缘簿：僧侣化缘的簿本。

果，遍觅不得。问人曰："此间固无僧乎？"曰："来是来得多，都发往酆都了。"

开荤

师父夜谓沙弥曰："今宵可干一素了。"沙弥曰："何为素了？"僧曰："不用唾者是也。"已而沙弥痛甚，叫曰："师父，熬不得，快些开了荤罢。"

鸦噪

一士借僧房读书，忽闻鸦噪，连连叩齿。徒问："相公为何？"答曰："鸦噪。"徒曰："我们丫燥，不是这等解法，是拓嚷吐的。"

忏悔

孝子忏悔亡父，僧诵《普庵咒》，至"南无佛陀耶"句，孝子喜曰："正愁我爷难过奈何桥，多承佗过了。"乃出金劳之。僧曰："若肯从重布施，连你娘等我也佗了去吧。"

追荐

一僧追荐亡人，需银三钱，包送西方。有妇超度其夫者，送以低银。僧遂念往东方。妇不悦，以低银对，即算补之，改念西方。妇哭曰："我的天，只为几分银子，累你跑到东又跑到西，好不苦呀。"

屁脬

一僧患大气脬，请医治之。医曰："此症他人患之便可医，惟你出家人最难治。”问何以故，答曰：“这个大脬内，都是徒弟们的屁在里面。”

阳硬

或问和尚曰：“汝辈出家人，修炼参禅，夜间独宿，此物还硬否？”和尚曰：“幸喜一月止硬三次。”曰：“若如此大好？”和尚曰：“只是一件不妙，一硬就是十日。”

哭响屁

一人以幼子命犯孤宿，乃送出家，僧设酒款待。子偶撒一屁甚响，父不觉大恸。僧曰：“撒屁乃是常事，何以发悲？”父曰：“想我小儿此后要撒这个响屁，再不能够了。”

闻香袋

一僧每进房，辄闭门口呼“亲肉心肝”不置。众徒俟其出，启钥瞷之，无他物，帷席下一香囊耳。众疑此有来历，乃去香，实以鸡粪。僧既归，仍闭门取香囊，且嗅且唤曰：“亲肉心肝呀，你怎么这等，莫非撒了一屁么？”

游方

头虱为足虱邀饮，值其人行房事，致被阻，观望久之方到。问：“何来迟？”曰：“不要说起。行至黑松林，遇一和尚甚奇，初时软弱郎当，有似怯病和尚；已而昂藏坚挺，竟似少林和尚；及其出入不休，好像当家和尚；忽然呕吐垂首，又像中酒和尚。”下虱曰：“究竟是甚和尚？”曰：“临了背着袱包就走，还是个游方和尚。”

桩粪

有买粪于寺者，道人索倍价。乡人讶之，道人曰："此粪与他处不同，尽是师父们桩实落的，泡开来一担便有两担。"

僧赞僧

一秀才小便，和尚见之，大赞曰："相公必然高中。"生问："何以知之？"僧曰："适见龟头有痣。相书曰：'龟头有痣终须发'，故以知之。"生曰："你将来山门大兴，妙不可言。"僧问："何以见得？"答曰："若要佛法兴，除非僧赞僧。"

上下光

师号光明，徒号明光。客问："贤师徒法号，如何分别？"徒答曰："上头光是家师，下头光即是小僧。"

卖字

一妇游虎丘，手持素扇。山上有卖字者，每字索钱一文，妇止带有十八文求写。卖字者题曰："美貌一佳人，胭脂点嘴唇。好像观音样，少净瓶。"子持扇，为馆师见之，问："此扇何来？"子述以故。师曰："被他取笑了。"因取十七文，看他如何写法。卖者即书云："聪明一秀才，文章滚出来。一日宗师到，直呆。"生取扇含怒下山，途遇一僧，询知其故。僧曰："待小僧去难他。"遂携十六文以往，写者题曰："伶俐一和尚，好像如来样。睡到五更头，硬（读上音）。"僧曰："尾韵不雅，补钱四文，求你换过。"卖字曰："既写，如何抹去？不若与你添上罢。"援笔写曰："硬到大天亮。"

见和尚

有三人同行，途遇穿一破裤者。一友曰："这好像猎户张䩞。"一人曰："不然，还似渔翁撒网。"又一人曰："都不确，依我看来，好像一座多年破庙。"问："为何？"答曰："前也看见和尚，后也看见和尚。"

没骨头

秀才、道士、和尚三人，同船过渡。舟人解缆稍迟，众怒骂曰："狗骨头，如何这等怠慢！"舟人忍气渡众下船，撑到河中，停篙问曰："你们适才骂我狗骨头，汝秀才是甚骨头，讲得有理，饶汝性命，不然推下水去！"士曰："我读书人攀龙附凤，自然是龙骨头。"次问道士，乃曰："我们出家人，仙风道骨，自然是神仙骨头。"和尚无可说得，乃慌哀告曰："乞求饶恕，我这秃子，从来是没骨头的。"

和尚下爬

有浸苧麻于河埠者，被人窃去。适一妇人蹲倒涤衣，阴毛甚长，浸入河内，濯毕，带水而归。失苧者跟视水迹，疑是此妇偷去，骂詈不止。妇分辨不脱，怒将阴毛剪下，以火焚之。值邻家方在寻鸡声唤，忽闻隔壁毛臭，亦冤是他盗吃了。两边喊骂，受屈愈深。妇思多因此物遗祸，将刀连阴户挖出，抛在街心。值两公差拘提人犯回来，踹着此物，仔细端详，骇曰："又是一桩人命了。怎么和尚的下爬，被人割落在这里。"

杜徐

一僧赴宴而归，人问："坐第几席？"答曰："首席是姓杜的，次席是姓徐的，杜徐之下，就是贫僧了。"

大家伙

一僧欲宿妓，苦无嫖钱，乃窃米一升而往。妓用大升量折，止存五合，嫌少不纳。僧复往窃升米与之，方许行事。僧愤恨，乃以头顶妓阴户。妓曰："差了。"僧曰："你把大家伙处我，我亦把大家伙弄你。"

小僧头

一僧宿娼，娼遽扳其头以就阴。僧曰："非也，此小僧头耳。"娼意其嫌小，应曰："尽够了。"

倒挂

一士问僧云："你看我腹中是甚么？"僧曰："相公自然满腹文章在内。"士曰："非也。"曰："然则是五脏六腑乎？"士曰："亦非也。"僧问何物，曰："一肚皮和尚。若不信，现有一光头，挂出在里面。"

天报

老僧往后园出恭，误被笋尖拥入臀眼，乃唤疼不止。小沙弥见之，合掌云："阿弥陀佛，天报。"

祭器

僧临终，嘱其徒曰：“享祀不须他物，只将你窟臀供座上足矣。”徒如命。方在祭献，听见有人叩门，忙应曰：“待我收拾了祭器就来。”

僧浴

僧见道家洗浴，先请师太，次师公，后师父，挨次而行，毫不紊乱。因感慨自叹曰：“独我僧家全无规矩，老和尚不曾下去，小和尚先脱得精光了。”

头眼

一僧与人对弈，因夺角不能成眼，躁甚头痒。乃手摩头顶而沉吟曰：“这个所在，有得一个眼便好。”

问秃

一秀才问僧人曰：“秃字如何写？”僧曰：“不过秀才的尾巴弯过来就是了。”

九思

一秀士每日往寺中听讲法，师问曰：“请教何谓‘君子有九思’？”士答曰：“都在人身上：头是三法司，耳是按察司，目是验封司，鼻是通政司，口是萦膳司，肚是尚宝司，手是提举司，足是行人司。”僧问：“还有一司？”生以手指阳物曰：“在这里。”僧问：“何司？”答曰：“僧纲司。”

当真取笑

和尚途行，一小厮叫曰："和尚和尚，光头浪荡。"僧怒云："一个筋头，翻在你娘肚上。"妇怒曰："我家小厮，不过作耍，为何出此粗言？"僧曰："娘娘，难道小僧当真，何须着急？"

宿娼

一僧嫖院，以手摸妓前后，忽大叫曰："奇哉，奇哉！前面的竟像尼姑，后面的宛似徒弟。"

僧道争儿

有僧道共偷一孀妇，有孕。及生子，僧道各争是他骨血，久之不决。子长，人问之，答曰："我是和尚生的。"道士怒曰："怎见得？"子曰："我在娘胎里，只见和尚钻进钻出，并不曾见你道士。"

道士狗养

猪栏内忽产下一狗，事属甚奇。邻里环聚议曰："道是（士）狗养的，又是猪的种，道是（士）猪养的，又是狗的种。"

屄壳

一道士与妇人私，正行事，忽闻其夫叩门，道士慌甚，乃弃头上冠子在床而去。夫既登床，摸着道冠问曰："此是何物？"妇急应曰："此是我裮下的屄壳。"

入观

有无妻者，每放手铳，则以瓦罐贮精。久之精满，携出倾泼，乃对罐哭曰："我的儿呀，只为你没娘，所以送你在罐（观）里。"

跳墙

一和尚偷妇人，为女夫追逐，既跳墙，复倒坠。见地下有光头痕，遂捏拳印指痕在上，如冠子样，曰："不怕道士不来承认。"

驱蚊

一道士自夸法术高强，撇得好驱蚊符。或请得以贴室中，至夜蚊虫愈多。往咎道士，道士曰："吾试往观之。"见所贴符曰："原来用得不如法耳。"问："如何用法？"曰："每夜赶好蚊虫，须贴在帐子里面。"

谢符

一道士过王府基，为鬼所迷，赖行人救之，扶以归。道士曰："感君相救，无物可酬，有辟邪符一道，聊以奉谢。"

祈雨

官命道士祈雨，久而不下，怪其身体不洁，亵渎神明，以致如此。乃尽拘小道，禁之狱中，令其无可掏摸。越数日，狱卒禀曰："老道士祈雨，小道士求晴，如何得有雨下？"官问何故，狱卒曰："他在狱念道：'但愿一世不下甫，省得我们夜夜去熬疼。'"

养汉尼

有尼姑同一妓者，死见阎王。王问妓曰："汝前世作何生理？"妓曰："养汉接客。"王判云："养汉接人，方便孤身，发还阳世，早去超生。”问尼姑：“你是何人？”答曰：“吃素念佛。”王亦判云：“吃素念经，佛口蛇心，一百竹片，打断脊筋。”尼哀告曰：“不瞒大王说，小妇人名虽是个尼姑，其实背地里养汉，做私窠子的。”

七字课

一学生聪颖，对答如流。师出两字课曰：“月明。”徒即对曰：“日出。”又云：“和尚。”答曰：“尼姑。”师曰：“青山。”徒曰：“白水。”又出一字曰：“去。”徒即应声曰：“来。”师又合串总念云：“月明和尚青山去。”徒亦答念对云：“日出尼姑白水来。”

几世修

一尼到一施主人家化缘，暑天见主人睡在醉翁椅上，露出阳物甚伟。进对主家婆曰：“娘娘，你几世上修来的，如此享用。”主婆曰：“阿弥陀佛，说这样话。”尼曰：“这还说不修哩。”

卷九　贪吝部

开当

有慕开典铺者，谋之人曰："需本几何？"曰："大典万金，小者亦须千计。"其人大骇而去。更请一人问之，曰："百金开一钱当亦可。"又辞去。最后一人曰："开典如何要本钱，只须店柜一张，当票数纸足矣。"此人乃欣然。择期开典，至日，有持物来当者，验收讫，填空票计之。当者索银，答曰："省得称来称去，费坏许多手脚，待你取赎时，只将利银来交便了。"

请神

一吝者，家有祷事，命道士请神，乃通城请两京神道。主人曰："如何请这远的？"道士答曰："近处都晓得你的情性，说请他，他也不信。"

好放债

一人好放债，家已贫矣，止余斗粟，仍谋煮粥放之。人问："如何起利？"答曰："讨饭。"

大东道

好善者曰："闻当日佛好慈悲，曾割肉喂鹰，投崖喂虎。我欲效之，但鹰在天上，虎在山中，身上有肉，不能使啖，夏天蚊子甚多，不如舍身斋了蚊罢。"乃不挂帐，以血饲蚊。佛欲试其虔诚，变一虎啖之。其人大叫曰：“小意思吃些则可，若认真这样大东道，如何当得起！”

打半死

一人性最贪，富者语之曰：“我白送你一千银子，你与我打死了罢。”其人沉吟良久，曰：“只打半死，与我五百两何如？”

命穷

乡下亲家新制佳酿，城里亲家慕而访之，冀其留饮。适亲家他往，亲母命子款待，权为荒榻留宿。其亲母卧房止隔一壁，亲家因未得好酒到口，方在懊闷。值亲母桶上撒尿，恐声响不雅，努力将臀夹紧，徐徐滴沥而下。亲家听见，私自喜曰：“原来才在里面滤酒哩，想明早得尝其味矣。”亲母闻言，不觉失笑，下边松动，尿声急大。亲家拍掌叹息曰：“真是命穷，可惜滤酒榨袋又撑破了。”

兄弟种田

有兄弟合种田者，禾既熟，议分。兄谓弟曰：“我取上截，你取下截。”弟讶其不平，兄曰：“不难，待明年你取上，我取下可也。”至次年，弟催兄下谷种，兄曰：“我今年意欲种芋头哩。”

合伙做酒

甲乙谋合本做酒，甲谓乙曰：“汝出米，我出水。”乙曰：“米若我的，如何算帐？”甲曰：“我决不亏心。到酒熟时，只逼还我这些水罢了，其余多是你的。”

翻脸

穷人暑月无帐，复惜蚊烟费，忍热拥被而卧，蚊嘬其面。邻家有一鬼脸，借而带之。蚊口不能入，谓曰："汝不过省得一文钱耳，如何便翻了脸？"

画像

一人要写行乐图，连纸笔颜料，共送银二分。画者乃用水墨于荆川纸上，画出一背像。其人怒曰："写真全在容颜，如何写背？"画者曰："我劝你莫把面孔见人罢。"

许日子

一人性极吝啬，从无请客之事。家僮偶持碗一篮，往河边洗涤，或问曰："你家今日莫非宴客耶？"僮曰："要我家主人请客，除非那世里去！"主人知而骂曰："谁要你轻易许下他日子！"

醵金[①]

有人遇喜事，一友封分金一星往贺，乃密书封内云："现五分，赊五分。"已而此友亦有贺分，其人仍以一星之敬答之。乃以空封往，内书云："退五分，赊五分。"

携灯

有夜饮者，仆携灯往候，主曰："少时天便明，何用灯为？"仆乃归。至天明，仆复往接，主责曰："汝大不晓事，今日反不带灯

① 醵（jù）金：集资、凑钱。

来，少顷就是黄昏，叫我如何回去？”

不留客

客远来久坐，主家鸡鸭满庭，乃辞以家中乏物，不敢留饭。客即借刀，欲杀己所乘马治餐。主曰：“公如何回去？”客曰：“凭公于鸡鸭中，告借一只，我骑去便了。”

不留饭

一客坐至晌午，主绝无留饭之意。适闻鸡声，客谓主曰：“昼鸡啼矣。”主曰：“此客鸡不准。”客曰：“我肚饥是准的。”

射虎

一人为虎衔去，其子执弓逐之，引满欲射。父从虎口遥谓其子曰：“我儿须是兜脚射来，不要伤坏了虎皮，没人肯出价钱。”

吃人

一人远出回家，对妻云：“我到燕子矶，蚊虫大如鸡。后过三山硖，蚊虫大如鸭。昨在上新河，蚊虫大如鹅。”妻云：“呆子，为甚不带几只回来吃。”夫笑曰：“他不吃我就够了，你还敢想去吃他！”

悭吝

一人性最悭吝，忽感痨瘵之疾，医生诊视云：“脉气虚弱，宜用人参培补。”病者惊视曰：“力量绵薄，惟有委命听天可也。”医士曰：“参既不用，须以熟地代之，其价颇贱。”病者摇首曰：“费亦太过，愿死而已。”医知其吝啬，乃诈言曰：“别有一方，用干狗屎调黑糖一二文服之，亦可以补元神。”病者跃然起问曰：“不知狗屎一味，可以秃用否？”

卖粉孩

一人做粉孩儿出卖，生意甚好，谓妻曰：“此后只做束手的，粉可稍省。”果卖去。又曰：“此后做坐倒的，当更省。”仍卖去。乃曰：“如今做垂头而卧者，不更省乎！”及做就，妻提起看曰：“省则省矣，只是看看不像个人了。”

独管裤

一人谋做裤而吝布，连唤裁缝，俱以费布辞去。最后一缝匠云：“只须三尺足矣。”其人大喜，买布与之。乃缝一脚管，令穿两足在内。其人曰：“迫甚，如何行得？”缝匠曰：“你脱煞要省，自然一步也行不开的。”

莫想出头

一性吝者，买布一丈，命裁缝要做马衣一件，裤一条，袜一双，余布还要做顶包巾。匠每以布少辞去。落后一裁缝曰：“我做只消八尺，倒与你省却两尺，何如？”其人大喜。缝者竟做成一长袋，将此人从脚套至头顶，口用绳收紧。其人曰：“气闷极矣。”匠曰：“撞着你这悭吝鬼，自然是气闷的。省是省了，要想出头，却难哩。”

一毛不拔

一猴死见冥王，求转人身。王曰：“既欲做人，须将身上毛尽行拔去。”即唤夜叉动手。方拔一根，猴不胜痛楚，王笑曰：“畜生，看你一毛不拔，如何做人！”

因小失大

有造方便觅利者，遥见一人撩衣，知必小解，恐其往所对邻厕，乃伪为出恭，而先踞其上。小解者果赴己厕。其人不觉，偶撒一屁，带下粪来，乃大悔恨，曰：“何苦因小失大。”

七德

一家延师，供馔甚薄。一日，宾主同坐，见篱边一鸡，指问主人曰：“鸡有几德？”主曰：“五德。”师曰：“以我看来，鸡有七德。”问：“为何多了二德？”答曰：“我便吃得，你却舍不得。”

粪鸡

东家供师甚薄，久不买荤。一日，粪缸内淹死一鸡，烹以为馔。师食而疑之，问其徒，徒以实告，师愤甚。少顷，主人进馆，师忙执笤帚一把，塞其口中，逼使尽食。东家曰：“笤帚如何吃得？”师曰：“你既不肯吃笤帚，如何倒叫先生吃粪鸡（箕）。”

恶神

一神道险恶，赛者必用生人祭祷。有酬愿者，苦乏人献，特于供桌中挖一孔，藏身在桌下，而伸头于桌面。俟神举箸，头忽缩下。神大怒，骂曰：“这班小鬼都是贼，才得举箸，如何嗄饭就一些没有了。”

下饭

二子午餐，问父用何物下饭，父曰："古人望梅止渴，可将壁上挂的腌鱼望一望，吃一口，这就是下饭了。"二子依法行之。忽小者叫云："阿哥多看了一眼。"父曰："咸杀了他。"

吃榧伤心

有担榧子[①]在街卖者，一人连吃不止。卖者曰："你买不买，如何只管吃？"答曰："此物最能养脾。"卖者曰："你虽养脾，我却伤心。"

一味足矣

一先生开馆，东家设宴相待，以其初到加礼，乃宰一鹅奉款。饮至酒阑，先生谓东翁曰："学生取扰的日子正长，以后饮撰，务须从俭，庶得相安。"因指盘中鹅曰："日日只此一味足矣，其余不必罗列。"

卖肉忌赊

有为儿孙作马牛者，临终之日，呼诸子而问曰："我死之后，汝辈当如何殡殓？"长子曰："仰体大人惜费之心，不敢从厚，缟衣布衾，二寸之棺，一寸之椁，墓道仅以土封。"翁攒眉良久，责其多费。次子曰："衣衾棺椁，俱不敢用，但具稿荐一条，送于郊外，谓之火葬而已。"翁犹疾其过奢。三子嘿喻父意，乃诡词以应曰："吾父爱子之心，无所不至，既经殚力于生前，并惜捐躯于死

---

① 榧（fěi）子：香榧，也叫玉山果，是一种红豆杉科植物的种子，含有丰富的脂肪油。

后？不若以大人遗体，三股均分，暂作一日之屠儿，以享百年之遗泽，何等不好？”翁乃大笑曰：“吾儿此语，适获我心。”复戒之曰：“对门王三老，惯赖肉钱，断断不可赊。”

咬嚼不过

一人死后，转床殡殓，诸亲及众妇绕灵而哭。只见孝帏裂碎，到处飞扬，皆称怪象。特往关魂问之，乃曰：“无他，只是当众人咬嚼不过耳。”

蘸酒

有性吝者，父子在途，每日沽酒一文，虑其易竭，乃约用箸头蘸尝之。其子连蘸二次，父责之曰：“如何吃这般急酒！”

吞杯

一人好饮，偶赴席，见桌上杯小，遂作呜咽之状。主人惊问其故，曰：“睹物伤情耳。先君去世之日，并无疾病，因友人招饮。亦似府上酒杯一般，误吞入口，咽死了的。今日复见此杯，焉得不哭？”

好酒

父子扛酒一坛，路滑跌翻。其父大怒，子乃伏地痛饮，抬头谓父曰：“快些来么，难道你还要等甚菜？”

恋席

客人恋席，不肯起身。主人偶见树上一大鸟，对客曰：“此席坐久，盘中肴尽，待我砍倒此树，捉下鸟来，烹与执事侑酒，何如？”客曰：“只恐树倒鸟飞矣。”主云：“此是呆鸟，他死也不肯动身的。”

恋酒

一人肩挑磁壶，各处货卖。行至山间，遇着一虎，咆哮而来。其人怆甚，忙将一壶掷去，其虎不退。再投一壶，虎又不退。投之将尽，止存一壶，乃高声大喊曰：“畜生，畜生！你若去，也只是这一壶。你就不去，也只是这一壶了！”

四脏

一人贪饮过度，妻子私相谋议曰：“屡劝不听，宜以险事动之。”一日，大饮而哕，子密袖猪膈置哕中，指以谓曰：“凡人具五脏，今出一脏矣，何以生耶？”父熟视曰：“唐三藏尚活世，况我有四脏乎！”

寡酒

一人以寡酒劝客，客曰：“不如拿把刀来杀了我罢。”主愕然，问曰：“劝酒无非好意，何出此言？”客曰：“其实当你寡（剐）不过了。”

白伺候

夜游神见门神夜立，怜而问之曰：“汝长大乃尔，如何做人门客，早晚伺候，受此苦辛？”门神曰：“出于无奈耳。”曰：“然则有饭吃否？”答：“若要他饭吃时，又不要我上门了。”

梦戏酌

一人梦赴戏酌，方定席，为妻惊醒，乃骂其妻。妻曰：“不要骂，趁早睡去，戏文还未半本哩。”

梦美酒

一好饮者，梦得美酒。将热而饮之，忽被惊醒，乃大悔曰：“早知如此，恨不冷吃。”

截酒杯

使僮斟酒不满，客举杯细视良久，曰：“此杯太深，当截去一段。”主曰：“为何？”客曰：“上半段盛不得酒，要他何用？”

切薄肉

主有留客定饭，仅用切肉一碗，既嚣[1]且少。乃作诗以诮之，曰：“君家之刀利且锋，君家之手轻且松。切来片片如纸同，周围披转无二重。推窗忽遇微小风，顿然吹入五云中。忙忙令人觅其踪，已过巫山十二峰。”

满盘多是

客见坐上无肴，乃作意谢主人，称其太费。主人曰：“一些菜也没有，何云太费？”客曰：“满盘都是。”主人曰：“菜在那里？”客指盘中曰：“这不是菜，难道倒是肉不成？”

---

① 嚣：饥饿。这里引申为薄。

滑字

一家延师，供膳菲薄。时值天雨，馆僮携午膳至，肉甚少，师以其来迟，欲责之。僮曰："天雨路滑故也。"师曰："汝可写'滑'字我看，如写得出，便饶你打。"僮曰："一点儿，一点儿，又是斜披一点儿，其余都是骨了。"

不见肉

一母命子携萝卜一篮，往河边洗涤。久之不归，母往寻之，但存萝卜。知儿失足堕河，淹死水中，因大哭曰："我的肉，我的肉，但见萝卜不见肉。"

和头多

有请客者，盘飧少而和头多，因嘲之曰："府上的食品，忒煞富贵相了。"主问："何以见得？"曰："葱蒜萝卜，都用鱼肉片子来拌的。少刻鱼肉上来，一定是龙肝凤髓做和头了。"

盛骨头

一家请客，骨多肉少。客曰："府上的碗想是偷来的？"主人骇曰："何出此言？"客曰："我只听见人家骂说：'偷我的碗，拿去盛骨头。'"

收骨头

馆僮怪主人每食必尽，只留光骨于碗，乃对天祝曰："愿相公活一百岁，小的活一百零一岁。"主问其故，答曰："小人多活一岁，好收拾相公的骨头。"

涂嘴

或有宴会，座中客贪馋不已，肴使既尽。馆僮愤怒而不敢言，乃以锅煤涂满嘴上，站立旁侧。众人见而讶之，问其嘴间何物。答曰："相公们只顾自己吃罢了，别人的嘴管他则甚。"

索烛

有与善啖者同席，见盘中且尽，呼主翁拿烛来。主曰："得无太早乎？"曰："我桌上已一些不见了。"

借水

一家请客，失分一箸。上菜之后，众客朝拱举箸，其人独伸手而观。徐向主人曰："求赐清水一碗。"主问曰："何处用之？"答曰："洗干净了指头，好拈菜吃。"

善求

有作客异乡者，每入席，辄狂啖不已。同席之人甚恶之，因问曰："贵处每逢月食，如何护法？"答曰："官府穿公服群聚，率军校侍兵击鼓为对，俟其吐出始散。"其人亦问同席者曰："贵乡同否？"答曰："敝处不然，只是善求。"问："如何求法？"曰："合掌了手，对黑月说道：'阿弥陀佛，脱煞凶了，求你省可吃些，剩点与人看看罢。'"

好啖

甲好啖，手不停箸，问乙曰："兄如何箸也不动？"乙还问曰："兄如何动也不住？"

同席不认

有客馋甚，每入座，辄饕餮不已。一日，与之同席，自言曾会过一次，友曰："并未谋面，想是老兄错认了。"及上菜后，啖者低头大嚼，双箸不停。彼人大悟，曰："是了，会便会过一次，因兄只顾吃菜，终席不曾抬头，所以认不得尊容，莫怪莫怪。"

喜属犬

一酒客讶同席者饮啖太猛，问其年，以属犬对。客曰："幸是犬，若属虎的，连我也都吃下肚了。"

问肉

一人与瞽者同席，先上东坡肉一碗，瞽者举箸即掯而啖之。同席者恶甚。少焉复来捞取，盘中已空如也。问曰："肉有几块？"其人愤然答曰："九块。"瞽者曰："你倒吃了八块么。"

吃黄雀

两人共席而饮，碗内有黄雀四只，一人贪食其三，谓同席者曰："兄何不用？"其人曰："索性放在兄腹中，省得他们拆了对。"

啖馄饨

一妻病，夫问曰："想甚吃否？"妻曰："除非好肉馄饨，想吃一二只。"夫为治一盂，意欲与妻同享，方往取箸回，而妻已染指啖尽，止余其一。夫曰："何不并啖此枚？"妻攒眉曰："我若吃得下此只，不害这病了。"

罚变蟹

一人见冥王，自陈一生吃素，要求个好轮回。王曰：“我那里查考，须剖腹验之。”既剖，但见一肚馋涎。因曰：“罚你去变一只蟹，依旧吐出了罢。”

不吃素

一人遇饿虎，将遭啖。其人哀恳曰：“圈有肥猪，愿将代己。”虎许之，随至其家。唤妇取猪喂虎，妇不舍曰：“所有豆腐颇多，亦堪一饱。”夫曰：“罢么，你看这样一个狠主客，可是肯吃素的么？”

酒煮滚汤

有以淡酒宴客者，客尝之，极赞府上烹调之美。主曰：“粗肴未曾上桌，何以见得？”答曰：“不必论其他，只这一味酒煮白滚汤，就妙起了。”

淡酒

有人宴客用淡酒者，客向主人索刀。主问曰：“要他何用？”曰：“欲杀此壶。”又问：“壶何可杀？”答曰：“杀了他，解解水气。”

淡水

河鱼与海鱼攀亲，河鱼屡往，备扰海错。因语海鱼：“亲家，何不到小去处下顾一顾？”海鱼许焉。河鱼归曰：“海头太太至矣。”遣手下择深港迎之。海鱼甫至港口便返，河鱼追问其故，答曰：

“我吃不惯贵处这样淡水。”

索米

一家请客，酒甚淡。客曰：“肴馔只此足矣，倒是米求得一撮出来。”主曰：“要他何用？”答曰：“此酒想是不曾下得米，倒要放几颗。”

酒死

一人请客，客方举杯，即放声大哭。主人慌问曰：“临饮何故而悲？”答曰：“我生平最爱的是酒，今酒已死矣，因此而哭。”主笑曰：“酒如何得死？”客曰：“既不曾死，如何没有一些酒气？”

送君代酒

一客访，客主人不留饮食，起送出门，谓客曰：“古语云‘远送当三杯’，待我送君里许。”恐客留滞，急拽其袖而行。客曰：“求从容些，量浅，吃不得这般急酒。”

卷十　贫窭部

好古董

一富人酷嗜古董，而不辨真假。或伪以虞舜所造漆碗，周公挞伯禽之杖，与孔子杏坛所坐之席求售，各以千金得之。囊资既空，乃左执虞舜之碗，右持周公之杖，身披孔子之席，而行乞于市，曰：“求赐太公九府钱一文。”

不奉富

千金子骄语人曰：“我富甚，汝何得不奉承？”贫者曰：“汝自多金子，我何与而奉汝耶？”富者曰：“倘分一半与汝何如？”答曰：“汝五百，我五百，我汝等耳，何奉焉？”又曰：“悉以相送，难道犹不奉我？”答曰：“汝失千金，而我得之，汝又当趋奉我矣。”

穷十万

富翁谓贫人曰：“我家富十万矣。”贫人曰：“我亦有十万之蓄，何足为奇。”富翁惊问曰：“汝之十万何在？”贫者曰：“你平素有了不肯用，我要用没得用，与我何异？”

止一物

穷汉闻邻家喊捉贼，忙将阳物插妻牝内。妻曰：“贼至有何高兴？”答曰：“止此一物，藏好了，怕他怎么？”

失火

一穷人正在欢饮，或报以家中失火。其人即将衣帽一整，仍坐云："不妨，家当尽在身上矣。"或曰："令正却如何？"答曰："他怕没人照管？"

夹被

暑月有拥夹被卧者，或问其故，答曰："啊哟，棉被脱热。"

金银锭

贫子持金银锭行于街市，顾锭叹曰："若得你硬起来，我就好过日子了。"旁人待答曰："要我硬却不能够，除非你硬了凑我。"

妻掇茶

客至乏人，大声讨茶，妻无奈，只得自送茶出。夫装鼾撑幌，乃大喝云："你家男个那里去了？"

唤茶

一家客至，其夫唤茶不已。妇曰："终年不买茶叶，茶从何来？"夫曰："白滚水也罢。"妻曰："柴没一根，冷水怎得热？"夫骂曰："狗淫妇！难道枕头里就没有几根稻草？"妻回骂曰："臭忘八！那些砖头石块，难道是烧得着的！"

留茶

有留客吃茶者，苦无茶叶，往邻家借之。久而不至，汤滚则溢，以冷水加之。既久，釜且满矣，而茶叶终不得。妻谓夫曰：

"茶是吃不成了，不如留他洗个浴罢。"

怕狗

客至乏仆，暗借邻家小厮掇茶。至客堂后，逡巡不前，其人厉声曰："为何不至？"僮曰："我怕你家这只凶狗。"

食粥

一人家贫，每日省米吃粥。怕人耻笑，嘱子讳之，人前只说吃饭。一日，父同友人讲话，等久不进，子往唤曰："进来吃饭。"父曰："今日手段快，缘何煮得恁早？"子曰："早倒不早，今日又熬了些清汤。"

鞋袜讦讼

一人鞋袜俱破，鞋归咎于袜，袜又归咎于鞋，交相讼之于官。官不能决，乃拘脚跟证之。脚跟曰："小的一向逐出在外，何由得知？"

被屑挂须

贫家盖稿荐，幼儿不知讳，父挞而戒之曰："后有问者，但云盖被。"一日父见客，而须上带荐草，儿从后呼曰："爹爹，且除去面上被屑着？"

吃糟饼

一人家贫而不善饮，每出啖糟饼二枚，便有酣意。适遇友人问曰："尔晨饮耶？"答曰："非也，吃糟饼耳。"归以语妻，妻曰：

“呆子，便说吃酒，也装些体面。”夫颔之。及出，仍遇此友，问如前，以吃酒对。友诘之：“酒热吃乎？冷吃乎？”答曰：“是熯的。”友笑曰：“仍是糟饼。”既归，而妻知之，咎曰：“汝如何说熯，须云热饮。”夫曰：“我知道了。”再遇此友，不待问即夸云：“我今番的酒，是热吃的？”友问曰：“你吃几何？”其人伸手曰：“两个。”

烧黄熟

清客见东翁烧黄熟香，辄掩鼻不闻，以其贱而不屑用也。主人曰：“黄熟虽不佳，还强似府上烧人言、木屑。”清客大诧曰：“我舍下何曾烧这两件？”主人曰：“蚊烟是甚么做的？”

拉银会

有人拉友作会，友固拒之不得，乃曰：“汝若要我与会，除是跪我。”其人即下跪，乃许之。旁观者曰：“些须会银，左右要还他的，如此自屈，吾甚不取。”答曰：“我不折本的，他日讨会钱，跪还我的日子正多哩。”

兑会钱

一人对客，忽转身曰：“兄请坐，我去兑还一主会银，就来奉陪。”才进即出，客问：“何不兑银？”其人笑曰：“我曾算来，他是痴的，所以把会银与我。我若还他，也是痴的了。”

剩石沙

一穷人留客吃饭，其妻因饭少，以鹅卵石衬于添饭之下。及添饭既尽，而石出焉。主人见之愧甚，乃责仆曰：“瞎眼奴才，淘米的时节，眼睛生在那里？这样大石沙，都不拿来拣出。”

饭粘扇

一人不见了扇子，骂曰：“拿我的扇子，去做羹饭！”旁人曰：“扇子如何做得羹饭？”其人曰：“你不晓得，我的扇子，糊掇许多饭粘在上面。”

没㞗

穷人好装体面，偶出访友，乏人跟随，令妻男装以代仆。及至友家，闲谈至暮，遂留宿焉。因铺陈未备，主伴主，而仆伴仆，各睡一处。穷人解衣上床，下身无裤，次日起身后，主人叹曰：“好笑这朋友，穷得裤子也无，只穿一件单布麻裙。”仆在旁曰：“这还算好，不像他管家，竟穷得㞗子都精光。”

破衣

一人衣多破孔，或戏之曰：“君衣好像棋盘，一路一路[①]的。”其人笑曰：“不敢欺[②]，再着着[③]，还要打结哩。”

借服

有居服制而欲赴喜筵者，借得他人一羊皮袄，素冠而往。人知其有服也，因问：“尊服是何人的？”其人见友问及，以为讥诮其所穿之衣，乃遽视己身作色而言曰：“是我自家的，问他怎么？”

---

① 一路一路：一条一条。

② 欺：谐音词，弃也。

③ 再着着：再穿穿。

连三拐

一人三餐无食，夫妻枵腹上床。妻嗟叹不已，夫曰："我今夜连要打三个拐，以当三餐。"妻从之。次早起来，头晕眼花，站脚不住，谓妻曰："此事妙极，不惟可以当饭，且可当酒。"

酒瓮盛米

一穷人积米三四瓮，自谓极富。一日，与同伴行市中，闻路人语曰："今岁收米不多，止得三千余石。"穷人谓其伴曰："你听这人说谎，不信他一分人家，有这许多酒瓮。"

遇偷

偷儿入贫家，遍摸无一物，乃唾地开门而去。贫者床上见之，唤曰："贼，有慢了，可为我关好了门去。"偷儿曰："你这样人，亏你还叫我贼！我且问你，你的门关他做甚么？"

被贼

穿窬入一贫家，其家止蓄米一瓮，置卧床前。偷儿解裙布地，方取瓮倾米，床上人窃窥之，潜抽其裙去，急呼"有贼"。贼应声曰："真个有贼，刚才一条裙在此，转眼就被贼屄养的偷去了。"

羞见贼

穿窬往窃一家，见主人向外而睡，忽转朝里。贼疑其素有相识，欲遁去。其人大呼曰："来不妨，因我家乏物可敬，无颜见你啰。"

望包荒[1]

贫士素好铺张，偷儿夜袭之，空如也，唾骂而去。贫士摸床头数钱，追赠之，嘱曰："君此来，虽极怠慢，然在人前，尚望包荒。"

借债

有持券借债者，主人曰："券倒不须写，只画一幅行乐图来。"借者问其故，答曰："怕我日后讨债时，便不是这副面孔耳。"

变爷

一贫人生前负债极多，死见冥王。王命鬼判查其履历，乃惯赖人债者，来世罚去变成犬马，以偿前欠。贫者禀曰："犬马之报，所偿有限，除非变了他们的亲爷，方可还得。"王问何故，答曰："做了他家的爷，尽力去挣，挣得论千论万，少不得都是他们的。"

梦还债

欠债者谓讨债者曰："我命不久矣，昨夜梦见身死。"讨者曰："阴阳相反，梦死反得生也。"欠债者曰："还有一梦。"问曰："何梦？"曰："梦见还了你的债。"

说出来

一人为讨债者所逼，乃发急曰："你定要我说出来么！"讨债者疑其发己心病，嘿然而去。如此数次。一日，发狠曰："由你说

---

① 包荒：掩饰、遮掩。

出来也罢，我不怕你。”其人又曰：“真个要说出来？”曰：“真要你说。”曰：“不还了！”

坐椅子

一家索债人多，椅凳俱坐满，更有坐槛上者。主人私谓坐槛者云：“足下明日来早些。”那人意其先完己事，乃大喜，遂扬言以散众人。次早黎明即往，叩其相约之意。答曰：“昨日有亵坐槛，甚是不安，今日早来，可占把交椅。”

扛欠户

有欠债屡索不还者，主人怒，命仆辈潜伺其出，扛之以归。至中途，仆暂歇息，其人曰：“快走罢，歇在这里，又被别人扛去，不关我事。”

拘债精

冥王命拘蔡青，鬼卒误听，以为勾债精也，遂摄一欠债者到案。王询之，知其谬，命鬼卒放回。债精曰：“其实不愿回去。阳间无处藏身，正要借此处一躲。”

摆海干

一人专好放生，龙王感之，命夜叉赠一宝钱，嘱曰：“此钱名为摆海干，教他把此钱在海中一摆，海水即干，任将金银宝贝拿去。”夜叉使命付讫。其人日日将钱去摆，遂成大富。后把此钱失去，贪心未足，只将空手海上去摆。一日，撞着夜叉，夜叉曰：“你手内钱都没了，还有何脸面，在此摆甚么？”

卷十一　讥刺部

搬是非

寺中塑三教像，先儒，次释，后道。道士见之，即移老君于中。僧见，又移释迦于中。士见，仍移孔子于中。三圣自相谓曰：“我们原是好好的，却被这些小人搬来搬去搬坏了。”

丈人

有以岳丈之力得魁选行者，或为语嘲之曰：“孔门弟子入试，临揭晓，闻报子张第九。众曰：‘他一貌堂堂，果有好处。’又报子路第十三，众曰：‘这粗人倒也中得高，还亏他这阵气魄好。’又报颜渊第十二，众曰：‘他学问最好，屈了他些。’又报公冶长第五，大家骇曰：‘那人平时不见怎的，为何倒中在前？’一人曰：‘他全亏有人扶持，所以高掇。’问：‘谁扶持他？’曰：‘丈人。’”

大爷

一人牵牛而行，喝人让路，不听，乃云：“看你家爷来。”一人回视曰：“难道我家有这样一个大爷？”

接风送程

一人往苏州娶得一妾，唤名苏娘。后又往杭州娶了一妾，就取名杭娘。其妻立下规矩：每到苏、杭身边去，必要投批挂号，先与他干讫一度，方许前行，名为送程。及轮该自晚，与夫交合，又名为接风。其夫苦于奔命，愿请独宿。一日，妻兴忽发，乃劝夫往苏、杭去。夫笑曰："我苏、杭倒也要去，只是当你接风、送程不起。"

苏杭同席

苏、杭人同席，杭人单吃枣子，而苏人单食橄榄。杭问苏曰："橄榄有何好处，而兄爱吃他？"曰："回味最佳。"杭人曰："等得你回味好，我已甜过半日了。"

狗衔锭

狗衔一银锭而飞走，人以肉喂他不放，又以衣罩去，复甩脱。人谓狗曰："畜生，你直恁不舍，既不爱吃，复不好穿，死命要这银子何用？"

不停当

有开当者，本钱甚少。初开之月，招牌写一"当"字。未几，本钱发尽，赎者不来，乃于"当"字之上写一"停"字，言停当也。及后赎者再来，本钱复至，又于"停"字之上，加一"不"字。人见之曰："我看你这典铺中，实实有些不停当了。"

和事

一夫妇反目，夜晚上床，夫以手摸其阴户，妻推开曰："手是日间打我的，不要来。"夫与亲嘴，又推开曰："口是日间骂我的，不要来。"及将阳物插入阴中，妇不之拒。夫问曰："口与手，你甚怪他，独此物不拒，何也？"妇曰："他不曾得罪我。往常争闹了，全亏他做和事老人，自然由他出入。”

朝奉

徽人狎妓，卖弄才学，临行事，待要说一成语切题。乃舒妓两股，以其阴对己之阳曰：“此丹（单）凤朝阳也。”妓亦以徽人之阳对己之阴，徽人问曰：“此何故事？”妓曰：“这叫做卵袋朝奉（缝）。”

十只脚

关吏缺课，凡空身人过关，亦要纳税，若生十只脚者免。初，一人过关无钞，曰：“我浙江龙游人也。龙是四脚，牛是四脚，人两脚，岂非十脚？”许之。又一人求免税曰：“我乃蟹客也。蟹八脚，我两脚，岂非十脚？”亦免之。末后一徽商过关，竟不纳税。关吏怒欲责之，答曰：“小的虽是两脚，其实身上之脚还有八只。”官问：“那里？”答曰：“小的徽人，叫做徽獭猫。猫是四脚，獭又四脚，小的两脚，岂不共是十只脚？”

亲家公

有见少妇抱小儿于怀，乃讨便宜曰：“好个乖儿子。”妇知其轻薄，接口曰：“既好，你把女儿送他做妻子罢。”其人答曰：“若如此，你要叫我亲——家公了。”

中人

玉帝修凌霄殿，偶乏钱粮，欲将广寒宫典与下界人皇。因思中人亦得一皇帝便好，乃请灶君皇帝下界议价。既见朝，朝中人讶之曰："天庭所遣中人，何黑如此？"灶君笑曰："天下中人，那有是白做的！"

媒人

有忧贫者，或教之曰："只求媒人足矣。"其人曰："媒安能疗贫乎？"答曰："随你穷人家，经了媒人口，就都发迹了！"

表号

一富翁不通文墨，有借马者柬云："偶欲他出，告假骏足一乘。"翁大怒曰："我便是一双足，如何借得？"旁友代解曰："所谓骏足者，马之称号也。"翁乃大笑曰："不信畜生也有表号。"

精童

有好外[①]者，往候一友。友知其性，呼曰："唤精童具茶。"已而献茶者，乃一奇丑童子也。其人曰："似此何名精童？"友白："正惟一些人（淫）气也无得。"

相称

一俗汉造一精室，室中罗列古玩书画，无一不备。客至，问曰："此中若有不相称者，幸指教，当去之。"客曰："件件俱精，只有一物可去。"主人问："是何物？"客曰："就是足下。"

① 好外：好男色之谓。

看扇

有借佳扇观者，其人珍惜，以绵绸衫衬之。扇主看其袖色不堪，谓曰："倒是光手拿着罢。"

性不饮

一人以酒一瓶、腐一块，献利市神。祭毕，见狗在旁，速命童子收之。童方携酒入内，腐已为狗所啖。主怒曰："奴才！你当收不收，只应先收了豆腐。岂不晓得狗是从来不吃酒的！"

担鬼人

钟馗专好吃鬼，其妹送他寿礼，帖上写云："酒一坛，鬼两个，送与哥哥做点剁。哥哥若嫌礼物少，连挑担的是三个。"钟馗看毕，命左右将三个鬼俱送庖人烹之。担上鬼谓挑担鬼曰："我们死是本等，你却何苦来挑这担子？"

鬼脸

阎王差鬼卒拘三人到案，先问第一个："你生前作何勾当？"答云："缝连补缀。"王曰："你迎新弃旧，该押送油锅。"又问第二个："你作何生理？"答曰："做花卖。"王曰："你节外生枝，发在油锅。"再问第三个，答曰："糊鬼脸。"王曰："都押到油锅去。"其人不服，曰："我糊鬼脸，替大王张威壮势，如何同犯此罪？"王曰："我怪你见钱多的，便把好脸儿与他，那钱少的，就将歹脸来欺他。"

牙虫

有患牙疼者，无法可治。医者云：“内有巨虫一条，如桑蚕样，须捉出此虫，方可断根。”问：“如何就有恁大？”医曰：“自幼在牙（衙）门里吃大，最能伤人。”

狗肚一句

新官到任，吏跪献鲫鱼一尾，其味佳美，大异寻常。官食后，每思再得，差役遍觅无有。仍向前吏索之，吏禀曰：“此鱼非市中所买。昨偶宰一狗，从狗肚中得者，以为异品，故敢上献。”官曰：“难道只有此鲫了？”吏曰：“狗肚里焉得有第二鲫（句）。”

吃粮披甲

一耗鼠在阴沟内钻出，近视者睨视良久，曰：“咦！一个穿貂裘的大老官。”鼠见人随缩入。少刻，又一大龟从洞内扒出，近视曰：“你看穿貂袄的主儿才得进去，又差出个披甲兵儿来了。”

卵穿嘴上

一女无故而腹中受孕，父母严诘其故，女曰：“并无外遇，止有某日偶遇某人对面而来，嘴上撞了一下，遂尔成胎。此外别无他事。”父沉吟良久，忽悟曰：“嗄，我晓得了，这人的卵袋，竟穿在嘴上的。”

风流不成

有嫖客钱尽，鸨儿置酒饯之。忽雨下，嫖客叹曰：“雨落天留客，天留人不留。”鸨念其撒钱，勉留一宿。次日下雪复留。至第三日风起，嫖客复冀其留，仍前唱叹。鸨儿曰："今番官人没钱，风留（流）不成。"

好乌龟

时值大比，一人贪缘科举一名，命卜者占龟，颇得佳象，稳许今科公捷。其人大喜，将龟壳谨带随身。至期点名入场，主试出题，旨解茫然，终日不成一字。因抚龟叹息曰："不信这样一个好乌龟，如何竟不会做文字！"

通谱

有人欲狎一处女，先举其物询之曰："此是何物，汝知之否？"女曰："那是一张。"因"卵"字不便出口，故作歇后语也。又问曰："这等，你腰下的何物？"女曰："也是一张。"男曰："你也一张，我也一张，可见这两件东西都是姓张的了，五百年前共一家，何不使他通一通谱？"女许之，遂解裤相狎。事毕后，女叹曰："谱便通了，只是这个门户渐渐的大起来，收敛不得，却怎么好？"

联宗

眉毛一日忽欲与腋毛联宗，腋毛不肯，曰："我也在人手下，如何与你联得？有一好去处，引你去联可也。"问："何处？"曰："下边新竖旗杆的。"

定亲

一人登厕，隔厕先有一女在焉，偶失净纸，因言："若有知趣的给我，愿为之妇。"其人闻之，即以自所用者，从壁隙中递与。

女净讫径去。其人叹曰："亲事虽定了一头，这一屁股债，如何得干净？"

有钱夸口

一人迷路，遇一哑子，问之不答，惟以手作钱样，示以得钱方肯指引。此人喻其意，即以数钱与之，哑子乃开口指明去路。其人问曰："为甚无钱装哑？"哑曰："如今世界，有了钱，便会说话耳！"

古今三绝

一家门首，来往人屙溺，秽气难闻。因拒之不得，乃画一龟于墙上，题云："在此溺尿者，即是此物。"一恶少见之，问曰："此是谁的手笔？"画者任之，恶少曰："宋徽宗、赵子昂与吾兄三人，共垂不朽矣。"画者询其故，答曰："宋徽宗的鹰，赵子昂的马，兄这样乌龟，可称古今三绝。"

白蚁蛀

有客在外，而主人潜入吃饭者。既出，客谓曰："宅上好座厅房，可惜许多梁柱，都被白蚁蛀坏了。"主人四顾曰："并无此物。"客曰："他在里面吃，外边人如何知道。"

乌须药

婢少艾，而主人苍老，屡次偷之不从。主人怒曰："不受人抬举！你这般做作，我自有法处你。"婢问何法，主人曰："熬得你阴毛尽白，方许嫁人。"婢曰："不妨，我自有乌须药。"

吃烟

人有送夜羹饭甫毕，已将酒肉啖尽。正在化纸将完，而群狗环集，其人曰：“列位来迟了一步，并无一物请你，都来吃些烟罢。”

烟户

嫖客爱洁之极，妓女百般清趣，尚多憎嫌。妓将阴户透香，嫖客临事闻嗅被中，乃大骇云：“原来是个吃烟的烟户。”

烦恼

或问：“樊迟之名谁取？”曰：“孔子取的。”问：“樊哙之名谁取？”曰：“汉祖取的。”又曰：“烦恼之名谁取？”曰：“这是他自取的。”

嘉兴人

下虱请上虱宴饮，上虱行至脐下，见肾倒挂，乃大惊而回。一日，下虱复遇上虱，叙述：“前次奉请，何以见却？”上虱曰：“那日知兄府上为了人命，心绪欠宁，故不好取扰。”下虱曰：“并无其事。”上虱曰：“吊死一嘉兴人在你门首，如何讳赖？”下虱曰：“那见是嘉兴人？”答曰：“他身边现带着两个臭鸭蛋。”

猫逐鼠

昔有一猫擒鼠，赶入瓶内，猫不舍，犹在瓶边守候。鼠畏甚，不敢出。猫忽打一喷嚏，鼠在瓶中曰：“大吉利。”猫曰：“不相干，凭你奉承得我好，只是要吃你哩！”

祝寿

猫与耗鼠庆生，安坐洞口，鼠不敢出。忽在内打一喷嚏，猫祝曰："寿年千岁！"群鼠曰："他如此恭敬，何妨一见？"鼠曰："他何尝真心来祝寿啰，骗我出去，正要狠嚼我哩。"

心狠

一人戏将数珠挂猫项间，群鼠私相贺曰："猫老官已持斋念佛，定然不吃我们的了。"遂欢跃于庭，猫一见，连哺数个。众鼠奔走，背地语曰："吾等以为他念佛心慈了，原来是假意修行。"一答曰："你不知，如今世上修行念佛的，比寻常人的心肠更狠十倍。"

嘲恶毒

蜂与蛇结盟，蜂云："我欲同你上江一游。"蛇曰："可，你须伏在我背间。"行到江中，蛇已无力，或沉或浮。蜂疑蛇害己，将尾刺钉紧在蛇背上。蛇负疼骂曰："人说我的口毒，谁知你的肚里更毒！"

骂无礼

有数小厮同下池塘浴水，被一小蛇将屪子咬了一口。小厮忿怒，将池塘戽干，果见小蛇，乃大骂曰："这小畜生太无礼，咬我屪子就是你！"

讥人弄乖

凤凰寿，百鸟朝贺，惟蝙蝠不至。凤责之曰："汝居吾下，何倨傲乎？"蝠曰："吾有足，属于兽，贺汝何用？"一日，麒麟生诞，蝠亦不至，麟亦责之。蝠曰："吾有翼，属于禽，何以贺欤？"麟、凤相会，语及蝙蝠之事，互相慨叹曰："如今世上恶薄，偏生此等不禽不兽之徒，真个无奈他何！"

素毒

人问："羊肉与鹅肉，如何这般毒得紧？"[①] 或答曰："生平吃素的。"

嘲姓倪

旧有放手铳诗一首，嘲姓倪者，录之以供一笑。诗曰："独坐书斋手作妻，此情不与外人知。若将左手换右手，便是停妻再娶妻。一撸一撸复一撸，浑身骚痒骨头迷。点点滴滴落在地，子子孙孙都姓倪（泥）。"

白嚼

三人同坐，偶谈及家内耗鼠可恶。一曰："舍间饮食，落放不得，转眼被他窃去。"一云："家下衣服书籍，散去不得，时常被他侵损。"又一曰："独有寒家老鼠不偷食咬衣，终夜咨咨叫到天明。"此二人曰："这是何故？"答曰："专靠一味白嚼。"

嚼蛆

有善说笑话者，人嘲之曰："我家有一狗，落在粪坑中，三年零六个月还不曾死。"其人曰："既然如此，他吃些甚么？"答曰："单靠嚼蛆。"

---

① 在中医中，羊肉和鹅肉都属于发物。

笑话一担

秀才年将七十，忽生一子，因有年纪而生，即名“年纪”。未几，又生一子，似可读书者，命名“学问”。次年，又生一子，笑曰：“如此老年，还要生儿，真笑话也。”因名曰“笑话”。三人年长无事，俱命入山打柴。及归，夫问曰：“三子之柴孰多？”妻曰：“年纪有了一把，学问一些也无，笑话倒有一担。”

听笑话

一妇与邻人私，谓妇曰：“我常要过来会你，碍汝夫在家，奈何？”妇曰：“壁间挖一孔，你将此物伸过，如他不在，我好通信。”一日，夫在家正讲笑话，突见壁间之物，夫诘之，妇无可答，乃慌应曰：“是听笑话的。”

引避

有势利者，每出，逢冠盖，必引避。同行者问其故，答曰：“舍亲。”如此屡屡，同行者厌之。偶逢一乞丐，亦效其引避，曰：“舍亲。”问：“为何有此令亲？”曰：“但是好的，都被你认去了。”

取笑

甲乙同行，甲望见显者冠盖，谓乙曰：“此吾好友，见必下车，我当引避。”不意竟避入显者之家，显者既入门，诧曰：“是何白撞，匿我门内！”呼童挞而逐之。乙问曰：“既是好友，何见殴辱？”答曰：“他从来是这般与我取笑惯的。”

吃橄榄

乡人入城赴酌，腰席内有橄榄焉。乡人取啖，涩而无味，因问同席者曰："此是何物？"同席者以其村气，鄙之曰："俗。"乡人以为"俗"是名，遂牢记之。归谓人曰："我今日在城尝一奇物，叫'俗'。"众未信，其人乃张口呵气曰："你们不信，现今满口都是俗气哩。"

避首席

有病疯疾者，延医调治，医辞不肯用药。病者曰："我亦自知难医，但要服些生痰动气的药，改作痨、膨二症。"医曰："疯、痨、膨、膈，同是不起之症，缘何要改？"病者曰："我闻得疯、痨、膨、膈，乃是阎罗王的上客。我生平怕做首席，所以要挪在第二、第三。"

瓦窑①

一人连生数女，招友人饮宴。友作诗一首，戏赠之云："去岁相招因弄瓦，今年弄瓦又相招。弄去弄来都弄瓦，令正原来是瓦窑。"

嘲周姓

浙中盐化地方，有查、祝、董、许四大族，簪缨世胄，科甲连绵。后有周姓者，偶发两榜，其居乡豪横，欲与四大姓并驾齐驱。里人因作诗嘲之曰："查祝董许周，鼋鼍蛟龙鳅，江淮河海沟，虎豹犀象猴。"

---

① 瓦窑：旧时对多生女不生男的妇女的蔑称。

嘲滑稽客

一人留客午饭，其客已啖尽一碗，不见添饭。客欲主人知之，乃佯言曰："某家有住房一所要卖。"故将碗口向主人曰："椽子也有这样大。"主人见碗内无饭，急呼童使添之。因问客曰："他要价值几何？"客曰："如今有了饭吃，不卖了。"

认族

有王姓者，平素最好联谱，每遇姓相似者，不曰寒宗，就说敝族。偶遇一汪姓者，指为友曰："这是舍侄。"友曰："汪姓何为是盛族？"其人曰："他是水窠路里王家。"遇一匡姓者，亦认是侄孙。人曰："匡与王，一发差得远了。"答曰："他是栅墙内王家。"又指一全姓，亦云："是舍弟。""一发甚么相干？"其人曰："他从幼在大人家做篾片的王家。"又指姓毛者是寒族，友大笑其荒唐，曰："你不知，他本是我王家一派，只因生了一个尾巴，弄得毛头毛脑了。"人问："王与黄同音，为何反不是一家？"答同："如何不是？那是廿一都田头八家兄。"

卷十二　谬误部

见皇帝

一人从京师回，自夸曾见皇帝。或问："皇帝门景如何？"答曰："四柱牌坊，金书'皇帝世家'。大门内匾，金书'天子第'。两边对联是：'日月光天德，山河壮帝居。'"又问："皇帝如何装束？"曰："头戴玉纱帽，身穿金海青。"问者曰："明明说谎，穿了金子打的海青，如何拜揖？"其人曰："呸！你真是个冒失鬼，皇帝肯与那个作揖的？"

僭称呼

一家父子僮仆，专说大话，每每以朝廷名色自呼。一日，友人来望，其父出外，遇其长子，曰："父王驾出了。"问及令堂，次子又云："娘娘在后花园饮宴。"友见说话僭分，含怒而去。途遇其父，乃述其子之言告之。父曰："是谁说的？"仆在后云："这是太子与庶子说的。"其友愈恼，扭仆便打。其父忙劝曰："卿家弗恼，看寡人面上。"

看镜

有出外生理者，妻要捎买梳子，嘱其带回。夫问其状，妻指新月示之。夫货毕，忽忆妻语，因看月轮正满，遂依样买了镜子一面带归。妻照之骂曰："梳子不买，如何反取了一妾回来？"两下争闹。母闻之往劝，忽见镜，照云："我儿有心费钱，如何讨恁个年老婆儿？”互相埋怨，遂至讦讼。官差往拘之，差见镜，慌云：“才得出牌，如何就出添差来捉违限？”及审，置镜于案，官照见大怒云：“夫妻不和事，何必央请乡官来讲分上！”

高才

一官偶有书义未解，问吏曰：“此处有高才否？”吏误认以为裁缝姓高也，应曰：“有。”即唤进，官问曰：“‘贫而无谄’，如何？”答曰：“裙而无裥，折起来。”又问：“‘富而无骄’，如何？”答曰：“裤若无腰，做上去。”官怒喝曰：“哇！”裁缝曰：“极是容易，若是皱了，小人有熨斗，取来烫烫。”

谢赏

一官坐堂，偶撒一屁，自说“爽利”二字。众吏不知，误听以为“赏吏”，冀得欢心，争跪禀曰：“谢老爷赏。”

不识货

有徽人开典而不识货者，一人以单皮鼓一面来当，喝云：“皮锣一面，当银五分。”有以笙来当者，云：“斑竹酒壶一把，当银三分。”有当笛者，云：“丝绢火筒一根，当银一分。”后有持了事帕[①]来当者，喝云：“虎狸斑汗巾一条，当银二分。”小郎曰：“这物要他何用？”答云：“若还不赎，留他来抹抹嘴也好。”

---

① 了事帕：古人用来擦拭交合后的私处的帕子。

外太公

有教小儿以“大”字者，次日写“太”字问之，儿仍曰：“‘大’字。”因教之曰：“中多一点，乃太公的‘太’字也。”明日写“犬”字问之，儿曰：“太公的‘太’字。”师曰：“今番点在外，如何还是‘太’字？”儿即应曰：“这样说，便是外太公了。”

床榻

有卖床榻者，一日夫出，命妇守店。一人来买床，价少，银水又低，争执良久，勉强售之。次日，复来买榻，妇曰：“这人不知好歹，昨日床上讨尽我便宜，今日榻上又想要讨我的便宜了。”

房事

一丈母命婿以房典银，既成交，而房价未足。因作书促之云：“家岳母房事悬望至紧，刻不可缓，早晚望公垂慈一处，以济其急。至感，至感。”

卖粪

一家有粪一窖，招人货卖，索钱一千，买者还五百。主人怒曰：“有如此贱粪，难道是狗撒的？”乡人曰：“又不曾吃了你的，何须这等发急。”

出丑

有屠牛者，过宰猪者之家，其子欲讳“宰猪”二字，回云：“家尊出亥[1]去了。”屠牛者归，对子述之，称赞不已。子亦领悟，次日屠猪至，其子亦回云：“家父往外出丑去了。”问：“几时归？”答曰：“出尽丑自然回来了。”

整嫂裙

一嫂前行而裙夹于臀缝内者，叔从后拽整之。嫂顾见，疑其调戏也，遂大怒。叔躬身曰：“嫂嫂请息怒，待愚叔依旧与你塞进去，你再夹紧何如？”

戏嫂臂

兄患病献神，嫂收祭物，叔将嫂臂暗掐一把。嫂怒云：“看你肥肉吃得几块！”兄在床上听见，叫声：“兄弟没正经，你嫂嫂要留来结识人头的，大家省口出客罢。”

淫病

一人不通文墨，向友问曰：“三点水的‘淫’字如何解？”友曰：“淫乃妇人之大病。”其人颔之。一日，此人之妻忽抱病颇剧，出遇友人问曰：“令正病体何如？”其人曰：“不要说起，贱内这两日，着实一发淫得紧哩。”

利市

一人元旦出门云：“头一日必得利市方妙。”遂于桌上写一“吉”字。不意连走数家，求一茶不得。将“吉”字倒看良久，曰：“原

① 出亥：犹言出恭。亥在五行中属水，这里代指屎尿。

来写了‘口干’字，自然没得吃了。”再顺看曰：“吾论来，竟该有十一家替我润口。”

健讼

一生好健讼。一日，妻在坑厕上撒尿，见月色照在妻臀，乃大怒，遂以月照妻臀事，讼之于官。县令不解其意，挂牌拘审。生以实情诉禀，求父师伸冤。官怒曰：“月照你妻的臀就来告理，倘日晒你妻的屄，你待要怎么？”

官话

有兄弟经商，学得一二官话。将到家，兄往隔河出恭，命弟先往见其父。父问曰：“汝兄何在？”弟曰：“撒（音‘杀’）屎（音‘死’）。”父惊曰：“在何处杀死的？”答曰：“河南。”父方悲恸而兄已至，父遂骂其次子：“何得妄言如是？”曰：“我自打官话耳。”父曰：“这样官话，只好吓你亲爷罢了。”

掌嘴

一乡人进城，偶与人竞，被打耳光子数下。赴县叫喊，官问：“何事？”曰：“小人被人打了许多乳光。”官不信，连问，只以“乳光”对。官大怒，呼皂隶掌嘴。方被掌，乡人遽以指示官：“正是这个样子。”

乳广

一乡人涉讼，官受其贿，临审复掌嘴数下。乡人不忿，作官话曰：“老牙，你要人觜（言银子也），我就人觜，要铜团（言铜钱也）就铜团，要尾（言米也）就尾，为何临了来又歹（音‘打’）我的乳广（耳光）？”

官物

一大气脬过关，关吏见之，指其夹带漏税。其人辩曰：“小的是疝气病。”吏曰：“既是扇子柄，难道不要起税的么？”曰：“疼的疝气病。”吏曰：“藤扎扇子柄，一发要报税了。”其人曰：“老爷，不是，是疼的大气脬。”吏怒曰：“铜的大剃刀，岂该容汝漏税？责打二十，以正其罪！”此人被打出来，偶为尿急，对人家门首撒之。门内妇人大骂，其人曰：“娘子休骂，我这官物，比众不同，才在衙门里纳过税，娘子就请看何妨。”

初上路

一人初上北路，才骑牲口踏镫，掉落一鞋。其人因作官话大声曰：“阿呀，掌鞭的，我的鞋（杜撰官话，音‘爷’）。”赶鞭的以为唤他做爷，答云：“爷，不敢。”其人愈发急，大呼曰：“我的鞋，我的鞋！”掌鞭的不会其意，亦连声回应曰：“爷，小的怎么敢？”其人只得仍作乡语，怒骂曰：“搠杀那娘，我一只鞋（读作‘椓’）子脱掉了！”

闹一闹

一杭人妇，催轿往西湖游玩，贪恋湖上风景，不觉归迟。时已将暮，怕关城门，心中着急，乃对轿夫言曰：“轿夫阿哥，天色晚了，我多把银钱打发，你与我尽力闹一闹[①]。早行进到里头去，不但

① 闹一闹：妇人本来是想表达“赶一赶”的意思，结果方言音谐，闹出笑话来。

是我好，连你们也落得自在快活些。”

摸一把

妇人门首买菜，问：“几个钱一把？”卖者说：“实价三个钱两把。”妇还两个钱三把，卖者云：“不指望我来摸娘娘一把，娘娘倒想要摸我一把，讨我这样便宜。”

苏空头

一人初往苏州，或教之曰：“吴人惯扯空头，若去买货，他讨二两，只好还一两。就是与人讲话，他说两句，也只好听一句。”其人至苏，先以买货之法，行之果验。后遇一人，问其姓，答曰：“姓陆。”其人曰：“定是三老官了。”又问：“住房几间？”曰：“五间。”其人曰：“原来是两间一披。”又问：“宅上还有何人？”曰：“只房下一个。”其人背曰：“原还是与人合的。”

连偷骂

吴人有灌园者，被邻居窃去蔬果，乃大骂曰：“入娘贼，春天偷了我婶（笋），夏天又来偷我妹（梅）子，到冬来还要偷我个老婆（萝卜）。”

晾马桶

苏州人家晒晾两马桶在外，瞽者不知，误撒小解。其姑喝骂，嫂忙问曰：“这肏娘贼个脓血，滴来你个里面，还是撒来我个里头。”姑回云：“我搭你两边都有点个。”

鸟出来

一家养子瞒人，邻翁问其妇曰：“娘子恭喜，添了令郎。”妇曰：“并无此事，要便是你鸟出来的。”

轧棉花

姑嫂二人地上轧棉花，嫂问姑：“轧得几何？”姑曰：“尽力轧得两腿酸麻，轧个戎（同‘绒’）勿出。”

庆生

松江有妪诞辰，子侄辈商所以庆生者。一曰：“叫伙戏子与渠汤汤[①]，好弗热闹。”一曰：“个非阿娘所好，弗如寻几个和尚，与渠笃笃[②]倒好。”

贺寿

贺友寿者，其友先期躲生，锁门而出。一日，路上遇见，此人惯作歇后语，因对友曰：“前兄寿日，弟拉了许多‘丧门吊’（客），替你‘生灾作’（贺），谁料你家‘入地无’（门），竟是‘披枷带’（锁）了。”

寿气（器）

一老翁寿诞，亲友醵分，设宴公祝，正行令，各人要带说“寿”字。而壶中酒忽竭，主人大怒，客曰：“为何动寿气（器）？”一客云：“欠检点，该罚。”少顷，又一人唱寿曲，旁一人曰：“合

① 与渠汤汤：与她唱唱，指给她演奏乐曲、表演歌舞的意思。
② 与渠笃笃：与她笃笃，指给她念念经、诵诵佛的意思。笃笃，象声词。

差了寿板。”合席皆曰：“一发该罚。”

譬字令

众客饮酒，要譬字“四书”一句为令，说不出者，罚一巨觥。首令曰：“譬如为山。”次曰“譬如行远必自迩”，以及“譬之宫墙”等句。落后一人无可说得，乃曰：“能近取譬。”众哗然曰：“不如式，该罚。如何譬字说在下面？”其人曰：“屁原该在下，诸兄都从上来，不说自倒出了，反来罚我？”

不知令

饮酒行令，座客有茫然者。一友戏曰：“不知令，无以为君子也。”其人诘曰：“不知‘命’为何改作‘令’字？”答曰：“《中庸》注云：‘命犹令也。’”

令官不举

夫妻二人对饮，妻劝夫行令。夫曰：“无色盆奈何？”妻指腰间曰：“色盆在此，要你行色令，非行酒令也。”夫曰：“可。”遂解裤出具就之，但苦其物之不硬。妻大叫曰：“令官不举，该罚一杯。”

十恶不赦

乡人夤缘进学，与父兄叔伯暑天同走，惟新生撑伞。人问何故，答曰：“入学不晒（乡音‘十恶不赦’读）。”

馄饨

苏州人有卖馄饨者，夫偶出，令其妻守店，姿色甚美。一人来买馄饨，因贪看想慕出神，叫曰："娘子，我要买你饨（臀）。"妇应曰："你为何脱落子馄（魂）啰？"

茶屑

一妇人向山客买茶叶，客问曰："娘子还是要细的，要粗的？"妇曰："粗细倒也都用得着，只不要屑（泄）。"

卖糖

一糖担歇在人家门首敲锣，妇喝曰："快请出去，只管在此搼甚么？搼出个小的儿来，又要害我淘气。"

食蔗

一家请客，摆列水果。家主母取甘蔗食之，连声叫淡。厨司曰："娘娘想是梢（骚）了。"

秤人

天赦日秤人，婆先将媳上秤，婆云："娘子，你放在大花星上正好。"次秤婆，媳云："看婆婆不出，到（倒）梢（骚）了。"

蚬子

两人相遇，各问所生子女几何。一曰："五女。"一曰："一子。"生女者曰："一子是险子。"生子者怒曰："我是蚬子，强如你养了许多肉蚌。"

出甑馒头

一女人暑天卖馒头，一人进店取一个，拍开一闻，以其荤者，仍合拢不买而去。店主母大骂曰："掰开屄个天杀的！我家这样初出笼的馒头，香喷喷，粉白肥嫩，不差甚么，你也用得过。为甚走进来拍开一条大缝，嗅了一嗅，竟自去了。"

绵在凳

一女买绵子，正在讲价，卖者欲出小恭，踌躇不决。女云："你放在此，难道我偷了不成？"其人曰："既如此，大娘绵（眠）在凳上，待我撒出了来。"

撒屁秤

一人问邻妇借秤，妇回云："我家这管撒屁秤，是用不得的。"其人曰："娘子，你在前另有不撒屁的，求借我用一用。"

猫乞食

一猫向妇人求食，叫唤不止。妇喝曰："只管叫甚么，除非割下这张屄来与你吃。"邻汉听得曰："娘子，你若当真，我就去买碎鱼来换。"

底下硬

一人夜膳后，先在板凳上去睡，翻身说："底下硬得紧。"妻在灶前听见，回言曰："不要忙，收拾过碗盏就来了。"

手氏

一人年逾四旬始议婚，自惭太晚，饰言续弦。及娶后，妻察其动静，似为未曾婚者。乃问其前妻何氏，夫骤然不及思，遽答曰：“手氏。”

两夫

丈夫欲娶妾，妻曰：“一夫配一妇耳，娶妾见于何典？”夫曰：“孟子云：‘齐人有一妻一妾。’又曰：‘妾妇之道。’妾自古有之矣。”妻曰：“若这等说，我亦当再招一夫。”夫曰：“何故？”妻曰：“岂不闻《大学》上云：‘河南程氏两夫’。《孟子》中亦有‘大丈夫’‘小丈夫’。”

日饼

中秋出卖月饼，招牌上错写“日饼”。一人指曰：“‘月’字写成‘白’字了。”其人曰：“我倒信你骗，‘白’字还有一撇哩！”

禁溺

墙脚下恐人撒尿，画一乌龟于壁上，且批其后曰：“撒尿者即是此物。”一人不知那里，仍去屙溺。其人骂曰：“瞎了眼睛，也不看看。”撒尿者曰：“不知老爹在此。”

墙龟

墙上画一乌龟，专禁人屙尿。一人竟撒，主家喝曰：“你看！”其人云：“原来乌龟在此看我撒尿。”

说大话

主人谓仆曰："汝出外，须说几句大话，装我体面。"仆领之。值有言"三清殿大"者，仆曰："只与我家租房一般。"有言"龙衣船大"者，曰："只与我家帐船一般。"有言"牯牛腹大"者，曰："只与我家主人肚皮一般。"

挣大口

两人好为大言。一人说："敝乡有一大人，头顶天，脚踏地。"一人曰："敝乡有一人更大，上嘴唇触天，下嘴唇着地。"其人问曰："他身子藏在那里？"答曰："我只见他挣得一张大口。"

天话

一人说："昨日某处，天上跌下一个人来，长十丈，大二丈。"或问之曰："亦能说话否？"答曰："也讲几句。"曰："讲甚么话？"曰："讲天话。"

谎鼓

一说谎者曰："敝处某寺中有一鼓，大几十围，声闻百里。"旁又一人曰："敝地有一牛，头在江南，尾在江北，足重有万余斤，岂不是奇事？"众人不信。其人曰："若没有这只大牛，如何得这张大皮，幔得这面大鼓？"

大浴盆

好说谎者对人曰："敝处某寺有一脚盆，可使千万人同浴。"闻者不信。旁一人曰："此是常事，何足为奇？敝地一新闻，说来才觉诧异。”人问：“何事？”曰：“某寺有一竹林，不及三年，遂长有几百万丈，如今顶着天公长不上去，又从天上长下来。岂不是奇事？”众人皆谓诳言。其人曰：“若没有这等长竹，叫他把甚么篾子，箍他那只大脚盆？”

两企慕

山东人慕南方大桥，不辞远道来看。中途遇一苏州人，亦闻山东萝卜最大，前往观之。两人各诉企慕之意。苏人曰：“既如此，弟只消备述与兄听，何必远道跋涉？”因言：“去年六月初三，一人自桥上失足堕河，至今年六月初三，还未曾到水，你说高也不高？”山东人曰：“多承指教。足下要看敝处萝卜，也不消去得，明年此时，自然长过你们苏州来了。”

误听

一人过桥，贴边而走，旁人谓曰：“看仔细，不要踏了空。”其人误听说他偷了葱，因而大怒，争辩不已。复转诉一人，其人曰：“你们又来好笑，我素不相认，怎么冤我盗了钟？”互相厮打，三人扭结到官。官问三人情事，拍案恚曰：“朝廷设立衙门，叫我南面坐，尔等反叫我朝了东！”掣签就打。官民争闹，惊动后堂。适奶奶在屏后窃听，闻之柳眉倒竖，抢出堂来，拍案吵闹曰：“我不曾干下歹事，为何通同众百姓要我嫁老公！”

招弗得

松江人无子，一友问：“尊嫂曾养否？”其人答曰：“房下养（痒）是常常养呢，只是孽（入）深招（抓）勿得。”

手木笃

松江妇寒天淘米，以手冷插入腰内。主母疑其偷米，喝曰："做甚么？"妇答云："手木（摸）笃（音'屄'，木笃，言手冷也）。"

圆谎

有人惯会说谎，其仆每代为圆之。一日，对人说："我家一井，昨被大风吹往隔壁人家去了。"众以为从古所无，仆圆之曰："确有其事。我家的井，贴近邻家篱笆，昨晚风大，把篱笆吹过井这边来，却像井吹在邻家去了。"一日，又对人说："有人射下二雁，头上顶碗粉汤。"众又惊诧之，仆圆曰："此事亦有。我主人在天井内吃粉汤，忽有一雁堕下，雁头正跌在碗内，岂不是雁头顶着粉汤。"一日，又对人说："寒家有顶漫天帐，把天地遮得严严的，一些空隙也没有。"仆乃攒眉曰："主人脱煞扯这漫天谎，叫我如何遮掩得来。"

笑林广记（程世爵版）

［清］程世爵　著

自　序

宇宙内形形色色，何莫非行乐之资？天壤间见见闻闻，孰不是赏心之具？仆自束发受书，于今更数十寒暑矣。嗟马齿之加长，志空伏枥；望鹏程而莫及，身阻登梯。造凤之才，不克和声而鸣盛；续貂乏技，安能大笔以起衰？胸内悉蕴藏垒块，端须浇酒三杯；眼前多变幻烟云，辄自填词一曲。用效庄周之幻化，聊全曼倩之谈谐，遂不觉转愁成喜，破涕为欢矣。爰自杜门谢客，假余岁月宽闲；闭户著书，凛彼光阴迅速。抒胸中所记忆，必教尽相穷形；佐腕底成文章，原属耳闻目见。倘或逢人说鬼，对客解颐，有时拍案叫奇，供余适口，遂使鄙庐顿作为安乐窝，鼓大块尽成欢乐场。岂非一时快意事哉！乃到门多请事钞传，书直会夫纸贵；爰入市以付剞劂，买奚需以争争。世有同我以讥刺劝讽有关名教者，非余之知音也；世有谓我以喜笑怒骂皆成文章者，则余之知己也。

光绪二十有五年岁次己亥仲夏

平江程世爵序

老斗

一乡下老，力田致富，酷慕[1]城中人看戏、下馆子、叫相公，惟恐其不在行，逢人便领教。或告之曰："你要叫相公，先去下馆子，须要极贵之菜。至于如何看戏，怎样叫相公，他必一一告之。"乡下老如其言，先下馆子。堂官问："用何菜？"乡下老说："什么贵拿什么。"堂官拣一极贵之菜与之。又问："如何看戏？怎样叫相公？"堂官一闻此言，即知是个中老斗[2]，诓之曰："你要看戏，我去占坐，你要叫相公，快跟我来。"把个老斗带至僻静之处，扒其裤，玩了一个不亦乐乎。乡下老甚觉高兴，说："想不到叫相公如此舒服！"会了钞，忙去看戏。看到下午，见人带相公去吃饭，他也带相公下馆子。觅一雅座，先要极贵之菜，后说要叫相公。相公在旁，甚觉诧异，说："我就是相公，因何又叫？想必因我不应酬之故。"忙脱裤以臀就之。乡下老大怒，说："你别来哄我，你当是我没叫过相公呢，我花钱不能叫你舒服。"

套诗

一僧，帽被大风吹去。或套黄鹤诗诮之曰："帽子已随大风去，此地空余和尚头。帽子一去不复返，此头千载光悠悠。"

---

① 酷慕：非常羡慕。

② 老斗：旧时对农民的蔑称。又，旧时男妓倚为靠山之人，也称"老斗"。

述梦

有人爱作日记。夜做一梦甚奇，亦记之，并作述梦诗四句云："梦境亦奇哉，粪门一道开。仿佛要拉屎，越拉越进来。"

盗官

一盗为里党所逐，携赃窜迹他省，遂捐官焉。势利者以女妻之。伊在需次，恣意挥霍，所用甚奢，未测其财所自来。暮出晓归，形殊诡秘。妻问之，惟以夜宴对。妻终疑之。一夕，华服夜出，妻蹑其后。见其入败寺，易短衣。悄步而行。至僻巷，出斧凿壁，俄成一洞，蛇行而进。妻急归，集婢媪，易男装，伪为巡夜者，伺于洞侧。俟夫出，齐捉之。俯伏不敢仰视，曳下重责二十。提裤而起，四顾无人，不知巡役辈何往矣。易华服，叩门而归。妻问昨夜何往，伊以夜宴看剧对。问演何剧，答曰："《长生殿》全本。"妻曰："吾闻昨夜只演的杂剧。开场是《燕子笺钻狗洞》，末场是《勘皮靴打打蓖》耳。"伊知败露，红涨于面，不敢措一词。妻指天画地而骂曰："汝乃穿窬之辈，混迹于衣冠之中，廉耻已经丧尽。不意既仕之后，复萌故态，仍不改昏夜之行。以此知贪黩凶残之吏，皆昏夜乞怜，白昼骄人之徒耳。夫也不良，终身失望。吾宁为丐妇，耻为盗妻也。"言讫，出门而逝。

斗铭

日用各物以斗名者甚多。都中挟优者亦谓之斗，且谓之老斗，不知何所取意。盖挟优之斗，人类不同，日用之斗，情形各异。今将日用之斗，撰以"斗铭"，竟有与挟优之斗相肖者，录之以博一粲：

旗杆斗，比假泣极穷老斗，高高乎妄自尊，空空兮穷措大。望之不可及，有名而无实。

量米斗，比客商老斗。富贾大商，气概端方。满则终覆，倾尽糟糠。

熨衣斗，比跟官老斗。有钱热斗，执热怕凉。吹嘘用人，浮躁飞扬。

乌烟斗，比爱吹妆虚老斗。满腹尽屎，一窍不通。乌烟瘴气，执迷一生。

香斗，比吃镶边老斗。纸糊老斗，满腹尽灰。爱吃镶边，口是心非。

门上斗，比下等老斗。下等相公，抱关小吏。既卑且污，左右并肩，郁垒神荼。

魁星斗，比穷举人老斗。甫掇一第，暂借文光。空空妙手，傀儡戏场。

墨线斗，比各部经承老斗。虚有墨沈，吐丝抽毫。要人牵引，不拔一毛。

栳斗，比穷老斗。本不像斗，亦要妆虚。淋漓有限，点点滴滴。

剃头担上斗，比应试举子老斗。头戴金顶，东走西跑。局面不大，眼孔更小。

验鸭

主人请客，酒菜淡薄，鸭子瘦而小硬。一生客诮之曰：“我昨日下乡，遇一官相验，乃是一只死鸭。”主人曰：“岂有验鸭之理？”客曰：“亲见填为尸格，验得已死鸭子一只。仰面，面色黄，眼闭口开，肚腹塌陷，两肩耸，两腿伸，项下有刀伤一处，宽三分，深抵骨，骨未损。乃系生前挨饿，病后受伤身死。”

捏虱

一人脖子上一虱子，用手捏下，恐人嫌脏，忙掷地曰：“我当是一个虱子，原来不是虱子。”一人在地捡起，讥之曰：“我当不是虱子，原来是一个虱子。”

问心

六弟兄同居旅店。老大蹲厕，见粪坑内有一柿子，讶之曰：“是谁的心落在这里？”适店东看见，亦误认是心，来问老大，老大说：“不是我的心。我的心是黑的，不能那样赤。”又问老二，老二说：“也不是我的心。我的心不在胸中，现在胁下。”又问老三，老三说：“更不是我的心。我的心是两个联在一处，人人常说我有二心。我何尝是一个心？”又问老四，老四说：“我的心早已丢了，至今尚未去寻。所谓有放心而不知求者，即是我。”问老五，老五说：“我的心早坏了。若不是胆包着，早掉了。”又问老六，老六说：“我生下来就没心。故人常骂我天生来没有良心。我何曾有过心？”

画影

一老陕骤富，欲画影像悬之祠堂。托一乡下人去办，竟误买春册一幅，老陕不知也。到祭祀之期，男妇咸集。老陕打开一看，谓众人曰：“你大家等等再来，咱的祖宗还在那里睡觉呢。”

爵诨

爵有五等，公侯伯子男。功在五等以上者，乃封王。想当初宠赐功勋，何等尊贵？到而今代远年湮，式微日甚，其穷不敦品，更有甚于闲散之人者。有人以同音不同字之语嘲之曰：“何谓公，丫头老婆硬上弓；何谓侯，一毛不拔白吃狗；何谓伯，胡吹乱谤惯说白；何谓子，寡廉鲜耻无赖子；何谓男，少吃无穿实在难；何谓王，穷凶极恶等闲亡。”

捉鬼

玉皇命钟馗至阳世捉鬼。钟馗领旨，带领鬼卒到下界仗剑捉之。谁知阳世之鬼，比阴间多而且凶。众鬼见钟馗来捉，那冒失鬼上前夺剑，伶俐鬼搬腿抽腰。讨贱鬼拉靴摘帽，下作鬼解带脱袍，无二鬼掀须掠眉，穷命鬼窃剑偷刀。淘气鬼抠鼻剜眼，酿脸鬼唠里唠叨，醉鬼跌倒身上，色鬼双手抱住。这钟馗有法无法，众恶鬼既号且啕。钟馗正在为难，忽见一胖大和尚，皤皤大腹，嘻嘻而来。将钟馗扶起，说：“伏魔将军，为何这样狼狈？”钟馗说：“想不到阳世之鬼，如此难捉。”和尚说：“不妨，等我替你捉来。”这和尚见了众鬼，呵呵大笑，张巨口咕噜一声，把众鬼全吞在肚内。钟馗大惊说：“师父实在神通广大。”和尚说：“你不知道，这等孽鬼，世上最多。也和他论不得道理，讲不得人情，只用大肚皮装了就是了。”

念书

一少年落夜船，有人挨至身边，将阳物撞入臀眼内。少年骇问何为，答曰：“人多，挤进去了。”又问：“为何只管乱动？”答曰：“他生来就爱摇晃。”少年曰：“爱摇晃，想来是一个念书的。”

问字

一和尚问秀才曰："'秃'字如何写？"答曰："不过我的马鞭弯过来就是了。"和尚说："因何要弯？"答曰："好打你的秀屎。"一太爷问书办曰："'犬'字如何写？"答曰："太爷的卵子，挪在肩头就是了。"太爷说："为何要挪？"答曰："太爷的卵子，六亲不认，挪在肩头，免得惹祸。"

题真

一秀才善讥谑。一考翁写真乞题，秀才题："画工真彩，老貌堂皇。乌巾白发，龟雀呈祥。"老翁大喜。后有读之者曰："横读则'画老乌龟'也。"老翁毁之。有隶卒乞书门联，秀才书其左曰"英雄"，右曰"豪杰"。隶卒大喜，具酒馔，乞卒成之。遂书曰："英雄手执猫竹板，豪杰头带野鸡毛。"隶含怒。秀才后因诙谑，黜儒为吏。作口占[1]自嘲曰："生员黜罢去充吏，不怨他人只怨自。丝绦员领都一般，只是头巾添两翎。"

耳语

吕新吾先生云："天下事无不可对人言。"若不可对人言，其事可知也。士大夫磊落光明，正言谠论，侃侃而对，无所谓耳语者。近今世风日浇，竟有宾客宴会之际，每每携友离坐，另觅无人之处。其咕嗫小语，宛似女儿，挽头交语，一如伉俪，良可慨也。然世间亦有应耳语之人，更有应私语之事。譬如偷情，月下星前，夜半私语，香口密约，携手言私，此应耳语之人也；譬如优伶，一见相知，百般亲密，左右并肩，惟恐人知，此应私语之事也。试问喜

① 口占：指即兴作诗，随口而成。

耳语者，果其人乎？果其事乎？予曰："不然。"

酒品

人事皆有品，惟酒品不一。花间月下，曲水流觞，一杯轻醉，酒入诗肠，此之谓儒饮，如雅人蕴藉一般；二三良友，月夕花晨，名姝四座，低唱浅斟，此之谓仙饮，如瑶池醉月一般；礼席丰筵，繁文缛节，终日拘挛，惟恐僭越，此之谓囚饮，如拘禁罪囚一般；杯不厌大，酒要满斟，持筹呼马，大肆鲸吞，此之谓驴饮，如行路渴驴一般；冠袍带履，坐分昭穆，让箸举杯，纳身轨物，此之谓葬饮，如衣冠殓葬一般；倒地谩骂，呕哕成渠，僵卧不醒，人事不知，此之谓尸饮，如饥殍倒卧一般；友人田饮，诗曰："村酒香甜鱼稻肥，几人畅饮到斜晖。天宽地阔知何有，家家扶得醉人归。"此又饮中逸品。

代庖

一富翁六旬无子，姬妾虽多，实因才力不及之故。友劝之曰："螟蛉有子，蜾蠃负之。蜾蠃且然，何况于人。老兄何不觅一强干有为之人，暗中代庖。既可藏拙，又可息力，并可坐享其成。若生子犹胜于螟蛉也。"翁然之，即托其友为之斡旋。友觅一秃头只眼之人代之。事毕，翁见而怪之曰："你因何觅一六根不全之人？即有子亦非我族类也。"立饬其妾挤而出之。谁知用力太猛，精尿一齐挤出，流入沟中，冲出一个耗子来。翁悔之曰："想不到此人有这样好种，竟是一个反穿灰鼠褂子的先生。"少顷，又爬出一个乌龟来。翁又转悔为喜曰："亏得有此一挤，敢情是一个披甲兵丁。"

伶儿

一富翁而不仁，老而无子。尝在神前献戏，虔求生子。梦神告之曰："尔刻薄成家，理应绝嗣。念汝一片志诚，赐汝一子。"后果生子，因唱戏而生，即名之曰伶儿。及长大，有疯疾。每发，必须唱戏。戏作，则病止；戏止，则病发。老夫妇溺爱情深，只得日事声歌，仰承色笑而已。孰知卜其昼未卜其夜。忽于夜间，其疯大发。两夫妻惊惶失措，乃安慰其子曰："夜半无处觅戏，我二人作戏你看。"于是脱衣上床，翻云覆雨，倒凤颠鸾，真是聚精会神，有声有色之戏场也。其子呼且骂曰："我不看这个戏，我要看那个戏。这个戏无行头，无锣鼓，我不看。"其父一闻此言，大怒说："你这娃娃，也太岂有此理了。皆因夜间没得戏，我二人才作这个戏，你不看这个戏，要看那个戏。那个戏乃是求你之戏，这个戏乃是生你之戏。我二人当初如不作这个戏，你今还看不见那个戏呢！"

半鲁

把弟兄[①]善诙谐。把兄具帖请把弟吃酒，上写某日某时半鲁候叙。把弟看帖，不解所谓。至日赴约，桌上只有鱼一盘，至终席别无他菜。把弟曰："不识尚有别味否？"把兄曰："帖上写明半鲁候叙。鱼者，鲁之半也。照帖治席，夫复何求。"把弟佛然而去。翌日，把弟请把兄，亦写半鲁候叙。把兄赴约，只见院中设摆桌椅，桌上毫无一物。让坐后但见赤日当空，晒不可当。把兄谓把弟曰："今日拜领厚赐，因何酒菜俱无？即半鲁之鱼，亦我所欲也。"把弟曰："你昨日用的是上半鲁，我今日用的是下半鲁。上半鲁，鱼也；

① 把弟兄：即把兄弟，指异姓结拜的兄弟，年长者称把兄，年少者称把弟。

下半鲁，日也。吾兄只好晒晒日头罢。”

讼诨

鸡帽顶与扁四嫂口角斗殴，打的鸡帽顶垂头不语，身受内伤，同赴肚大老爷案下喊控。当堂质讯，两造各执一词，不能结案。饬壮头流红，传四邻质讯。众邻证到案。先问近邻卵老二说：“你乃贴邻，与帽顶声气相通，痛痒相关，你必看见。”老二说：“鸡帽顶在里头打捶，小的在门口挤不进去。”又问远邻毛老八说：“你乃聚族而居，非不毛之地，亦应披发而往救。”老八说：“小的毛姓，分为两家，一住毛家湾，一居毛家塔院，同姓联宗。二毛常到一处，被鸡帽顶儿时常折挫揉磨，蹭的七零八落。小的出身微末，何敢与他相抗？”又问后街住的肛老二说：“你家与他家后庭相近，你该听见。”老二说：“小的与他家只隔一沟。鸡帽顶乃凶恶棍徒，若惹他，打进小的门里来，又要大老爷费事。”官问：“何故？”答曰：“要用鸡蛋验伤。”又问对门住的马兵齐布伸泰说：“你常在他门上该班，你总晓得。”马兵说：“小的实在没看见。小的下了班，他们才打捶的。”又问鸡帽顶的干儿子精额布说：“你跟你老子在尽里面，定然看见。”精娃子诉曰：“小的出来的时候，他们已经打完了。”

儒医

一人读书未成，学医，自称儒医。一日下乡看病，行至中途，甚觉口渴，令轿夫觅茶。轿夫说：“来此荒郊，无处觅茶。惟有村外有一学堂，颇可往来。但是那教书先生性怪僻，有人到伊书房，先要讲道学，讲对了，岂只吃茶，连酒饭都有；若不对，立时挥之门外。”医生曰：“我乃儒医，满腹诗书，乡下学究何足道哉？”遂乘轿而往。叩门而入，见一先生，岸然道貌，欠身微让，拱手而言曰："足下此来，莫非讲道乎？"医生曰："特来借茶。"先生曰："且慢，我先出对你说，试试你学问何如。对曰：'碧桃满树柳千条。'"医生对曰："红枣二枚姜一片。"先生喜曰："语不忘本，是儒医也。"捧香茶与之。医生畅饮，觉风生两腋，诗思益清矣，谢之而去。至夏日，医生又下乡看病。路经书房，不见先生。乃因夏日炎热，移居竹林深处，访之始见。先生曰："别来无恙乎？我再出对你对。对曰：'避暑最宜深竹院。'"医生对曰："伤寒应用小柴胡。"先生甚赞，送点心与他。吃毕而去。至秋天下乡，又来拜访。先生又出对曰："丹桂飘香，遍满三千界。"医生对曰："梧桐子大，每服四十丸。"先生甚喜，以酒觞之。饮毕而去。至冬日下乡，又来相见，正值大雪，先生又出对曰："大地无分南北，遍洒梅花。"医生寻思良久，乃对曰："小妾有件东西，倒悬药碾。"先生一闻此言，掀髯大笑曰："足下奇才妙想，竟将令妾那件东西拿出来与人作对，可谓现身说法，大公无我矣。"设盛馔款之。医生满饮三杯，既醉且饱，拜谢而别。行至中途，在轿中甚觉高兴，乃吟诗曰："乘醉归来喜可知，正是吾侪得意时。此去谁人还出对，闲时遣兴与吟诗。博来腹内三杯酒，全仗家中两片皮。从此门前悬人碾，个中居士是儒医。"

汤圆

一乡下先生挈子赴馆，来至城中，见卖汤圆者，指问其父曰："此是何物？"父怒其不争气，回曰："卵子。"及到馆，东家整衣冠，治酒款待。东家戴六品虚衔，子拍掌大笑曰："想不到他家的卵子要戴在头上。"

咏钟

有四人自负能诗。一日，同游寺中，见殿角悬钟一口，各人诗兴勃然，遂联句一首。其一曰："寺里一口钟。"次曰："本质原是铜。"三曰："覆起像只碗。"四曰："敲来嗡嗡嗡。"吟毕，互相赞美不止，自以为诗中敏捷无出其右者。但天地造化之气，已泄尽无遗，定夺我辈寿算矣。四人忧疑，相聚而泣。旁有一掏粪者，觑之共哭。四人问曰："你因何也哭？"答曰："我哭你四人一凡屎，怎么掏？"四人大怒，聚众而殴。一老者劝曰："四位不必动气，这是掏粪的不是，此乃屁之故，非粪之故也。虽与粪无碍，但各要患奇病四十九日。"众问："何病？"答曰："屁放多了，屁股眼儿疼。"

屁精

人之气血，下行为顺，上行为逆。屁者，谷气下泄也。打胡说者，谓之屁；作谬文者，亦谓之屁，腐气上行也。近今打胡说者满天下，作谬文者遍人寰，于是积众屁以成大屁，年深日久，竟成了一个屁精。这屁精在幽谷中，养气息声，千有余年。偶撒一屁，声震山谷，气贯云霄。人触之则靡，物遇之则摧。荡荡乎人在屁中，屁塞天外也。阎君知屁精为虐，差人捉之。众鬼来至谷口，正值放屁之时，被屁一冲，翻筋斗仍折回森罗殿前。阎君不胜骇异。判官曰："曷不请布袋僧收之？"王请布袋僧至，以布袋堵谷口，将屁精摄之袋中，来阎君殿前复命。阎君看那布袋，鼓逢逢如假名士，外柔内虚，中无一物。突见一股黑气，破袋而出，投入轮回，脱生一教书人家去矣。及长大，哪有书香，满脸屁气。依然说屁话，作屁文，由屁童中屁生。值大屁之年，入大肠，坐屎号，出"譬如为山"题，作了三篇屁文，一首屁诗。遇一屁房师，荐之屁主考，中了屁举人，挑一屁县令。坐堂满口放屁，考试专取屁文。屁声洋溢，声闻于宪[1]。究出屁精，一断因果，竟置诸大辟焉。

背送

教书先生开馆日久，未见有送学生者。遂将《三字经》挂在竿头，悬之门外，为招学之望。悬之许久，仍未见送。私心自揣："必因学馆路远，恐学生跋涉之故。"只得又出招帖，上写："学生年少力微，难堪往来劳动。如有肯送来学，情愿背接背送。"此帖一出，送学者接踵而来。一日，先生背学生行至中途。背上学生遇一同窗者，在先生背上呼曰："恕罪恕罪，我就不下先生了。"

刻板

一先生最爱放屁。将椅子挖一窟窿，为放屁出气之所。东家见而问之，先生因述其所以然。东家曰："放屁只管放屁，何必刻板？"

偷酒

一先生好饮酒。馆童爱偷酒，偷的先生不敢用人。自谓必要用一不会吃酒者，方不偷酒；然更要一不认得酒者，乃真不吃，始不偷也。一日，友人荐一仆至。以黄酒问之，仆以陈绍对。先生曰："连酒之别名都知，岂只会饮。"遂遣之。又荐一仆至。问酒如初，仆以花雕对。先生曰："连酒佳品竟知，断非不饮之人。"又遣之。后又荐一仆，以黄酒示之，不识；以烧酒示之，亦不识。先生大喜，以为不吃酒无疑矣，遂用之。一日，先生将出门，留此仆看馆。嘱之曰："墙挂火腿，院养肥鸡，小心看守。屋内有两瓶，一

① 宪：本义是法令，后成为属吏对上司的尊称，如大宪。

瓶白砒，一瓶红砒，万万不可动。若吃了肠胃崩裂，一定身亡。”叮嘱再三而去。先生走后，仆杀鸡煮腿，将两瓶红白烧酒，次第饮完，不觉大醉。先生回来，推门一看，见仆人躺卧在地，酒气熏人，又见鸡、腿皆无。大怒，将仆人踢醒，再三究诘。仆人哭诉曰：“主人走后，小的在馆小心看守。忽来一猫，将火腿叼去；又来一犬，将鸡逐至邻家。小的情急，忿不欲生。因思主人所嘱，红白二砒，颇可致命。小的先将白砒吃尽，不见动静；又将红砒用完，未能身亡。现在头晕脑闷，不死不活，躺在这里挣命呢。”

抛文①

一先生喜抛文。夜间有贼，犬吠不止。忙呼馆童曰：“小子盍兴乎？尨也吠。”馆童不解。又呼之曰：“其有穿窬之盗也欤？”馆童更不解。既至贼已入室，又呼之曰：“速兴速兴，其自有穿窬之盗也。”馆童仍不解。竟被贼人偷去，先生大怒，骂曰：“我先说‘其有穿窬之盗也欤’，‘欤’者，疑词也，尚在有无之间。既而曰‘其有穿窬之盗也’，也，决词也，一定必有之词。汝因何不兴？汝因何不兴？”

试对

教读先生与东家云：“令郎如今善对。”一日，请先生吃酒。东家当面出对试之曰：“盘中鱼。”学生苦思不得。先生见壁中挂酒一壶，潜以嘴面墙而动。学生对曰：“先生嘴。”东家大怒，骂曰：“你妈的屄。”

---

① 抛文：故意卖弄文才。

头鸣

一学使按临。有一生员入场时，置一蝉于儒巾中。巾内蝉鸣，同坐者闻其声自儒巾出，无不大笑。宗师以犯规唤至，究其致笑之由。皆曰："某号生员儒巾内有声，故笑。"宗师唤其人至前，欲责之。生员大声呼曰："今日生员入场时，父亲唤住，将蝉置于巾内，爬跳难受，生员以父命不敢掷去。"宗师怒，问其置蝉于巾之故。答曰："取头鸣之意。"

遣茄

一蒙师夏日偶思食茄，因咏诗曰："东家茄子满园开，未与先生当一餐。"其徒归述于母，遂朝夕以茄为供。先生又觉甚苦，续云："不料一茄茄到底，呼茄容易遣茄难。"

冰人

执柯冰人，敬为上宾，自古皆然。然有幸有不幸者。新夫妇合卺之后，燕尔新婚，如鱼得水，喜而相告曰："今日若非冰人，我二人焉能成其佳偶，何能有此快活？皆大冰撮合之力也，不可不酬其劳。我欲画一小照，晨昏供养可乎？"妻甚然之。年复一年，生了许多儿女。非惟不能养赡，而且屎尿满室，臊臭难堪。又互相怨之曰："若不是冰人，我两人如何受这罪孽，如何至此贫穷？"赌气将小照扯为粉碎，一块一块给娃娃擦屎。

吃斋

小两口与一老太太同院居住。初一夜，小两口吵嘴整闹了一夜。第二日，男人出门，老太太过来问曰："你夫妇因何昨夜吵闹？”妇人一味支吾，不肯实说。老太太说：“我这样年纪，又是同院，只管说，何必瞒我。”妇人说：“我们当家的实在没出息，更闹得不像了。忽然昨夜他要叫我给他衔着那话，我不肯，他与我直闹了一夜。”老太太说：“多年夫妇，你就给他衔一衔，有什么要紧？”妇人说：“并非我不肯耳，而且我也常衔。偏偏我昨天是吃斋。”

再醮

有娶后婚者，初夜交合。夫将那话放入，而妇不觉也，问夫曰：“进去否？”夫曰：“早进去了。”妇遂假蹙眉曰：“怪不得我此时有些疼。”

疑卵

一穷老斗叫一老相公，虽是一老一穷，亦要作后庭之戏。谁知这老斗既穷且凶，裸其裈两手掬小腹尽纳之。觉胯间之物昂然特立，与己物相似，自谓必是由后达前之故。以手握之，较己物更觉丰伟。讶而问之曰：“这是谁的？”相公曰：“是我的。”老斗说：“是你的，我的哪里去了？”

论扇

扇有书画，则人受累于扇，而扇亦受累于书画。吾辈扇扇，须用白纸扇，或用鹅毛扇、芭蕉扇、破蒲扇、打狗扇，断不可用书画扇。当此赤日行天，挥汗若雨。一入宾朋广座之中，解衣脱帽，挥扇纳凉，尤觉不快。而彼鹅行鸭步者至前，见扇上书画，不曰请教法书，则曰借观华箑[①]。不得已而与之。不过寻常书画，而拍掌摇

① 华箑（shà）：精美的扇子。华，精美，华丽。箑，扇子。

头，诵声大作，合座传观。品评其字，曰八行，曰合锦；夸讲其扇骨，曰湘妃，曰棕竹。目中一扇，手中一扇，而左手执人之扇，右手摇己之扇，竟不知人之扇扇而来，本为自便之扇，而不料为众人传观之扇。以致人有扇，我无扇，有扇而无扇，自必痛恨于扇，更痛恨于有书画之扇。何如纸扇、毛扇、蕉扇、蒲扇优游自便也；并不如粗纸厚骨之打狗扇，坚朴耐久，狗见之而惧，人自不喜也。如此，人何累于扇，而扇又何累于书画？

大蚊

一人远出回家，对妻曰："我到燕子矶，蚊虫大如鸡。后过巫山峡，蚊子大如鸭。"妻曰："我不信有这样大蚊子。"夫曰："那夜我在帐里睡觉，来一蚊子，将头钻入帐中，我一把攥住脖子不放，那蚊子在帐外，两个翅儿直扇了一夜，好不凉快。"妻曰："你既攥住，何不带回来我吃？"夫曰："他不吃我就够了，你还想要吃他。"

粗心

一粗心人过年，门前横批上写"春光明媚"四字。随后完婚，又写"五世其昌"四字，贴于其上。因纸裁小，尽前一贴，露出"媚"字"女"旁，凑成了"五世其娼"四字，贻笑大方。粗心人往往如此。

疑粪

一京人善诙谐而多疑。家住屎大院胡同，门前有一大院，为众人出恭之所。每日清晨，必亲到大院，择粗大坚长之粪，尽行捡去。友见而讶之，曰："吾兄家称小康，何至作此龌龊营生？"其人曰：“我家与此地甚近，我若不把粗大坚长之粪捡去，人或疑是我拉的，我可就不够朋友了。”

问猴

一县官谒见大宪。谈毕公事，大宪闲谈问曰：“闻得贵县出猴子，不知都有多大？”答曰：“大的有大人那么大。”既而觉其失言，乃惶悚欠身而复言曰：“小的有卑职那么大。”

削尖

有一姑娘已许人家，尚未出嫁。母亲溺爱，不能教之以正。遂与人私，只瞒母亲一人，嫂嫂颇知其事。这日婆家通信要娶，姑娘害怕，商之于嫂。嫂曰：“无妨，我当初亦是如此，临时我自有妙法。”吉期已到，嫂子暗将印色盒子交与姑娘，到临时，将盒内之红抹之。姑娘遵嘱，如法备用。母亲知姑爷胖大，姑娘瘦弱，恐难招架，亲身送至婆家。是夜姑娘暗将印红抹上，不想抹太多了。事毕，姑爷只觉身上粘滞难堪，不知何物。候至天明，到后院解衣一看，大惊，赶紧用小刀刮洗。丈母见姑娘房门一开，即进房查看。见女儿下身满褥通红，说：“可不好了，我女儿被姑爷弄大发了。”连忙寻找姑爷。寻至后院，见姑爷背着身子，不知所作何事。进前一看，大怒说：“好一个没良心人！你把我的女儿弄成那个样子，你还不解恨，你还在这里削尖儿呢。”

验封

一捕役名张仁，其妻爱偷人。张仁要出远差，甚不放心，用封条将妇人阴户封好，上写“张仁封”三字。张仁走后，妻仍偷人。

将封皮扯去半边，只剩“长二寸”三字。张仁回家一验，原封短了一半。大打之下，说：“我走后偷人，情尚可恕。你不该另写‘长二寸’三字，贴在上面。明明嫌我之短，喜人之长，岂不该打。”

怕雷

有一乡下老来芦沟桥卖货，被税局官人捉住，要罚漏税。乡下老害怕，问曰：“你老怎样罚法？”官人与他玩笑说：“我们要玩玩。”乡下老不肯，官人说：“你不教玩，要天打雷劈的。”乡下老最怕雷，说：“任凭你老。”官人将乡下老带至桥下，刚要动手，只听桥上车声震动，乡下老害怕，促之曰：“你老快玩罢，雷来了。”

恍惚

一人错穿靴子，一只底儿厚，一只底儿薄。走路一脚高，一脚低，甚不合适。其人诧异曰：“我今日的腿，因何一长一短？想是道路不平之故。”或告之曰：“足下想是穿错了靴子。”忙令人回家去取。家人去了良久，空手而回，谓主人曰：“不必换了，家里那两只也是一厚一薄。”

量小

甲乙两人不能饮酒，恐人劝其饮酒，遂起一号，以状其极不能饮：一称“哏端公”，一称“闻让公”。甲谓乙曰：“我昨日与人同席，人家吃酒我醉了。”乙曰：“为何？”答曰：“被人熏醉了。”乙曰：“我昨日吃馒头吃醉了。”甲曰：“馒头如何吃得醉？”乙曰：“馒头内有酒糟。”甲曰：“我见了和尚就醉了。”乙曰：“见和尚如何醉？”甲曰：“和尚是吃馒头的。”乙曰：“我见尼姑就醉了。”甲曰：

“见尼姑如何醉？”乙曰：“和尚不是尼姑养的吗？”

借马

一富翁不通文。有借马者，致信于富翁云：“偶欲他出，祈假骏足一乘。”翁大怒曰：“我就是两只脚，如何借得人？我的朋友最多，都要借起来，还要把我大解八块呢。”友在旁解曰：“所谓骏足者，马足也。”翁益怒曰：“我的足是马足，他的腿是驴腿，他的头是狗头呢。”友大笑而去。

警嫖

一嫖客携千金来嫖。妓贪其财，百般贴恋，曲尽绸缪。不臆芳心未艾，私囊已空，犹自依依不舍。鸨儿骂妓曰：“我家全靠你这一棵摇钱树，你恋此无益之客，使他客不能进门。老娘岂喝风所能度日耶？速遣之，毋自贻戚也。”妓以鸨儿之言告之。嫖客曰：“我与你如此恩爱，岂能骤舍？我如今这般褴褛，有家难归。”妓曰：“这有何难？现在我家更夫辞工，你且暂权此席。既在我家，相见甚易。”嫖客曰：“打更乃在外之事，何能入内？”妓曰：“梆子早晚一领一交，借此可以相见。”嫖客从之。自此日间捞毛，夜晚击柝。此亦喜嫖者之下场头也。一日有富翁来嫖，见妓貌美，出重资，不许再接他客。与妓正在情趣绸缪之际，忽见一褴褛之人，手执木梆，入妓房私语。商大怒，叱之曰：“何物狼狈，胆敢至此？”嫖客弃梆而逃，富商指梆子大骂不休。妓在旁问曰：“梆子是无知之物，骂他何故？”富商曰：“我岂但骂他，将来我还要打他呢。”

破伞

夫妻交合，夫在上，妻在下。既泄之后，夫问妻曰：“我这家伙像什么？”妻曰：“像一根过山龙，放在坛里头，把极好陈绍都榨出来了。”少刻又合，妻在上，夫在下。妻问夫曰：“你那家伙又像什么？”夫曰：“好像一把破雨伞。”妻曰：“伞便是伞，因何加一‘破’字？”夫曰：“若是不破，如何在伞杆上流下水来？”

好睡

一好睡主人，偏请了一位好睡客人。客至，见主人未出，乃在座上鼾睡。主人出，见客睡，不忍惊动，对面亦睡。俄而客醒，见主人睡，则又睡。既而主人醒，见客尚睡，乃仍睡。及客又醒，日已暮矣。主人仍未醒，客乃潜出。及主人醒，不复见客矣。客回家，主人入房，又均入黑甜乡矣。

验毛

一人爱修边幅，最惜胡须，终日梳洗，如落一根，必再三矜惜。一日夫妇同眠，早起扫床褥，夫拾得毛一根，叹曰：“可惜又落了一根好须。”妻在旁微笑曰：“知道是你的还是我的？”夫曰：“我的必黄，你的必黑。”妻曰：“黄黑两人俱有，原不能辨，第看长短可知，长的固是你的，难道短的也是你的不成？”

洁癖

一人有洁癖，于女色亦极当意，犹令其处处熏洗，方与交欢。一日，有姑苏名妓留宿别墅，心切慕之，而疑其不洁，使之洗。既上床，以手摸之，自顶至踵，且摸且嗅，摸至桃源洞口，仍不敢前去问津。又令其再洗，至三至四，不知东方之既白，不复作巫山云雨之事矣。

谱诨

一李姓富而夸。倩画工绘历代祖先像于一图，悬之家庙，炫耀其世系以为荣。好事者往观焉，图上有跨牛挥尘苍髯白发者，有冕旒者，有束金冠者，有紫袍玉带若宰相者，有若王侯者，有甲胄若将军者，有豸冠若御史者，有纶巾羽扇若神仙者，有侧帽遗靴若醉学士者，有执卷凝思若诗人者，又有幅巾青衫风流若浪子者。人问之，李指而告曰："跨牛挥尘者，世祖李耳也；冕旒者，高祖李渊也；束金冠者，太宗世民也；紫袍玉带者，秦李斯、唐李勣、宋李纲也；若王侯者，李晟、李光弼也；甲胄若将军者，汉李广、李陵也；豸冠御史者，李彪也；纶巾羽扇若神仙者，李靖、李百药、李淳风也；醉学士者，李白也；执卷凝思若诗人者，李华、李贺、李泌、李程、李商隐也。"其幅巾青衫者何人？屡问而李不答。穷诘其由，则腼然而告曰："此元和郑公，通家世戚也。"或笑之曰："君误矣！李与郑各一姓，异姓不得乱宗。"李曰："否否。郑公故名士，虽见辱于卑田，后为显官，与十世祖姑母亚仙有故旧欢。子孙不忘亲亲之谊，特附谱末。"

谈天

客有聚而谈天者，论天之度数远近，各持一说，辩之不决。一村夫在旁解之曰："天之离地，相去止三四百里耳。由下而达上，迟行四日可至，疾行三日可至，六七日间，一往一还，绰乎有余。客何争辩之不决也。"客愕然问曰："子说可有据乎？"村夫曰："客不见夫世俗之送灶神上天乎，送于腊月二十三日，迎于腊月三十日，以二十三日至三十日，不过七日耳。以一半之路核之，仅三四百里耳，何远之有？”众客哄然而笑曰：“子说甚善，可以谈天。”

谬误

有一人持长竹竿进城，直进城门矮，横进竹竿长。踌躇良久，总进不去。城上人见而告之曰：“你将竹竿递与我，我给你拿过那边去，你进城，我再交与你，岂不甚妙？”其人如其言，递与城上之人。进得城来，接过竹竿，与城上人相见，彼此甚为相得，愿结为兄弟。城上者为兄，城下者为弟。二人叙家常，问及有无儿女，把弟云：“我有一女，刚一岁。”把兄曰：“我有一子，才两岁。”把兄说：“我二人何不作了亲家。”把弟说：“甚好。”二人言定而散。把弟回家，甚觉得意，妇人问曰：“你今日回家，因何这样高兴？”夫将拿竹进城、遇人作亲之事告之。妇大怒说：“你真糊涂极了！我女儿一岁，他儿两岁，若我女十岁，他儿已二十岁矣。何得许这样老婿？”夫妻吵闹不休。邻居一明公先生劝之曰：“你二人何必吵闹，你女今年虽一岁，等到明年此时便与他儿同庚，何可不许？”

捻绳

年老人谢顶，发甚少，除短发外，只剩三根。唤待诏剃头，嘱之曰：“你要小心，我的头发万一伤了一根，辫子就编不成了。”待诏唯唯，先将三根头发轻轻打开，刚一梳子就掉了一根。老人骂曰：“我三根头发将够编辫子的，剩了两根，我看你怎样编？”待诏央曰：“你老人家别生气，我与你老人家捻根绳儿罢。”用手一捻，又捻折了一根。老人大怒，骂曰：“剩了一根，既不能编更不能捻，你又当如之何？”待诏哀求曰：“小人实在无法，求你老人家饶了我罢。”老人曰：“谅你也别无妙法，我只好披散之罢。”

卵变

一官贪且酷，生一子，甫四龄，被拐儿拐去。以酒饮之，乘醉装坛内，封固之。上凿一窍，通饮食；下凿二窍，通溲便。年长渐大，不数年，涨满坛中矣。破坛出之，形圆如球，手足拳缩，耳鼻皆陷入肉内，俨然卵也。拐儿围以幔，索观者钱。日间惟啖以枣栗，若饮酒即骤长也。有司执而鞫之，得其情。饮以酒，特然立，成然长，展体舒腰，抽楞露脑，居然一大人也。或问之曰：“卵饮酒能变大人，未知大人饮酒仍能变卵乎？”对曰：“不能。卵形圆，人形长，大人饮了酒，岂能再圆？只好变一长物，与卵相近者。”问者哗然。

梭胡

北五省叶子戏，皆用人头牌，谓之梭儿胡。牌虽不多，千变万化，百出不穷。有一老爷，酷好梭胡，竟至废寝忘餐，昼夜不归。夫人责之曰：“梭儿胡有甚趣味？你乐此不疲，我倒要请教其中奥妙。”老爷说：“梭儿胡牌虽甚少，贺儿最多，斗起来，比我们两个人那件事还乐。”夫人说：“我们何不就干起那件事来，看看到底哪样乐？”老爷说：“我们干此事，就当作斗梭儿胡，我教你几个贺儿。”夫人脱衣仰卧美人椅上，老爷说：“有了贺儿了，你这叫对儿分的独叫儿。”老爷拉下裤子来，说：“我这叫一梭。”夫人用手摸弄，老爷说：“这叫真摸鱼。”于是那话挺然特立，老爷说：“这叫腰里插花。”夫人搠腰尽纳之，老爷说：“这叫么扎根。”二人正在高兴，窗外有一妇人窃听，说：“谁在这里斗梭儿胡？”扒窗一看，老爷太太白昼宣淫。看到情浓之际，未免垂涎，自用手在身下揉弄。

老爷回头看见窗外有人，上前问之曰："你为什么在这里看歪脖子胡？"妇人曰："我没看歪脖子胡，我在这里寻梭儿呢。"老爷说："你的手在那里作什么？"妇人说："我在这里自掏呢。"

醉鬼

玉帝坐凌霄殿，谓诸神曰："地狱之鬼，有阎君统辖。惟阳世之鬼，无人管束，愈出愈奇。我欲使钟馗至下界，尽捉而食之，以惩鬼蜮之行，而除生灵之害。"众神曰："界分阴阳，阴有鬼而阳有人，阳世何得有鬼？"帝曰："阳世之鬼更多，譬如啬刻鬼、势利鬼、乌烟鬼、色鬼、赌鬼、醉鬼，皆是也，何可不除？"遂命钟馗至下界捉鬼。钟馗至下界，饬鬼卒尽拘之，惟醉鬼不见到案。询之，鬼卒答曰："这醉鬼无日不饮，无饮不醉。夜间闹酒发疯，白日害酒装死，实在难捉。"钟馗曰："且将众鬼烹而食之，先回复玉旨要紧。"行至中途，忽来一人扭着钟馗不放，自称："我是醉鬼。"钟馗曰："我正要捉你，你因何反来缠我？"醉鬼曰："你是何人？"答曰："我即是奉命捉鬼的钟馗。"醉鬼曰："你姓钟呵？还是大钟，还是小钟？"钟曰："此话怎讲？"醉鬼说："若是大钟，与你豁三十拳；若是小钟，与你豁五十拳。豁完了再说，你吃我不吃，我不管。"

驴云

京中驴车谓之驴云，坐车谓之驾云。有一老太太，带着媳妇、女儿，同驾驴云。老太太叼着烟袋，坐在车边上。赶驴车的抱着驴头连拉带拽。向来老太太上了驴车，总要与赶车的说些闲话，偏偏这个赶车的连一句话也不说。老太太问："赶车的，你为什么不说话？"赶车的说："我一说话，就得罪人，惹人骂。"老太太说："你自管说，我不骂。”赶车的说：“我看车里姑娘、少奶奶怎么那样白？”老太太说：“永不出门，在屋里捣的。”赶车的说：“我这屁股，在裤子里捣了一辈子，为什么不白？”老太太原说不骂，一声也没言语，又往前走。赶车的扯下裤子，对着车就撒尿。老太太大怒说：“好撒野！当着年轻妇女，如何使得？”赶车的说：“这有什么要紧？老太太什么没见过，小姑娘实在认不得，大奶奶正在用这个。”捞起裤子，又往前走。回头又说：“老太太望里坐。烟袋长，扎了老太太嘴也不好，戳了驴屄也不好。”

戏谑

友人王松涛嘲喜龙阳对曰：“后胯股贴前胯股，大肠头对小肠头。”进场，坐近屎号。于本号门前粘帖云：“有人在此小便者，吾于其尊嫂之小便中而小便之；有人在此大便者，吾即于其大便中而亦小便之。”

干令

一资郎纳一县令，自夸明干有为。郡守到任，预备公所，无不讲究。令禀曰：“公所中诸事俱备，请阅之。”郡守入酒室，见一像，问之，曰是杜康。又入茶室，又见一像，问之，曰是陆鸿渐。又入一室，诸肴俱备，亦有一像，问之，曰蔡伯喈。郡守大笑曰：“不必再望下看了，若到饭房，一定供米元章；若到马房，一定供司马迁。”

傻三

一仆人最傻，名叫傻三。使他买东西，常常错买。老爷叫他买猪肝，他把竹竿买来；叫他唤修脚，他把修马掌的叫来；叫他买茶壶，他把夜壶买来。老爷因他太傻，叫他马圈喂马。这一日老爷要出门，傻三到上房问曰：“还是备有屡子的马，备没屡子的马？”老爷大怒说：“当之内眷，如此撒野！”拳打脚踢，挥之门外。傻三坐在门前大哭。一尼僧素识认，路过问之曰：“你因何啼哭？”傻三将备马挨打之事告之。尼僧曰：“你说误了，怎么不该打？以后备马，你要问备儿马备骒马就是了。”傻三谨记。后又叫他备马，傻三照尼僧之言问之。老爷大喜，说：“傻三说话有见识了。”太太在旁曰：“这话未必是他说的，一定有人教他。”老爷问：“是谁教的？”傻三说：“是一个没鸡巴的和尚教我的。”

天佑

妯娌谈天。嫂曰：“天下人惟妇人之心最慈，男子之心最狠。”婶问其故。答曰：“譬如作那件事，妇人服侍男子，百般肆应，曲尽绸缪，犹如属吏逢迎上司一般，恨不能致其身以遂其乐；男子交媾妇人，恣情纵送，竭力冲突，犹如酷吏用刑一样，恨不能索其命以竭其欢。谁知夫也不良，天实默佑。男子使的劲儿越大，妇人越觉之舒服。”婶曰：“天实为之，虽猛何为？”

蟹语

捆起来螃蟹在尽底下说话，与众蟹曰：“我实在压的难受，捆的要死。你们轻之点压，让我到上头去松动松动。”众蟹笑之曰：“你别妄想了。压之你怕你横行。捆住你虽然难受，却要不了命。若放了你，扔在蒸笼里一撒欢儿，可就伸了腿了。”刚糟的螃蟹在瓮内说话。小蟹谓大蟹曰：“我此时觉之酒气熏蒸，屁股底下又麻又辣。我要逃席，觅一无酒之处躲避躲避。”大蟹责之曰：“你倒是小螃蟹，架不住酒。你哪知吃麻了嘴，可就快醉了。”刚蒸的螃蟹在笼内说话。老蟹谓小蟹曰：“我心里热得很，我要跑在头一层去凉快凉快。”小蟹劝之曰：“你老人家老不歇心。你哪知心里热得很，可就快红了。”

医诗

一人喜改成诗，自称善医诗，常言古诗皆有语病，必须经他医治，方成完璧。或问之曰：“杜牧之‘清明时节雨纷纷’一首，有何病？”答曰：“此诗太肥了，宜消导。‘清明时节雨纷纷’，下雨何必尽是清明？只用‘时节雨纷纷’就是了。‘路上行人欲断魂’，行人不在路上在哪里？只用‘行人欲断魂’就是了。‘借问酒家何处有’，此句下五字即是问，只用‘酒家何处有’就是了。‘牧童遥指杏花村’，山下岂止牧童？只用‘遥指杏花村’就是了。如此消导，自然气爽神清。”人又问之曰：“‘久旱逢甘雨，他乡遇故知。洞房花烛夜，金榜挂名时。’此诗有何病？”答曰：“此诗太瘦了，宜滋补。‘久旱逢甘雨’，那晓得旱了好久？必要‘十年久旱逢甘雨’。‘他乡遇故知’，究竟他乡有好远？必要‘千里他乡遇故知’。‘洞房花烛夜’。花烛人之常理，必要‘和尚洞房花烛夜’。‘金榜挂名时’，乃读书人分内之事，必要‘监生金榜挂名时’。如此滋补，自然气足神完。”一外科先生闻之曰：“此人将成诗擅自添减，弄得溃烂臃肿。待我用降药医治，方可平复。他说‘十年久旱逢甘雨’，下的都是雪弹子；‘千里他乡遇故知’，遇见乃是债主子；‘和尚洞房花烛夜’，偏偏是个实女子；‘监生金榜挂名时’，台上作戏梨园子。”

脱裤

男子专好嫖赌，妇人少吃无穿。到冬天，妇人单裤单衫。男人输了，将妇人单衫拿了去赌。妇人赤身露体，被邻居老太太看见，说：“大妹子，因何单寒至此？”妇人说：“不好提起。只剩这一件布衫，又被那天杀的扒了赌去了。”老太太说：“你这条裤子，千万不可脱给他。露出下体，甚不好看。”妇人说：“你老人家自管放心。要了我的命，我也不脱。”到了晚间，男人回家，垂头叹气，果然把布衫输了。到晚上床，假意要与妇人云雨。妇人说：“你穷到如此，有何高兴？”男人一定不肯，妇人无奈，只得脱了裤子。男人并不行房，拿起裤子就跑。妇人赤身露体大哭。邻居老太太又过来相劝。见妇人裤子也没了，问她为何啼哭。妇人说：“裤子又被男人拿了去了。”老太太说：“我嘱咐过你，你就不该脱给他。”妇人说：“我原是不肯脱给他，真个的，老太太，我为什么脱给他？”

债精传

有个姓长的，名叫长该。有一个姓白的，名叫白使。他二人因何有这个名姓？皆因他都是有名的借了永远不还的国手。这一日长该借了一个姓定的名叫定后跟的钱，打算也要长该。谁知定后跟要定了，跟的甚紧。长该急了，找白使求救。白使说：“我的本领不是他的对手，只好找我师父去。”长该说：“你的师父是谁？”白使说：“我师父道号债精老祖，在窟窿山修炼多年。修的妙手空空，永度无穷岁月。灵山隐隐，竟成有债神仙。明日我与你同去拜求，自有解救。”二人商议定了。到了五更天，打后门里，一个赵不肖溜出城，一路而来。走过了窟窿桥，绕过了漩人坑，又过了沙土井。行够多时，远远望见一座摇晃山，山前立一对棒槌接起来的幡杆。二人来至山前，见一山洞，洞门上刻着四个大字“窟窿山洞”，旁边有诗一首。上写着：“人见窟窿愁，我见窟窿喜。我非爱窟窿，家在窟窿里。”对门贴一竖条，上写“明日再见”。两旁更有对联：

"洞里尽窟窿，不怕你打门打户。山中无岁月，何愁我过节过年？"二人进了洞门，有穿堂三间，上写着"得过且过"。过了穿堂，远远一望，尽是空中楼阁。楼下有铺面两间，一间开的是油金作，一间是出卖风云雷雨。又望前走，见一座破庙，匾上写着"穷神庙"。进了庙门，见殿宇倾圮，庙貌凋零，坏旗杆前合后仰，破香炉东倒西歪。见一老僧，阶前补衲；有一瘦犬，地下酣眠。真是"老僧募化随云去，饿虎时来傍佛眠"。二人上了佛殿，见上面写着"大穷宝殿"，殿上供着一位愁眉不展的穷神，几个焦头烂额的穷鬼。两边亦有对联云："本来赤手空拳，哪个能带半文钱去？真是穷神饿鬼，谁人肯烧一炷香来？"二人出了庙门，又见小小花园，点缀极其幽雅。有几枝不开花的石榴树，树上落着一只秃尾巴鹰。碧桃树底下立着一只瓷公鸡。旁边一道小河，乃是一汪死水。水里有几条白吃猴的鱼，还有几个穷蛤喇。走过了小河，看见两个小童在那里学着骑驴转影壁玩呢。一个名叫迟迟，一个名叫噔噔。白使是认得的，上前招呼说："师兄，师父在哪里？"童儿说："你来的不巧。刚才还在鸡罩里睡觉，如今到后山打猎去了。你二人何不同我前去一看？"白使说："很好。"二人跟着童儿，来至后门，见门上挂着一副对联是："但是搜求皆鼠辈，能知射猎亦英雄。"童儿开了后门，是后山前好大一个围场。二人立住了脚，远远观看。只见债精老祖带领坑蒙拐骗四大帅、闪展腾挪四先锋、七十二路拐子手、八十一路剪绺兵，拉着走狗，架着秃尾巴鹰。债精骑的是孙膑的牛，手拿关王爷的刀。四大帅也有光眼子骑摌马[①]的，也有骑之母猪打线枪的。大家正在努力上前，只见半中腰窜出一个野兔子来。债精是不见兔子不撒鹰的，谁知还戴着帽子，一撒手玩了一个倒栽葱。野兔子撂窜子就跑。四大帅说："跑了你我不打关东围。"催摌马就赶。

① 摌（chǎn）马：没有装鞍辔的光背马。

你看，好闹热一个围场！真是狐假虎威，狗仗人势。众好汉前围后裹，各禽兽东窜西逃。细看禽兽里，也有还愿的野猪，也有上坟的羊，也有海子里鹿，也有蹶狐狸、白眼狼，也有戴帽子的野鸡，带柳罐的野猫，还有二尾子撒粪的兔子。各样禽兽，无一不有，可就是没猴儿。大家正在纷纷打猎，忽见一只猛虎，奔到老祖面前一扑，扑下牛来，一口叼了就走。众人连忙追赶。四大帅说："不必去追，老虎不敢吃老祖。老祖是没人味的。"果然老虎叼至半路，松了口，闻了一闻，连头也不回，一直去了。债精爬将起来，正要想走。又见一只人熊扑到跟前，抱着脸就舔。大家说："这可不好了。人熊又来舔脸，快去相救。"四大帅说："更不必害怕。老祖是千层厚皮脸，舔了一层，还有一层呢。"大家这才上前搀起。只见老祖果然一毛不拔，分毫未损，摇摇摆摆，进后堂去了。长该白使看了半天，一回头不见两个小童。白使说："我们趁早到后堂见老祖要紧。"二人弯弯转转，来至后堂。抬头一看，只见穷光万道，债气千条。堂柱上挂着一副对联，上联是："拆东墙补西墙，窟窿越掏越大。"下联是："借新账还旧账，把式愈打愈圆。"匾是"债多不愁"。二人上了台阶，见左右无门。长该说："你师父门在哪里？"白使说："我师父门在房顶儿上。"二人只得爬进房门，来至老祖面前，双膝跪倒，偷睛观看。只见老祖四方脑袋，两道空心眉，真是一张千层桦皮脸。红口白牙，抹着一嘴石灰。半晌，微睁一只眼睛，看见白使，说："你到此何干？"白使说："今有长该欠定后跟的钱，被他跟定，无处躲避，来找弟子求救。弟子是碟子里洗澡——浅的很呢。连夜偷出城来，特求师父大发慈悲，救长该一命。"债精说："什么人的钱借不得，单要借定后跟的钱，他的道行不浅，你二人如何是他的对手？"掐指一算，说："定后跟来也，待我设法擒他便了。你二人来的甚早，想来还未吃饭。"白使说："徒弟们是蟭蟟[①]拿顶——还拉着镜儿呢。”老祖叫迟迟、噔噔来，带他两人厨房用饭。童儿带他二人来至厨房，见门旁亦有对联云：“睁眼无半文钱，全凭打算；开门少七件事，不怕饥荒。”横批是“吃了再说”。进了门，只见倒灶破锅，少盐无米。墙上供着一位冷清清的灶王，亦有对联：“可怜日日绝烟火；但愿人人供辣姜。”长该说：“这下联我不懂。”迟迟说：“我们山中朝朝寒食，久不动烟火。只有这点辣姜，可不劳烹炊，随时可吃。且能通神明，散浊气，故人人常供之以辣姜。灶王爷想吃点辣姜赶赶寒。”说着大家笑了。迟迟噔噔连忙上前，烧起嘘煳了炭，坐上出溜锅，下了一斤不见面，剁了一盘蒸不熟煮不烂的滚刀筋，切了一碟子没缨儿的酱萝卜。长该白使伸出空空妙手，张开免开尊口，吃了一个净盘大，又找补一碗没儿稀米。直吃的天愁人怨，猫狗伤心，才来到老祖面前称谢。债精说：“吃饱了，叫长该过来，你先搪他一阵。给你戴上我的吹气帽，穿上我的虱子袄，拿上我的溜光槌。再与你派两员大将，一个叫左先锋粘不着唐脱，一个叫右先锋抓不着马冒。”大家披挂整齐，放了一个烟儿炮，凑朋子出了洞门，与定后跟交锋。定后跟一见长该，大声断吓说：“长该，你不该听了白使这小子的话，打后门逃之夭夭。来找债精，是何道理？今日见面，还有何说？快还钱来，饶你一死。”长该一闻此言，到底情虚，觉的打了一个晃儿，站不住脚。马二把下河——拿鸭子败下阵来。定后跟直追到洞口，挺身大骂。二人逃进洞来，紧闭洞门，来至债精面前，磕头请罪。债精说：“你二人到底草鸡毛，待为师的设法擒他便了。”老祖连忙披挂，戴一顶纸糊的马虎，左手使一根不认杖，右手使一根一笔钩，坐下骑的是端午儿癞虾蟆。迟迟架着秃尾巴鹰，噔噔抱定

① 蟭蟟（jiāo liáo）：蝉的一种。后面的“拿顶”，就是倒立的意思。这个歇后语是说，他们已像倒立的蝉一样，饿的头重脚轻，肚皮薄如翼。

瓷公鸡。开了洞门，与定后跟相见。只见定后跟头戴了把抓的帽儿，身穿打饭吃的瓢儿，八个不答应的片子嘴儿，六亲不认的楞子眼儿，七辈不笑的帘子脸儿，四面都是脑构子的脑壳。左手使的是吐丝绕，右手使的是磨铊子，坐下骑的是瞎子放的那个驴。一见债精老祖，大声招呼说："债精，与你何干？快将长该白使交出，饶你的一洞的生灵。"债精也不答话，叫迟迟将秃尾巴鹰放起。定后跟忙用吐丝绕把秃尾巴鹰套去。老祖又叫噔噔再将瓷公鸡擎起。定后跟又用磨铊子将瓷公鸡打碎。老祖一见心内着忙，说："他将我二件无价之宝破了，如何是好？只好诈败佯输，诱他赶来，再作计较。"债精催定端午虾蟆，急急逃走。定后跟打着瞎子驴，紧紧跟随。债精一面逃，一面在怀中掏出一把阴面小扇子来，用手一扇，扇了一阵过堂风，化了一道长河。定后跟赶至长河岸前，不见了债精老祖，只见大河阻路，又无渡船，本有一座长桥，又被债精过河拆了。四顾无人，望洋而叹。正在着急，远远见一只渡船，一个梢公自上流摇橹而来。定后跟连忙招呼说："梢公大哥，你看见债精没有？"梢公说："刚才看见他拆了桥过河去了，说在前面不远。"定后跟说："求大哥渡我过河，重重有谢。"梢公将船拢岸，定后跟连忙跳上船来。不上船还好，谁知那船乃是债精变化的一只没底儿的船。只见定后跟两脚蹬空，翻身落水。那梢公不慌不忙，用手把脸一抹，现出债精老祖本来面目，用手指定骂道："定后跟啊定后跟，你可上了我的晃当晃了，管叫你一辈子也拔不出腿来。"定后跟在地下叩头道："我从今以后再不惹你们长白人了。"

圣贤愁

有一人姓白，绰号白吃，无论何处宴会，不请即至，坐下就吃。村中人甚恶之，公议在村前三圣祠立一匾，上写"圣贤愁"三字。一日，吕洞宾、铁拐李云游至此，看见匾上“圣贤愁”三字，不解所谓。遂化作云游道人，访问情由。土人云：“我们这里有一白吃者，吃遍一方。见了他虽圣贤亦要愁，故有此匾。”洞宾说：“我二人虽不是圣贤，见了断不至于愁，倒要会会他，看他有何吃白之术。”二人坐在庙台之上，吕祖吹了一口仙气，变了一壶酒、几碟菜，刚要斟酒，白吃已至面前说：“你二位在此，多有失陪。”坐在一旁，就要动手吃酒。二仙急忙拦阻说：“我们这酒不是白吃的，要将匾上三字各吟诗一首。说对了方准吃酒，说不对驱逐出境。”白吃说：“请二位先说。”洞宾即指匾上第一“圣”（繁体“聖”）字说：“耳口王，耳口王，壶中有酒我先尝。席上无肴难下酒，”拔出宝剑将耳朵割下，说，“割个耳朵尝一尝。”铁拐李又指匾上第二“贤”字说：“臣又贝，臣又贝，壶中有酒我先醉。席上无肴难下酒，”将洞宾手内宝剑接过，把鼻子割下来，说：“割下鼻子配了配。”白吃看了大惊说：“我从来没见过如此请客者。轮到我不能不说。”指着匾上第三“愁”字说道：“禾火心，禾火心，壶中有酒我先斟。席上无肴难下酒，拔根寒毛表寸心。”二仙说：“你真岂有此理！我们一个割耳，一个割了鼻，你因何只拔一毛？”白吃说：“今日是遇见你二位，若要是别人，我连一毛也不拔。”

请分子

一人生平最喜请分子，遇事克扣众人银钱。死后阎君痛恨，发在黑暗地狱内受罪。一进地狱，即与众人说：“列位在此，不见天日，何不各出公分，开一大大天窗？我来承办。”众人云：“我们有钱，不犯花在黑地里。”

啬刻鬼

有一极啬刻人，真是不怕饿死不吃饭，人人皆以啬刻鬼呼之。这一日过河，连摆渡钱都不肯化，宁可涉水而过。行至中流，水深过腹，势有灭顶之凶，急呼岸上人来救。人曰："非二百钱不肯救。"啬刻鬼曰："给你一百文何如？"顷刻，水已过肩。又呼曰："给你一百五十文何如？"岸上人仍不肯救。竟自溺水而亡，孽魂来至阎王殿前。王曰："你这啬刻鬼，在阳世视钱如命，一毛不拔。今日来至阴司，带他去下油锅。"鬼卒带至油锅前。只见油声鼎沸，烈焰飞腾。啬刻鬼曰："这许多油，可惜太费。若把这油钱折给我，情愿干锅炰。"鬼卒大喝一声，将啬刻鬼用叉挑入油锅，炸了一个焦头烂额，少皮没毛。仍将孽魂带至阎王殿前发落。王曰："此人这等可恶，应罚他去变猪狗。"啬刻鬼哭诉云："罚我变猪狗，我也情愿。惟有一件事，我甚冤枉。"阎王问曰："你有何冤枉？"啬刻鬼曰："我在阳世，一辈子没吃过葱。求阎王爷指明，这葱到底是个什么味儿？"阎王闻听，怒发冲冠，指定啬刻鬼骂曰："你这该死的孽魂，啬刻的连葱都没吃过。待为王的告诉于你，这葱是酸的。"连阎王爷也没吃过。

鬼择主

"贪"字之形近于"贫"，未有贪而不贫者。有一人极贪而贫，因贫而死。穷魂渺渺，来至幽冥。阎王遂判之曰："你这孽鬼，在阳世贪得无厌，终窭且贫。贫不能安于贫，妄想贪求，作孽多矣，应罚去变禽兽昆虫之类。"贪鬼曰："罚我变禽兽昆虫，实不敢辞。但求大王格外垂怜，俯准我择主而事。"王曰："何择？"答曰："若教我变走兽，我要变伯乐之马，张果之驴；若教我变飞禽，我要变右军之鹅，懿公之鹤；若教我变昆虫，我要变庄子之蝶，子产之鱼。”王遂赫然斯怒，指而骂之曰：“你这孽障，如此拣择！与阳世之作官而揣缺之肥瘠者何异？”着罚作一乌龟。既是怕穷，令其常常缩头；既是多贪，令其终岁喝风，却食不着一物。贪鬼乃恍然曰：“我虽然未尝作官，却知道作官的罪孽不小。”

死要钱

一客束装归里，路过山东。岁大饥，穷民死者无算；旅店萧条，不留宿客。投一寺院，见东厢停柩数十口，西厢只有一棺，岿然独存。三更后，棺中各出一手，皆焦瘦黄瘠者。惟西厢一手，稍觉肥白。客素负胆力，左右顾盼，笑曰：“汝等穷鬼，想手头窘甚，向我乞钱耶。”遂解囊各选一大钱与之。东厢鬼手尽缩，西厢鬼手伸如故。客曰：“一文钱不满君意，吾当益之。”添至百数，犹然不动。客怒曰：“穷鬼太作乔，可谓贪得无厌。”竟提两贯钱置其掌，鬼手顿缩。客讶之，移灯四照，见东厢之棺皆书“饥民某”字样，而西厢一棺书“某县典史某公之柩。”

嘲采战

黄帝御三千六百女而成仙，后人祖为采战之术。一老翁欲用之，广置姬妾，日夜鏖战。谁知屡战屡北，遂成虚痨之疾，犹自强战不辍。延医诊视，医云：“肾气大虚，精髓已竭。非峻补不可。”老翁曰：“虚不虚且勿论，不知我还有脑髓没有？”医云：“骨髓虽竭，脑髓尚在。”翁喜曰：“想不到我还有脑髓！请问先生，我这脑髓还够战几回的？”

包工活

夜游神出巡。巡至一家，天交三鼓，灯烛煌煌，不知里边所作何事，唤当方土地来问。土地说："这是在里头做人。"夜游神说："多少日子做一个？"土地说："十个月做一个。"夜游神说："十个月做一个，何必打夜作？"土地说："想是包工活。"

听笑话

夫妇同睡，妇握夫阳，问是何物，夫曰："这是笑话。"夫亦指妻牝户，问是何物，妻曰："这个也是笑话。"夫曰："两物不一，如何同名？"妻曰："你是公笑话，我是母笑话。"夫曰："这笑话要㑳你那笑话何如？"妻曰："可。"云雨正浓，妇问夫曰："你那笑话还有没有？"夫曰："都进去了，实在没有了。不信你摸。"妻摸而问之曰："笑话却没有了，这两个在外头的，是什么？"答曰："这是听笑话的。"

打手式

京城当差最勤，虽小差使，亦要起五更。有把兄弟二人，起早当差。行至街上，才打三更，见大门群房墙上小窗尚有灯亮。把兄谓把弟曰："天气尚早，我们何不看看窗内所作何事？"把弟说："很好。你蹬之我的肩膀上去先看，看完我再看。"把兄上了把弟肩膀，一手抓墙，一手将窗纸扒开。望里一瞧，却是两夫妇在那里行房。把兄看之良久，舍不得下来。把弟一则紧欲要看，二则肩膀甚疼，在下问把兄曰："你到底看里头是作什么？"把兄既不敢直言，更不敢出声。在上用一指插入口中，一出一入式，曰："如此如此。"

嘲冯姓

苏州人家晒两马子于外门，瞽者不知，误撒小便。其姑喝骂，嫂忙问曰：“这瞎眼的臭浓血滴在你那里头，还是滴在我这里头？”姑回云：“嫂嫂说得不明白。我马子有两点，你马子也有两点。”

龟蛇对

一秀才夏日下池塘浴水，被蛇将下身咬了一口，血流漂杵。秀才怒极，将池水涸干，果见一蛇。绿质白章，用剑斩为两段。一面净身，一面作对曰：“斩断蛇足千个绿，洗出龟头一点红。”

蛛丝袄

一小官极聪俊，穿一件时花翠色绸袄，在人前卖弄。人见而诮之，曰：“此绸甚奇，并非蚕丝所织，乃蜘蛛丝也。”小官问其故，答曰：“你看这丝根根都从屁股眼里抽出来的，如何不是蛛丝？”

干亲家

阮（与“卵”同音）老二与嵇（与“鸡”同音）大哥闲谈，说：“我二人同院居住，痛痒相关，真是掰不开的交情。我们何不作了亲家？更觉亲热。”阮老二说：“我有两子，拜给你作干儿，何如？”嵇大哥说：“很好。”阮老二说：“我要带他两个见见干妈。”嵇大哥说：“你亲家母有脾气，肚量小，容不下人。你在门外，等我先进去探一探。”阮老二在门外等候，只听得里头打捶，打得痛哭流涕，眼水直流，流了干亲家干儿子一身。又等了许久，只见嵇大哥在门内热腾腾的扭将出来，垂头丧气，头面濡湿，喘吁吁对干亲家曰：“我刚闯进门去，你亲家母就吃醉了，与我打捶。打的他还了席，吐了我一身稀饭。你看干亲家如今成了软亲家了。”阮老二说：“岂止你成了软亲家？你看你那两个干儿子，如今竟成了湿儿子了呢。”

不懂眼

一嫖客狎优宿娼，纵情花柳。一日，跟兔与捞毛同来催请。嫖客说：“我一人如何到两处去？我出一对，哪个对得上，我到哪家去。”二人说：“粗俗的尚可。”嫖客说：“肚脐眼。”跟兔的说：“我对屁股眼。”嫖客说：“对不上。”跟兔的说：“肚脐眼对屁股眼，还说对不上？想来不好男风。”捞毛的说：“我也对肚脐眼。”嫖客说：“更对不上。”捞毛说：“肚脐眼对肚脐眼，那才真对上了呢。你还说对不上？你这个人不但没开过眼，简直的不懂眼。”

嘲中人

吴俗田房交易，作中者名曰蚂蚁。有老翁业此多年，家小康，买灶下婢，生一子，乞星士算之。星士善谑，口多微词，戏之曰：“查令郎英造必大贵，汝当作封翁。”翁曰：“我辈执业卑微，何得名通仕籍？”星士正色曰：“是不然。古者蝎号将军，萤称正字，蝶封香国粉侯，蜂擢花台刺史，诸虫皆贵，安见蚁命之独贱乎？”翁不知其戏，述星士语夸示同侪，日以封翁自负。儿长性憨，年十八，惟读《大学》三页。人问：“令郎读《左传》否？”翁曰：“《左传》已读，今闻读《右传》矣。”盖日听其诵右传首章、右传二章故也。儿年二十，顽钝如初，翁恐前言不验，复质诸星士。星士笑曰：“君头衔已贵，何必倚佳儿博封诰哉？”翁问何衔，答曰：“中书科中人，升卖田司主事，外擢合同府知府，例封文契郎，晋封草议大夫。”闻者喷饭。

万化盆

一翁为富不仁，生一子，性甚痴，最奢华，家有数万赀，不足供其挥霍也。一日，有以巨盆来售者，自谓无价之宝，名为“万化盆”，无论人物金珠，置盆中，一可化十，十可化百，非重价不易也。痴子甚爱之，试以金珠，果验，出万金售之，藏诸空室。值夏日，其妻误在盆中浴。痴子见盆中有少妇十人，酷肖其妻，乃裸裎入盆中，效于飞之乐，偕鱼水之欢。越数日，其父亦在盆中浴。痴子见盆中有老翁十人，酷肖其父，乃大喜曰：“一父之所积，不敷一子之用。十父之所出，足供一世之需。”然事繁父众，必须分其任以专责成，乃示之曰：“诸父中有智慧者，使之学而仕，为我育妻孥，捐功名；有勇力者，使之战疆场，为我奏肤功，博封荫；善理财者，使之充商贾，为我权子母，拥厚赀；能务农者，使之服稼穑，为我耕南亩，裕仓储。尔诸父宜各司其事，勿忝父职。”盆中父一闻此言，齐声大骂曰：“为子不能父厥父，乃子厥父。试问人十可以养一人，十父岂能生一子？传曰：‘父一而已，其何能十？’”言讫，父仍化为一，从此盆亦不灵，而家贫如洗焉。

口头语

把弟兄都有口头语，把兄爱说：“岂有此理。”把弟爱说“哪有这么件事。”把兄与把弟曰：“我两人这口头言语应该改一改。自今日为始，如果谁说，罚钱两串。”把弟说：“很好。”第二日，把兄来找把弟。一见面，把兄说：“了不得！昨晚失了盗。”把弟说：“失了何物？”答曰：“被贼把后院井偷去了。”把弟说：“哪有这么件事？”把兄说：“犯了口头语，罚你罚你，明日一早来取钱米。”把弟懊悔而回，见了妇人，愁眉不展。妇人问曰：“你今日回来，如何这样愁烦？”丈夫说：“我犯了口头语，输给把兄钱二千，米二斗。明日就要来取，因此愁烦。”妇人说：“我倒有一个主意，你明日一早装死，我把你停在门板上，用纸盖好。把兄来了，我有道理。”丈夫应允，次日如法装死。把兄一早就来叫门，妇人开门，将兄让进，掩面假哭。把兄看见房中停尸，弟妇在旁啼哭，忙问把弟在哪里。妇人说：“昨日回家，走至院中，被鸭子一脚踢死了。”把兄说：“岂有此理？”把弟在纸里翻身爬起，大声叫曰：“不该不该。”

不利语

有一人惯说不利之语，人皆厌之。一富翁新造厅房一所，惯说不利者往看，亲至门前，敲门不应。大骂曰：“浪牢门，为何关的这样紧？想必是死绝了。”翁出而怪之曰：“我此房费尽千金，不是容易。你出此不利之言，太觉不情。”其人曰：“此房若卖，只好值五百金罢了，如何要这样大价？”翁怒曰：“我并未要卖，因何估价？”其人曰：“我劝你卖是好意，若遇一场天火，连屁也不值。”一家五十得子，三朝，人皆往贺，伊亦欲往。友人劝之曰：“你说话不利，不去为佳。”其人曰：“我与你同去，我一言不发何如？”友曰：“你果不言，方可去得。”同到生子之家，入门叩喜，直到入席吃酒，始终不发一言，友甚悦之。临行，见主人致谢曰：“今日我可一句话也没说，我走后，娃娃要抽四六风死了，可不与我相干。”

闻鼻烟

一瞎子夫妇同床。妻暗约一人与之交合。夫闻声问曰：“是何处响？”妻曰：“想是隔壁吃水烟，不要管他。”少顷，又响。瞎子曰：“好奇怪！这响光景不远，觉之一抽一抽的动，不像吃水烟，倒像在那里闻鼻烟呢！”

吃麻团

一秃子秃的光板无毛，溜滑净肉。将要娶妻，惟恐新人看见耻笑，预将墙上开一大洞，接新人过门，入房即摘帽钻入洞内，非吹灯不肯出头。次日黎明，仍戴帽出门而去。妻甚疑之，乃自忖曰："我自从过门，总未见过新郎之面。入房即埋头不出，不知是何缘故？趁他未回，先将饭锅放在洞内，俟他回来钻洞，触饭而出，定见新郎之面。此计甚善。"秃子到晚间，施施从外来，进房又望洞内一钻。那秃戻恰恰撞入饭锅之内，赶紧拔出，对新人曰："拙夫今日回家，无别物可敬，请娘子吃一个新出锅的大麻团。"

妾吟诗

一京官年迈，精力衰耗，房事不能畅举。其妾少艾，欲火方炽，情不自禁，遂与仆私。然必俟老爷五更当差走后，始能畅所欲为。妾谓仆曰："我两人如此亲密，每苦于为时不久，若使老爷早早出门，我们方能多多欢乐。"仆曰："我有一计。后院树上鸟鹊甚多，今夜三更，我将鸟鹊打起。你在房中即呼天明，促其出门。我两人尽半夜之欢，岂不甚妙？"妾然之。至晚，依计而行。老爷闻鸦叫惊起，匆匆出门而去。行至公署，门还未开，又听鼓打三更，天气甚早，仍回家中。尚未关门，走至上房，闻房中有人说话，细听乃仆妾交媾之声。又听仆与妾曰："我爱你身上好似粉团一样。"妾与仆曰："我爱你身上好似棉花团一样，哪像老讨厌的，好似干柴棒儿，放在炉内，燃也不燃。"老爷闻听，大怒，欲要发作，又恐丑声外扬，只好忍气出门而去。差毕回来，与妾共饮，谓妾曰："我与你各吟诗四句，如诗不好，罚酒三盅。"妾曰："愿闻。"老爷说："打起鸟鹊惊早眠，粉团紧抱棉花团。可怜讨厌干柴棒，投在炉中燃不燃。"妾闻此诗，暗惊败露，乃以诗解之曰："恩爱夫妻已数年，蒙恩豢养感难言。大人不见小人过，宰相肚内好撑船。”

歇后诗

一先生随棚看文，出门日久，不免思家，乃作歇后诗一首，已成六句。恰值学台进门。问先生曰：“顷闻吟哦之声，想是作诗，欲求佳作一观。”先生因是思家之诗，不好给看。学台执意要看，不得已将诗稿呈出。诗曰：“抛却型于寡，来看未丧斯。可怜三月不，竟染七年之。半折援之以，全昏请问其。”学台看完，笑曰：“此诗尚少两句。”乃续之曰：“且等子游子，弃甲曳兵而。”

破承题

一医生自将长子治死，破题云：“长子死焉，其为乐可知矣。夫父为大夫，子疾病，应勿死，而今亡矣，不图为乐之至于斯焉？”又以小解为题，破承云：“持其柄而摇之，虽有存焉者寡矣。夫柄不持，便不利，持不摇，滴犹存，持而摇之，孔门闭而胀满顿消焉，何快如之？”

缩脚诗

旧有嘲阙唇者云：“多闻疑，多见殆，吾犹及史之，君子于其所不知盖。”一老翁貌似土地，有嘲之者曰：“入疆辟，入疆芜，诸侯之宝三，狄人之所欲者吾。”

嘲奚姓

有友人咏奚姓者，用四书七字吟云：“奚擘奚，此物奚，虽多亦奚。子之迂也奚，虞不用百里奚，如此则与禽兽奚。”

名读书

车胤囊萤读书，孙康映雪读书，其贫不辍学可知。一日，康往拜胤，不遇，问家人："主人何在？"答曰："到外边捉萤火虫去了。"已而，胤往拜康。见康立于庭下，问："何不读书？"答曰："我看今日这天色，不像要下雪的光景。"

笋炒肉

一人延师，供膳淡泊，而颇文雅，题东坡语于书室曰："无肉令人瘦，无竹令人俗。"师正苦庖肉不继，戏续其下曰："若要不瘦又不俗，须要餐餐笋炒肉。"

三笑诗

稳婆生子收生处，医士医人死病家。更有一般堪笑者，捕官被盗喊爷爷。

睡鞋词

娇红软鞋三寸整，不下地，偏干净。灯前换晚妆，被底钩春兴。玉人儿轻跷，与我肩相并。

便壶赋

悠悠脱裤，引出栖禽；汲汲提壶，飞来鸣鸟。荷鳖名之雅制，艳龙势之曲蟠。惟尔圆融，与人方便。莫笑空空硕腹，也傅朗朗矢声。宋师慧入朝隐谏，虽无借乎此君；赵文华纳赂邀荣，直欲奉为至宝。当夫日暖花明，昼依墙角，梦回灯暗，夜伴床头。几疑玉杵捣霜，无忧击缺；恰应铜壶滴漏，勿讶声迟。实能容，宽矣绰矣；

满则覆，颠之倒之。只须荡荡，何用萧萧?

登坑诗

神情急遽步仓忙，曲巷招寻停路旁。茅舍及肩防触帽，石条蹲足乱褰裳。清虚脏腑融渣滓，浓郁波澜腻汁浆。布裤脱时春鸟唤，木樨开处后庭香。偷看肤白臀无点，苦挣颜红首欲昂。或有先声通下气，也将正色配中央。斜晖久照沉沉黑，倒影轻浮个个黄。历历蛆攒图饱啖，营营蝇集快新尝。坎深迟落千锤硬，窍窄孤悬一练长。雅学研都携笔墨，酤酣诗味亦包藏。

悼妓诗

秀才、富商、和尚、屠户，共嫖一妓。妓忽病亡，四人同来吊祭。秀才云："我四人怜香惜玉，原有同情，何不作悼亡诗一首，以慰芳魂?"众皆乐从。秀才云："我们联句，我说第一句。诗曰：一点香魂坠玉楼。"富商说："万斛明珠何处求?"和尚说："阿弥陀佛西方去。"轮到了屠户，不会作诗，为难良久，乃曰："我的肉肉我的油。"

童生文

文宗考童，题出"盖有之矣"。童生文曰："今天下未有无盖之人焉。"学台批曰："我独无。"又曰："夫人自谓无盖者，其盖必大；自谓有盖者，其盖必多。盖之于人大矣哉。"二题出"月攘一鸡"。文曰："今夫鸡乃天下未有之鸡焉。"学台批曰："大鸡。"又"古今罕见之鸡焉"。学台批曰："老鸡。"讲下曰："吾与子言鸡。"两起股："夫鸡不同，有雄鸡焉，有雌鸡焉，有不雄不雌之鸡焉，是之谓‘骟鸡’。鸡亦各异，有黑鸡焉，有白鸡焉，有不黑不白之鸡焉，是之谓‘麻鸡’。”学台又加一总批云：“好一个不要脸的杂毛鸡。”

偶戏对

木偶戏，北方谓之“托偶”，南边谓之“木肘”。有人作对联云：遇事强出头，此中大有人在；登场便抽脚，天下其谓公何？剥去臭皮囊，始知假中假；露出真面目，方为人上人。满天歌唱谁开口，有人提携我出头。全凭下人做事，何用上头开腔？皆工稳可喜。

部院诗

有巡抚升漕运总督者，驰驿过某县境。县令匆匆接差，书吏将高脚牌误写为“糟运总督部院”。途中见之，含蓄不言。过境后，寄诗谢之，时县令推升武岗州矣。诗曰：“生平不是醉乡侯，况奉纶音速置邮。岂有尚书加曲部，何劳邑宰作糟邱。读书自应识鲁鱼，作客原同风马牛。闻道邑区已迁转，武岗莫误五缸州。”

教官对

有一穷教官，欲求有钱之秀才帮助，特出对以难之曰：“老教官，穷教官，老当益壮，穷当益坚，老大穷坚教官。”秀才一时对不上，忽见教官两个小儿子在庭中玩耍，秀才说：“有了对句了。‘大儿子，小儿子，大则以王，小则以霸。大小王霸儿子。’”

萝卜对

东家供先生饮馔甚薄，每饭只用萝卜一味，先生怒而不言。一日，东翁请先生便酌，欲考学生功课。先生预属曰：“令尊席前若要你对对，你看我的筷子夹何物，即以何物对之。”学生唯唯。次日设席，请先生上座，学生侧坐。东家曰：“先生逐日费心，想令徒功课日有成效矣。”先生曰：“若对对尚可。”东家说：“我出两字对与学生。对曰：核桃。”学生望着先生，先生拿筷子夹萝卜。学生对曰：“萝卜。”东家说：“不佳。”又曰：“绸缎。”先生又用筷子夹萝卜。学生对曰：“萝卜。”东家曰：“绸缎如何对萝卜？”先生曰：“萝是丝罗之罗，卜是布匹之布，有何不可？”东家抬头一看，见隔壁东岳庙，又曰：“鼓钟。”先生又用筷子夹萝卜。学生又对萝卜。东家说：“这更对不上了。”先生说：“萝乃锣鼓之锣，卜乃铙钹之钹，有何不可？”东家说：“勉强之至。”又出二字曰：“岳飞。”先生又夹萝卜，学生仍对萝卜。东家说：“这更使不得。”先生说：“岳飞是忠臣，萝卜乃孝子，有何不可？”东家怒曰：“先生因何总以‘萝卜’令学生对？”先生亦怒曰：“你天天叫我吃萝卜，好容易请客，又叫我吃萝卜。我眼睛看的也是萝卜，肚内装的也是萝卜，你因何倒叫我不教令郎对萝卜？”

竹苞堂

先生训蒙，满堂学生无一聪明可造就者，甚愤懑之，乃写“竹苞堂”三字，悬之书房，辞馆而去。东家知之，来书房见匾上三字，不解所谓。请教于人，告之曰：“竹苞者，言学生个个草包也。乃不屑教诲之词耳。”

万字信

一人写信，言重词复，琐琐不休。友人劝之曰：“吾兄笔墨却佳，惟有繁言赘语宜去。以后致信，言简而赅可也。”其人唯唯遵命。后又致信此友曰：“前承雅教，感佩良深。从此，万不敢再用繁言，上渎清听。”另于“万”字旁注之曰：“此‘万’字，‘方’字无点之‘万’字，是简慢之‘万’字也。本欲恭书草头大写之‘萬’字，因匆匆未及大写草头之‘萬’字，草草不恭，尚祈恕罪。”

五脏神

五味有神，五脏亦有神，故五脏得五味之美，则神守舍而不出。有一学师，终年茹素，五脏神荤腥不见，淡泊难堪。一日，有人请其赴席，五脏神闻之，固无不愿随鞭镫矣。比到筵前，嘉肴美馔，既脂且多。五脏神共出逡巡，每食必问，每味遍尝。学师责曰：“尔等终年啖素，一旦茹荤，各宜点享，何得出而骚扰？此令人观之不雅，且贻我主人之羞。以后我在外，则各守尔舍；我在家，任尔出入可也。”五脏神唯唯遵命。异日，学师又有人请。五脏神恪遵公令，不敢擅离。直到食毕用稀饭之时，五脏神一时齐出。学师叱之曰：“因何故犯我令？”答曰：“我们见了稀饭，谓是主人仍旧在家。不谓主人尚未回家，因此误出，望其原宥。”

赖节礼

一先生极道学，而东家极穷，每月束脩，常常拖欠。将到端阳，节礼却是一钱银子，用红纸写“大哉圣人之道”一句，装入拜匣，交学生送去。先生说：“既送礼节，为何写此一句送来？想是说教学者亦要合乎圣人之道耳。圣人云：往者不追，来者不拒。又曰：自行束脩以上，未尝无诲。明明示我以免追节礼之意，只好从缓。”到了中秋，礼节连一钱也无。到了年节，仍旧毫无，先生只得相催。东家曰：“我于端节全送过了。”先生说：“一钱何以抵三节？”东家说：“先生岂不知朱注云：‘大哉圣人之道，包下文两节而言。’”

错用醋

老翁年逾花甲，如君正在妙龄，每遇云雨，不能畅举。未艾之芳心，难捱不举之阳物。家有一仆，姓蔡，因他年轻，呼之为小蔡。这一日老翁出门，如君将小蔡唤至房中，令他暂解饥渴。谁知小蔡未经女色，左支右绌，不得其门而入。如君着急曰："你速将罐内油抹上，滑则易入。"小蔡连忙去抹油，不意抹错了，竟把罐内醋抹上。钻研良久，与穷秀才一般，又酸又淫。如君甚急，说："你抹错了，快去再抹。"小蔡另抹清油，豁然直入，畅美难言。到了极快之时，不觉大呼曰："好小蔡！好小蔡！"老翁回来，走至窗前，听见房中连呼"好小蔡"，讶之曰："我不在家，是谁在这里吃早饭？"推门一看，骂之曰："你两人做的好事！我问你小菜怎么那样好？"如君答曰："小菜怎么不好？又有油，又有醋。"

养百龄

百舌鸟北方谓之"百龄"，各样鸟音，无不会学。一老爷甚爱百龄，专雇一小厮喂养，不时提到街上，谓之"闯百龄"。这一日天热，与百龄洗澡，属小厮曰："小心看守，如落一根毛，打折你的腿。"属毕，出门而去。太太要支使小厮作事，小厮说："小的不敢擅离。万一百龄落了毛，要打折小的腿。"老爷向来惧内，太太一闻此言，打笼内把百龄掏出来，拔的连一根毛儿也没有，扔在笼内。老爷回来一看，百龄成了不毛之鸟，大怒说："这是哪个拔的？"小厮不敢言语。太太接声曰："是我拔的，你便怎么样？"老爷回嗔作喜曰："拔的好！比洗澡凉快。"

攥刀把

妈妈最疼女儿，偏偏许了一个又高又胖的姑爷。到了吉期，妈妈怕女儿招架不起，亲送过门。入洞房，不放心，站在窗外窃听。候之良久，忽听姑娘大声呼曰："杀了人了！"妈妈大惊，连忙推开门，跑到床前，一把攥住姑爷之物不放，说："姑娘别害怕，他杀不了人，妈妈攥着刀把儿呢。"

争上下

两夫妻反目，妇悍而能言，夫责之曰："我是天，你是地。天在地上，岂可欺天？"妻曰："我是阴，你是阳。阴在阳上，岂可落后？"夫曰："以乾坤而论，是乾在上不是？"妻曰："以内外而言，是内在上不是？"夫曰："以男女而论。是男在上不是？"妻曰："以雌雄而论，是雌在上不是？"夫曰："以夫妻而论，是夫在上不是？"妻曰："以牝牡而论，是牝在上不是？"夫曰："是人皆称老爷太太，是老爷在上不是？"妻曰："俗言都说老婆汉子，是老婆在上不是？"男人实在说不过，乃畅言之曰："我与你行房，到底谁在上头？"妻曰："若高兴玩一倒浇蜡，还是我在上头。"

我不去

世上惟妇人最会哭，杞梁之妻善哭其夫，能变国俗。抑惟妇人最会假哭，其声虽悲，而悲不由衷。圣叹批五才子云：有声有泪谓之哭，无声有泪谓之泣，有声无泪谓之号。潘氏哭夫，乃假号了一阵，至今留为笑柄。一妇人夫死，哭之甚痛，抱棺披发而哭。见人来更大哭曰："我的夫呵！我的天呵！我愿意跟了你去，你为何不拉了我去？"正哭的高兴，被棺缝儿把头发挂住，妇人大惊，忙改口曰："你别拉，我不去，我不去。"

嘲举子

一举子年少而美，每入场即梦人戏其后庭，而总格格不能入。从此屡得此梦，屡落孙山，殊觉不快。后又进场，仍梦如前，觉身后物挺然特入，与前梦大不相侔，甚觉欣幸，自谓今科必中无疑。既而思之，觉被人狎眠时，不像是梦。复又思之，简直的不是梦。

嘲大字

一老翁能写极大之字，而写字亦甚奇，以身为笔，以发为毫，以池贮墨，以纸铺地。每行书，裸体浴池中濡墨，跃纸上纵横驰驱，与张颠之草书，且园之画虎，共称三绝。一日，有人求写一大“成”字。老翁赤身濡墨，披发先登。但见书黑纸白，如乌龙之跃巨海；首挥身送，若天马之行长空。观者无不称奇。孰知字大墨多，尚余长钩未写。老翁彷徨四顾，乃挺身斜卧为一钩，尚多一点，又濡墨斗，坐“成”字眉头为一点。众见黑点中有空小洞，殊觉诧异，细思之，始悉老翁谷道缺陷之处所留之余地耳。观者议之曰：“原拓旧迹，乃无价之墨宝。”老翁闻而感之曰：“非然也。深山大泽，实生龙蛇，此乃幽谷中多年之鸟道耳。”观者哗然。

嘲看表

洋人造钟表，既竭心思之用，更夺天工之巧，其价虽昂，而当差者不可少。然不当差者亦有之，示阔也。故人嘲喜带表者曰：“必表而出之。”嘲表不准者曰：“虚有其表。”有一宫詹，起早当差，心常恐晚，嘱夫人曰：“明日有御前要差，你须守夜，看表到时，相请可也。”夫人曰：“我不识表，焉知早晚？何不表上画圈记之？到圈即请，方不误事。”夫如其言，在表上画一小圈，遂放心上床熟睡。夫人坐灯下，时时看表，总不见到圈。良久又看，仍未见到。屡看屡瞧，竟不知东方之既白。夫猛醒，惊问曰："因何不请？"夫人曰："表未到圈，不敢请耳。"夫曰："天色大明，岂有不到圈之理？"取表一看，果未见到，再细听之，而表已停摆矣。后因误差被议，深恨虚有其表者之误事，永不表而出之也。

鬼怕色

一色鬼宿柳眠花，淫荡无度，家止一妻，云雨之事，竟无虚夕。其妻疲于奔命，已至厥厌瘦损。阎王查知此事，命两小鬼拘之。小鬼领勾魂牌，潜至色鬼家中，先在窗外窃听。听妇人说："你饶了我罢，我实在搁不住你再闹了。我的已经成了鬼了。"色鬼说："我全不管，就是鬼我也要玩。"两小鬼一闻此言大惊，抱头鼠窜而去。来至阴曹，见阎王以实告之。王勃然变色曰："这色鬼好大胆，连你两个都放不过，不知他问我没有？"

丐换形

一丐挈妻乞于市，寄宿十王殿廊下。一日，乞于富贵家，归而痛哭。妻问之，曰："人生等七尺耳。彼富贵者，餍膏粱，衣文绣，日拥娇妻美妾以为乐。而我寒馁若此，何狠心阎王，不公一至于此哉？"已而宿廊下，见十王召之去曰："尔勿怨我，为尔易之。"命鬼判先易其舌，曰："是当日将军曲良翰用以啖驼峰者。尔易之，则山珍海错可长饫矣。"又易其肩背，曰："是当日昭王被凤毛裘者。尔易之，则鸾封艾带可长御矣。"并易其下体，曰："是当日汉武入温柔乡占三千粉黛者。尔易之，则蛾眉螓首可长拥矣。"丐曰："天下之美色无穷，一人之精髓有限。骨中物必须多赐，始能取之不尽，用之不竭。"王曰："此物我殿后尚有数缸，原可挹彼注兹。奈一人之身，岂能多付？你且去，我随后源源接济也。"丐大喜，叩谢而去。至天晓，妻以残羹剩饭进，丐大怒曰："吾将食珍馐，勿以污我舌。"又以破衲进，又大怒曰："吾将被锦绣，勿以辱我体。"妻诮其颠，丐愈怒曰："我早晚以金屋贮阿娇，鏖战三千粉黛。看汝黄面婆何处送衾枕耶？"妻骇，诘其故，丐大言以述之。妻大笑曰："痴儿，却忘了一件大事。"丐问何事，妻曰："满身都换，只未换得石季伦豪富命耳。"丐遂语塞。

老前辈

一妇人再醮于后夫，甚睦。时及清明，谓夫曰："前夫待我不薄，我欲到坟前祭扫。"夫曰："甚好，我与你同去。"二人来至坟前，夫问妇曰："你已嫁我，你哭他用何称呼？"妻曰："夫是我天，他是先天，你是后天，我哭他先天为是。"妇人于是恸哭先天不已。夫见其哭之恸，情不自禁，亦欲同哭。妻曰："你哭他用何称呼？"夫曰："他娶你在前，我娶你在后，你称他先天，我只好称他老前辈了。"

喜写字

一人最喜与人写字，而书法极坏。一日，有人手摇白纸扇一柄，意欲为之写字，其人乃长跪不起。写字者曰："不过扇上几个字耳，何必下此大礼？"其人曰："我不是求你写，我是求你别写。"

嘲通品

东海龙王在水晶宫秉政八千余年，因年迈龙钟，欲传位于世子，奏明玉帝，奉敕旨准其禅位。到了即位之期，众波臣无不欢欣鼓舞，惟四鳞长不甚如意。四鳞为何？一是龟丞相，别号"元衣大府”；一是蟹元帅，别号“横行督邮”；一是虾先锋，别号“长须刺史”；一是蚌总管，别号“铁甲将军”。此四长族大宠多，皆为上游所器重。因久涉风涛，沉沦宦海，各怀急流勇退之心。又因新王亲政，不敢遽退，只得率领水府功勋、泽国故士，以及河伯水母、虾姑猪婆，皆舞蹈朝王。小王出贝阙，升水晶宫，坐通明殿，开金口对四鳞而言曰：“方今四海承平，九州清宴，荣光出河，海不扬波。为上者宜明目达聪，为通明之主；在下者宜洗心涤虑，为通明之臣。今见尔四长，皆非通明之品，何以辅弼朕躬耶？”四长对曰：“古帝王光被四表谓之明，格于上下谓之通。至通能达乎神明，至明能烛乎万类。不识王之所谓通明者，果如是乎？”王曰：“朕以形体而言耳。譬如水晶宫，又名通明殿，晶莹透彻，犹如玉宇瑶房一样。尔四臣果能涤荡其心胸，洗濯其肺腑，净洁若玉壶之清，聪明如冰雪之净，方称通品。”请问：“四人中尚有通品否？”王曰：“惟有虾先锋身披白鱼衫，内穿水晶衣，算得通品。余皆披鳞贯甲，污浊之物也。”又问：“荐贤以代可乎？”王曰：“以人事君，人臣之职。然宜各以其类，苟非其类，其何能代？以三日为期，果能通而明之，朕有厚望焉。”四长朝罢，各归水府，遍觅代替之人。蟹元帅请玳瑁相代，蚌总管请江珧相代，惟有龟丞相久鲜同类，更无代庖。问之于龟夫人，夫人曰：“何不及时捐输，庶邀旷典？”龟丞相遂将多年宦囊，异宝奇珍，尽献贡之。小王及践王位，可无珍宝，尽赏收之，以珊瑚枝水晶盘为回敬。龟丞相见贡已全收，自谓虽欠通明，亦可含糊从事。到了三日，龟夫人将小王所赐之珊瑚枝插在龟头上，水晶盘覆在龟胸前，犹如新换二品头衔一样，虽未见透体通明，亦觉外观有耀也，遂同蟹元帅、蚌总管齐来复命。王问：“尔三人可以通明否？”蟹元帅举玳瑁以代，蚌总管举江珧以代。王曰：“此二物在汝辈中稍觉通明，尚可相代。”又问：“龟丞相何如？”龟丞相头顶珊瑚，手捧晶盘，蹒跚而前。王赫然怒，骂曰：“你这臭乌龟，外面倒像通明，内里却甚惛聩。况珊瑚、晶盘皆身外之物，由捐赀纳贿而来，岂可谓之通明乎？着革去相职，发黑龙江为鳖，为虚有其表者戒。”

新姑娘

有一新姑娘出嫁回门，母亲慌忙接出二门，见了女儿心疼，忙问：“你婆婆待你好不好？”姑娘说：“怎么不好？叫她儿子与我一个被窝里睡。”母亲忙用话岔曰：“我没问你女婿。”姑娘说：“女婿怎么不好？一夜里搂之抱之的。”母亲说：“这是什么样儿？”姑娘说：“是蘑菇头样儿。”母亲急曰：“真真怎样好？”姑娘哭曰：“妈妈见了好东西，就要抢人家的。”

棋谱铭

棋不在高，有著则名。著不在勤，弗悔则灵。斯是棋谱，惟吾得情。精明无懈局，草率不进赢。谈笑有国士，往来无赌精。可以调素心，役神明。无呼卢[①]之乱耳，无筹码之劳形。棋输子儿在，著著见将军。君子云：何臭之有？

生员对

一生弱冠游庠，不循矩度。学官示以对曰：“赌钱吃酒养老婆，三者备矣。”生应声曰：“齐家治国平天下，一以贯之。”

---

① 呼卢：古代的一种赌博游戏，共五子，五子全黑谓之“卢”，乃胜。掷骰子时，众人高呼，故曰“呼卢”。

嘲时事

近年时事颠倒，竟有全非而以为是者，口撰数语以嘲之："京官穷的如此之阔，外官贪的如此之廉，鸦片断的如此之多，私铸禁的如此之广，武官败的如此之胜，大吏私的如此之公。"舌锋犀利，造语亦苛。

嘲土娼

一南客嘲北方土娼曰："门前一阵车风过，灰扬，哪里有踏花归去马蹄香？棉袄棉裙棉胯子，膀胀，哪里有春风初识薄罗裳？生葱生蒜生韭菜，腌臜，哪里有夜深私语口脂香？开口便唱黄昏后，歪腔，哪里有春风一曲杜韦娘？莲船盈尺装高低，骯骯，哪里有春娇一曲描弓样？涂来白粉似冬瓜，装腔，哪里有蛾眉淡扫翠凝妆？举杯定吃烧刀子，难当，哪里有兰陵美酒郁金香？头上鬏髻高尺二，蛮娘，哪里有斜簪云髻巧梳妆？行云行雨在何方，土炕，哪里有鸳鸯夜宿销金帐？五钱一两等头昂，便忘，哪里有嫁得刘郎胜阮郎？"

搭拉酥

一妓颇有姿色，人皆呼之曰"挨挨酥"。一嫖客轻财重色，携千金来嫖。妓贪其财，百般情趣，假意殷勤，并许以从良之语。嫖客溺而爱之，挥金殆尽。忽接家信，催其回家。妓闻之，卧床痛哭，作难舍之状。嫖客更加连恋，竟至囊空如洗，乃自忖曰："我要走，她立刻就哭，哭的来眼红流泪。我想就是要哭，何至如此之速？其中必有缘故。"伺妓出房，遍寻别无他物，惟褥下有一纸包。开看却是很好洋烟，乃妓假哭拭目所用也。嫖客以锅煤易之。妓进房，嫖客假说要走，妓如前卧床，将锅煤抹之，揉成两只黑眼。嫖客曰："我有钱你赧颜相待，我无钱你乌眼相看。"妓知误抹，连忙洗净，重施粉脂，再整云鬟，愈觉艳丽。嫖客仍执迷不悟，与妓曰："我今日千金已尽，你曾说嫁我之言，何不即时成就？"妓曰："此事须与妈妈相商。"妓商之鸨儿，鸨曰："可。然吾家全仗你一人养赡，必须与我再挣一年。"嫖客一闻此言，欲走不舍，欲留无钱，甚觉为难。妓曰："何难之有？你且在我家暂为帮忙，客来我去相伴，客走与你同眠，与从良何异？"嫖客应允。妓曰："你既愿在我家，必须起一别名，方好呼唤。我两人既是夫妻，我叫'挨挨酥'，你名'搭拉酥'，甚妥。"嫖客始而嫖，继而捞，终穿绿道袍。一日，院中来一阔少，携万金来嫖。妓弃旧迎新，百般贴恋，而搭拉酥亦雅意殷勤。阔少见其和蔼，拉他侧坐相陪。阔少曰："今日席前，我们以联句为令，我先说第一句：倾国倾城世所无。"妓曰："贱人全仗贵人扶。"阔少曰："用尽万金何足惜？"嫖客曰："明年一对搭拉酥。"

强出头

蝉与黄鸟、蝴蝶、乌龟、蜜蜂结为兄弟，设筵同席共饮。蝉曰："我出一令，每人说俗语两句，要切己自警之言。"众皆乐从。蝉曰："金风未动蝉已觉，暗送无常死不知。"蝴蝶曰："愿从花下死，作鬼也风流。"黄鸟说："人为财死，鸟为食亡。"蜜蜂曰："采得百花成蜜后，一生辛苦为谁忙。"剩了乌龟，一时说不出来，急得把头望外长伸。可巧被玩童看见，拾砖打中龟头，乌龟把脖子望回一缩，说："我有了俗语了——是非只为多开口，烦恼皆因强出头。"

臭乌龟

有捐二品诰封者，戴朝帽，穿朝裙，着披肩，在衣镜中自照，徘徊顾影，得意洋洋，指谓其妻曰：“你看镜中是谁？”夫人曰：“是一只仙鹤。”夫曰：“如何是鹤？”妻曰：“鹤有红顶，一品之兆。”夫甚喜，将红顶帽摘下，指谓夫人曰：“镜中又是谁？”夫人曰：“是一个臭乌龟。”夫大怒，夫人曰：“你看镜中——腰里重裙，肩飞双边，光头缩颈，身匾体圆，不是乌龟是什么？”夫曰：“因何说臭？”答曰：“天下物惟铜最臭，头衔乃铜钱所捐，谓之臭也，不亦宜乎？”

闻鼻烟

京中闻鼻烟，有极量大者，每日非一二两不能过瘾。竟有往铺内装烟，把脑袋躺在柜台上，谓卖烟者曰：“你给我一个鼻子眼里装一包。”虽是笑谈，却是实事。有一妇人夏日昼寝，呼之不醒。一轻薄人戏将烟壶纳入屄中而去，妇醒，掏出烟壶一看，却是一个滚热的套红烟壶。一面闻烟，一面大骂不已。邻妪劝之曰：“此事甚丑，娘子不必声张。白得一个套红烟壶，岂不甚妙？”妇曰：“不是这样说。此番塞进套红烟壶去，若是不骂，以后我这鼻子眼里，连套蓝套绿套五彩一齐都塞进来，那还了得？”

拜把子

幼女见两狗相牵，问母曰：“好好两只犬，为何联拢在一处？”母曰：“他们在那里拜把子。”女摇首曰：“不是。”母曰：“怎见得不是？”女曰：“拜把子，或是手对手，头对头，没见过屁股对屁股的。”母曰：“你不晓得。如今拜把子全仗后劲儿大，更要有拉扯。要是没拉扯，你东我西，谁还认得谁？”

鼻头官

南方称奴为“鼻头”。一仆人既富，以赀得官，尝乘四轿出，人皆恶之。一日，赴友人家饮宴。客诮之曰：“昨日闻官获巨盗，乃是一怪，身长数十丈，腰大百余围，截其头，亦重数千，碎之而后能抬。”仆曰：“哪有此事？”客曰：“只一个鼻，亦用四人抬之。”仆遂不终席而去。

嘲武弁

一补碗，一待诏，同宿旅店。补碗见待诏年轻，欲调戏之，呼其同床来睡。待诏乃自忖曰：“邻氛不靖，急宜办防。”遂将刀夹在臀内，以防隘口。补碗者原欲奋勇直前，因想敌人必有备，亦将补碗所用之铁帽套在龟头之上，以备不虞。待诏见敌临切近，乃大声呼曰：“少望前进，我带着刀呢。”补碗亦随声曰：“不怕，我戴着盔呢。”

水酒诗

夫妇造水酒出卖，沽酒者与卖酒者作问答诗一首，颇可解颐。夫问妻曰：“天一生[①]来竟若何？”妻答曰：“瓮中壬癸[②]已调和。”沽酒者曰：“有钱不买金生丽[③]。”卖酒者曰：“前面青山绿[④]更多。”

---

① 天一生：指水。“天一生”歇“水”字。

② 壬癸：壬水和癸水，壬水属阳，癸水属阴。

③ 金生丽：指水。“金生丽”歇“水”字。

④ 青山绿：指水。“青山绿”歇“水”字。这四句诗说了多种水，唯独缺“酒”字，说明该夫妇所造水酒寡淡无味。沽酒者骂之，卖酒者便回答说前面酒家所卖的酒还不如我家的。

厚脸鬼

一师设帐课徒。一夕谈文灯下，忽见疏棂中有鬼探首而入，窥其面，初如箕，继如釜，后更大如车轮，眉如帚，眼如铃，两颧高厚有尺许，堆积俗尘五斗余，睨师微笑。取所著之书示之曰："汝识字否？"鬼不语。师曰："既不识字，何必装此大面孔，在人前说大话？"以指弹其面，响如败革，若无骨者，因大笑曰："脸皮如此之厚，无怪汝无羞耻，不省人事也！"鬼大惭，顿小如豆。师顾弟子曰："吾谓他长装此大样子，必有大本领，却是一无面目之人耳。"取佩刀砍之，铮然堕地。拾视之，乃一枚小钱。石道人曰："仓颉造字而鬼哭，周景铸钱而鬼笑。鬼之不识字而爱钱，其天性也。乃有识字而亦爱钱者，吾不测其是何厉鬼，装何面目也。"

犬识字

一塾师蓄一小犬，性甚灵，名进宝。终日不出书室。置案头，见读书辄注目凝想，若有所得。师奇之，戏书"进宝不许入塾"六字，粘座隅。犬审视良久，垂头丧气而出，永不再入。师益奇才，增其名曰"慧儿"，犬摇尾踊跃，犹假名士之爱呼表字也。犬自识字后，颇敦品。偶出游，夷然不屑与凡犬伍；残羹剩炙，蹴而与之，怒目不顾而去。后塾师病笃，犬忽发狂，见褴褛者欢迎，见鲜衣者狂吠。师曰："积怪成癖，畸士类然。然反常恐取祸矣。"后为东邻子啖以竹弓而毙。师叹曰："犬敦品识字，犹不得终其天年。反不如不识字丧品者之得以保全狗命也。谚云：庸庸多厚福，其此之谓欤。"

牛联宗

牛郎以金钱万缗，载牛背，送斗牛宫交纳。牛忽逃逸下界，自顾形秽，不堪露俗。因思背上物颇多，不难联宗华族，夸耀乡里，遂往东海谒麒麟，告以意，麟曰："予之角，予之趾，公子公族，岂汝触墙蠢物能溷我公类乎？"叱之去。又诣西域青狮子。未及通谒，狮见其状丑劣不堪，大声一吼："遗臭满地。"逃之荒野，无所适从。忽忆芦上长耳公有同车之谊，往求之。长耳公曰："南山有金钱豹者，虽托名雾隐，却广交游，仆愿为介。"遂同诣南山。长耳公见金钱豹，道牛之诚，称牛之可。豹初拒之，继见其背上物，笑曰："相君之背，尚可联宗。且我家所以称豹变者，亦因背上有金钱文耳，若虽无文，尚可以人力为之。"取其金钱，分皮上毛，编成文，亡何？异色斑斓，金光闪烁，迥异常牛，与赀郎纳官捐职、顿换头衔者无异焉。长耳公熟视笑曰："一破悭囊，便成俊物，即介葛卢来，亦闻声莫辨矣。"遂别去。豹自此引为同谱，而牛亦掉尾自雄。未匝旬，金钱尽脱，皮毛如旧，豹怒曰："如此丑态，玷我华宗。"喧逐之。牛狂窘无措，仍投斗牛宫来。牛郎以鞭捶其背，诘其金钱何在，牛具以告。牛郎曰："蠢哉畜类！若辈所愿与汝联宗者，缘汝有金钱耳。一旦钱尽，岂肯引泥涂中物为祖若父之异子孙哉？"索其鼻，系诸牢后，人遂以牢名之。

三生镜

西湖照胆台，有古镜一方，晶光莹澈，名曰"三生镜"。镜中著字影，而不著人形，就字影之休咎，以卜心影之吉凶，历历不爽。有秀才偕一僧至，临镜一照，中有"影占鳌头"四字。秀才喜极欲狂，遂以功名自负。僧亦从旁曲谀，无所不至。秀才曰："鲰生之愿毕矣，请大师入镜中，登狮子座，上莲花台，放丈六金光，与宰官现身说法。"僧欣然应命，熟视镜中，杳无一物。久之见白光一片，若粉墙半堵，墙上有六字，僧挽秀才诵之，乃朗诵曰："此处不可小便。"

避首席

谚云：常常坐首席，渐渐入祠堂。此言齿愈尊死愈速也，故首坐一席，人人让之。有一患疯病者，延医调治，医曰："疯痨膨胀膈，阎王请下客。即要催请，不必服药。"病者曰："我未见请帖，如何是客？"医曰："不过言不久见阎君耳。"病者曰："作客我却不怕，我最怕坐首席。但求你把我这疯症用些生疾动气的药，改为膨胀二症，挪在第三第四，免得大家谦让，叫主人费心。"

醉了来

主人请客吝酒，用小杯。客举杯作呜咽之状，主人惊问其故，客曰："睹物伤情耳。先兄去世之时，并无疾病，因友人招饮，亦与府上酒杯一样，误吞入腹噎死耳。今见此杯，焉得不哭？"主人速令人易大杯，而酒不斟满。客举杯细视，笑曰："此杯当截去一半。"主曰："为何？"客曰："上半截用不着，要他何用？"主人遂令人将酒斟满。客饮酒入口，尽喷而出之，主诘其故，答曰："我幼时曾将门牙跌落，医人以分水犀骨补之。故酒有水不入也。"主人曰："酒有水，请吃饭。"令人内边取饭。客曰："多谢内人。"主人曰："内人非足下所宜称。"客曰："饭自内出，不谢内人，谢谁？"饭毕，送客至门。客问曰："适才造府，见有照壁一座，因何不见？"主人曰："向来未有。"客恍然曰："不错，我是在家吃醉了来的。"

诱诱诱

古喻萧太山怪僻性，名其堂曰"堂堂堂"，亭曰"亭亭亭"，楼曰"楼楼楼"。有贵官游其园，至一洞，戏之曰："此处何不名'洞洞洞'？"萧闻之大不悦，指贵官责之曰："诱诱诱。"

问靴价

性缓人买新靴一双，性急人问之曰："吾兄这靴子多少银子买的？"性缓人伸一只脚示之曰："二两四钱。"性急者扭家人便打说："好大胆奴才，你买靴子，因何四两八钱？赚钱欺主，可恶已极！"性缓者劝之曰："吾兄有话慢慢说，何必动气？"又徐伸了一只脚示之曰："此只也是二两四钱。"

嘲州同

一富翁酷嗜古董，而不辨真假。造一精室，室中罗列古玩皆三代以前之物，有舜之琴、夏之鼎、商之彝、汤之盘，时时夸耀于人。一日，有人执一铜夜壶求售，斑驳陆离，云是武王时物，要索重价。富翁曰："铜色虽好，只是肚子里空空如也，而且臭得很。"答曰："肚里虽臭，却是一个周铜（州同）。"

嘲州县

冥王坐森罗殿，判官捧册上呈。王曰："多日不稽鬼录，恐滋积弊。今当逐一查点。"先点勾魂簿，唱名再四，无一应者。王曰："催命鬼有八万三千，何无一人在？"判官禀曰："后殿转轮王命男者为蒙师庸医，女者为娼妓妒妇，尽托生人世矣。"王愀然曰："蒙师庸医，草菅人命；妒妇妓女，流毒生灵。使若辈降生天下，恐阴曹投到者接踵而至也。"又点馁鬼簿。判官禀曰："前鬼门关守者失察，诸饿鬼乘机逃窜阳世矣。"王问："在阳间作何事？"曰："大半作州县。"王曰："若辈埋头地狱，枵腹已千百年。一旦得志，必至狼餐虎噬，生灵无遗类矣。"判曰："请仍押回可乎？"王沉吟良久曰："此亦大费事。果能到阳世忍饥挨饿，勉强作一好官者听之。倘饿吻翕张，重者削其爵禄，殃及子孙；轻者降一候补冷官，使其永不署事，冻饿终身，仍还他饿鬼本来面目可也。”

三不看

一县令不获乎上，引退回籍。谒见上宪，上宪曰：“你年富力强，官声亦好，因何告病？”答曰：“卑职作知县，有大不欲看者三，是以不仕。”上诘其故，答曰：“第一，杖责罪人，那个屁股实在难看；第二，相验女尸，那张阴户实在难看。以下卑职不敢说了。”上曰：“但说无妨。”令立而言曰：“第三，禀见大人，那副嘴脸实在难看。”

嘲戳记

夫妇过年，因年事匆忙，无暇云雨。到了新正，妇人耐不住，有意谓夫曰：“为何今日放鞭炮的甚多？”夫曰：“是铺户开张。”妻曰：“铺户已开张，官场也要开印，不知你我那事几时开张？”夫曰：“我们那事，不叫开张，也叫开印。”妻诘其故，夫曰：“你那个像印盒，我这个像印把。印把放在印盒里，不是开印是什么？”于是放了一挂小鞭，二人同入被窝。谁知妇人钻在被底下不上来，夫曰：“快来开印，别误了吉时。”妻曰：“你不晓得例，封印要上封下，开印要下开上。你在上头赞礼，我好上来。”夫乃高声赞曰：“请高升，请再高升，请夫人禄位高升。”夫人这才上来就位。手把印把刚要开印，想不到同院住的老二，被小鞭惊醒，扒窗一看，见哥嫂行房。老二只身无偶，甚觉涎羡，乃手执麈柄而叹曰：“他两个人有印盒有印把，放小鞭，算开印。我一个人有印把无印盒，只好打手铳，算开戳记罢。”

嘲官场

《红楼》目《贾宝玉初试云雨情》，云雨情何以谓之试？盖试者，用也，与捐班到者先试用者相似也。有一阔少酷好云雨，内宠外宠，不一而足。先分十房，因宠多添至十二房，与金陵十二钗相似。其云雨之情岂止初试，竟至无日不试，无夜不试，无时不试。每于试之时，犹恐有人窥其试，必派二人监其试。一管试内宠，谓之“内监试”；一管试外宠，谓之“外监试”；如有新收之内外宠，归内外收掌管；如新收之宠不洽意，另调可心者，归提调官；如遇不试之期，又专派一人，亲临内外监司各房试卷，谓之“监临”焉。

要光棍

一姓卜，名不祥；一姓冡，名不消。异姓同盟，结为兄弟。把兄谓把弟曰：“我二人名姓甚奇，我之姓更奇。你看‘冡’字之形，似‘家’无点；似‘蒙’无头，仿佛官员摘了顶戴一样。今与吾弟相商，将你‘卜’字腰间那一点，挪在我‘冡’字头上，使我开了复，成了‘家’岂不甚妙？”把弟说：“借与你成‘家’，原无不可；但是你成了家，我可就要耍光棍了。”

嘲状元

弟兄同窗，其兄奋志读书，已中状元。而弟只博一衿[①]，其妻怨之曰：“你看阿哥肯用功，中了状元，嫂嫂扬眉吐气，得意洋洋。相形之下，教我何颜见人？”夫曰：“你看不得嫂嫂此时高兴，将来哥哥回来，还有哭的日子呢。”妻不解其故，再三诘问，夫曰：“中状元却不难，然必须用功，既要用功，必先将那话割去，始能专心

① 衿：指秀才。

致志，高掇魁科。”妻愕然曰：“果如此，你不中状元倒也罢了。”妻以夫言述之嫂，嫂曰：“良人者，所仰望而终身也。今若此，我无生人之乐矣。”不觉凄然神丧，高兴顿灭。状元归，自谓衣锦还乡，想必皆大欢喜。视其妻，非惟不喜，而且大哭。奇而问之，妻责之曰：“你欲作状头，竟割去龟头。以有用之妙物，易一无用之虚名，使我青年守活寡，教我如何作人？”夫曰：“哪有此事？”及晚上床，妻摸之，原物依然，不觉喜出望外。夫叹曰：“想不到我这状元竟不如一根鸡巴！”

糊涂虫

一官断事不明，百姓怨恨，名之为“糊涂虫”，并作诗以诮之曰：“黑漆皮灯笼，半天萤火虫。粉墙画白虎，青纸写乌龙。茄子敲泥磬，冬瓜撞木钟。天昏与地暗，哪管是非公。”满壁贴起，以彰盛德。太爷看见壁上招贴，传捕役责之曰：“外边出示要拿‘糊涂虫’，你们因何不拿？致使民怨。定限三日，要拿‘糊涂虫’三个，少一个，立毙杖下。”判行发签，催之使去。捕役领签下堂，怨之曰：“这样官出这样签，叫我何处去拿？”然上官所差，只好前去。出得城来，见一人头顶被包，骑在马上，奇而问之曰：“因何被包不梢在马后？”答曰：“恐马负太沉。顶在头上，可省马力。”差人一闻此言：说：“此人可算糊涂虫了。”带去见官。又来至城门，见一人手拿竹竿，直进则城门矮，横进则城门窄，徘徊良久，竟不能进。差人说：“这也是一个糊涂虫。”也把他带去。尚少一个，无处可寻，只好先带去，再求宽限，遂带二人至堂前。官问骑马曰：“你头顶被包，要省马力，糊涂已极，算得一个。”又问拿竹竿曰：“你拿竹进城，直进城矮，横进竹长，你为何不借一把锯来，锯为两段，岂不早进城去了？”差人闻此言，忙跪禀曰：“第三个糊涂虫已有了。”问是谁，答曰：“等下任太爷来了，小的便会拿他。”

弄功名

龙阳生子，人劝之曰：“汝已为人父矣，难道还做那件事么？”龙阳指其子曰：“深欲告致，优游林泉，只恨伊尚未能弄一功名。再过十余年，便当急流勇退矣。”

赞老手

一老人欲娶妾，嘱媒人要一有七八月身孕者，媒许之。及过门，上床时，妇问曰：“你要我这有身孕之人何用？”老者曰：“我指望那里头有小手来拉耳。”妻笑而不言，遂行事。研磨良久，不见里头来拉，只好以己手衬贴，导之使进。妇觉快甚，伸手望身上一摸，不见小手，又望身下一摸，摸着夫手，乃大赞曰：“到底还是老手，最能办事。”

嘲候补

一相公色艺双绝，翘楚一时。而犹可爱者，其后庭与妇人之阴无异，尤物足以移人，昵而狎之者，无虚夕焉。谁知阅人多，而剥丧太过，遂得一虚症，竟至厌厌损瘦。延医诊视，异之曰：“病与脉相反，是男子而得妇人之疾也。望闻问切，缺一不可，必要问明受病之原，方好施治。”相公冀其病愈，以实告之。医曰：“此症因人而伤，非峻补不可。然必须令原伤之人，用参茸末调涂麈柄，仍由原路频频送入，渐可痊愈。”相公曰：“此方甚妙，不知载于何书？”医生曰：“这叫后（与‘候’同音）补丸。”相公把众老斗请至，以医生后补之法告之。众老斗欣然乐从，这个也要后补，那个也要后补，大家争执不休。众议曰："候补原有先后，应请阔老斗尽先，其余次第轮补。"相公呻吟曰："你们众位饶了我罢，我要不了许多候补的，实在难受。"

嘲现任

一老爷甚惧内，一太太喜奉承。一夜同床而卧，太太曰："我这物何如？"老爷说："甚好，紧暖干香浅，五美俱备。"太太说："大小何如？"老爷一想，万不可说大，只好说小。又问："有多小？"老爷说："与针鼻一样。"太太问老爷曰："你那话粗细何如？"老爷一想，更说不得粗，只好说是甚细。太太问："有多细？"老爷说："与丝线一般。"太太说："何不将丝线纴在针鼻内？"老爷连忙把线纴上，抽送不已。太太快甚，谓老爷曰："我这针鼻好不好？"老爷说："妙不可言。"老爷问太太曰："我这线（现）纴（任）的好不好？"太太说："你这现任的好却好，就是往来时还要快当些。"

扁四嫂

中人扁四嫂，与帽顶鸡大哥口角斗殴。鸡大哥直入内室，打的扁四嫂痛哭流涕。鸡大哥犹顶撞不休，贴邻家长卵老二，与后街的团百圆老三，均不敢来劝。惟有远邻腰店子住的老幺，前来见卵老二，责之曰："你近在贴邻，因何见死不救？"老二说："鸡大哥堵住门，望里直打，我如何挤得进去？"又问后街圆老三："你在后街，也应来劝。"答曰："鸡大哥乃凶恶棍徒，六亲不认，万一打到我这里来，到那时我才动恼，管叫他扯一个稀烂。"

读白字[①]

一监生爱读白字，而最喜看书。一日，看《水浒》，适有友人来访，见而问之曰："兄看何书？"答曰："木许。"友人诧异说："书亦甚多，木许一书，人所未见。请教书中所载，均是何人？"答曰："有一季达。"友人曰："更奇了，古人名亦甚多，从未闻有名季达者。请问季达是何样人？"答曰："手使两把大爹，有万夫不当之男。"

苏空头

一京人初往苏州。或告之曰："吴人惯打空头。若去买货，要二两，只好还一两。就是与人说话，他说两句，也只好听一句。"京人至苏，先以买货之法行之，果然还半价就卖。后遇一苏人，问其尊姓，答曰："姓陆。"京人曰："定是老三了。"又问："尊寓住房几间？"答曰："五间。"京人曰："原来是两间半了。"又问："府上还有何人？"答曰："只有妻子一个。"京人又曰："想来是两个人伙娶的。"

我何在

一二尹管解一罪僧赴省，晚宿旅店，尹嗜酒沉醉，鼾睡不省。僧潜取剃刀削其发，遂脱己缚羁尹项而逃。侵晨尹酒醒，不见僧人。自摸其首，光油油已成不毛之物；视其项，系累累已作阶下之囚。乃抚首大诧曰："僧故在是，而我何在焉？"

---

① 白字：写错或读错字。

插草标

有初靠人家作仆者，有些怕羞。一日，主人拜客，令拿拜匣同往。其仆乃插草标于匣上，假托卖匣之人以自掩。街上呼曰："卖拜匣的过来。"仆指家主曰："前面那位已买定了。"

骡马市

一美髯翁最爱胡须，每日必用胡梳频频梳洗。一日，忽落一根于水，叹惜良久。妾在旁曰："一根胡须，能值几何，何至如此？"翁曰："我这须最贵重。有相士说：'一根可值两匹骡马。'"妾指下身而笑曰："要这样说起来，我这里竟成骡马市了。"

看不见

一秃子甚秃，秃的光油油，苍蝇滑倒，虮虱难留。这一日进城，接丈母来家。行至中途，忽值大雨，山水骤发，顷刻水涨。丈母说："姑爷，我的脚湿了。"姑爷说："我背你老人家。"背了里许，水涨过腹。丈母说："姑爷，我的袜湿了。"姑爷说："你老人家骑在我脖子上。"又骑了里许，水已至肩。丈母说："姑爷，我的裤湿了。"姑爷说："我顶着你老人家。"顶了里许。谁知丈母的裤子既糟且烂，姑爷脑袋又硬又滑。那不毛之屎竟入无底之窟，已至灭顶。丈母在上呻吟曰："姑爷姑爷，我好舒服。"姑爷说："你舒服，我可看不见了。"

嘲秃子

陕西一翁富而秃，秃的一根头发也无。人因其富，遂曰："秃得取贵。"秃翁遂作一小照，征人题咏，以掩其短。有人作词嘲之曰："一轮明月照当头，上下光儿相凑，虮虱也难留。皮儿不绉，用手抠净肉屎。"

嘲秃子

一秃子新婚，娶了个豁唇娘子。入洞房时，新郎以帽遮之，掩饰其秃。娘子以袖掩唇，弥缝其豁。秃子非吹灯不敢摘帽，忙催娘子吹灯。娘子因豁唇不好吹灯，故意延缓。秃子无奈，催了又催。新人轻移莲步，慢启豁唇，以口向灯曰："非非。"那灯儿依旧放光辉。有人以诗嘲之曰："檀郎何事紧相催，袖掩朱唇出绣帏。满口香风关不住，教侬空自唤非非。"

写别字

一人爱写别字。一日，因妻兄害眼，欲致书问候。恐写别字，问友人曰："'舅'字如何写？"答曰："一'直'，一个'日'字。"此人将一"直"移在"日"字之下写，写一"旦"字。又问："'茄'字如何写？"答曰："草字头一'加'字。"此人误写家人之"家"，写一"蒙"字。又问："'眼'字如何写？"答曰："'目'旁加一'艮'字。"此人错写树木之"木"字。乃援笔大书曰："信寄大旦子，千万莫吃秋后蒙。若要吃了秋后蒙，恐怕害了大旦子的根。"

刮地皮

贪官剥削民脂民膏，谓之"刮地皮"。任非一任，刮了又刮。上至高壤，下及黄泉，甚至刮到地狱，可为浩叹。有一贪官，将要卸事，查点行装，连土地也装在箱内，怨声载道。临行，无一人送之者。趱趱出得城来，真是人稀路净。忽见路旁数人，身躯伛偻，面目狰狞，棹设果盒，齐来公饯。官问："尔等何人？"答曰："我等乃地狱鬼卒。蒙大老爷高厚之德，刮及泉壤，使地狱鬼卒得见阳世天日。感恩非浅，特来叩送。"

黄鼠狼

县官太太与学官、营官太太共席闲谈。问及诰封是何称呼，县官太太说："我们老爷称文林郎。"学官太太说："我们老爷称修职郎。"问营官太太是何称呼，营官太太说："我们老爷是黄鼠狼。"问因何有此称谓，营官太太说："我常见我们老爷下乡查场回来，拿回鸡子不少，自然是个黄鼠狼了。"

嫖妓诗

大道旅店，有嘲嫖妓一诗，极可喷饭。然笔致潇洒，通品也，特录之："落店请看媳妇儿，客中大半尽迷痴。粉条薄饼高粱酒，韭菜蒸馍猪肉丝。土炕水鱼情未已，布衣木虱痒难支。问谁解此温柔味，不是登徒恐不知。"

喜奉承

富贵人最喜人奉承，而善相者绝不肯奉承人。一日，喜奉承之人恰遇一不奉承人之相士，令家人唤其来相。相士登堂，见富贵者巍巍高坐，慢不为礼。相士相了许久，说："贵相清奇，绝非凡品。耳长头小，眼大无神，红线盘睛，唇开齿露，好像一个——往下不敢说了。"富贵者说："到底像个什么？"相士说："好像一个兔子。"富贵者大怒，命左右："将相士与我绑了，押在空房，将他活活饿死。"手下人将相士捆送空房。家人在旁劝曰："你这人好不在行。

我们老爷最喜的是奉承，你若奉承几句，谢礼定然从丰。”相士曰：“求二爷带我上去，再相一相。”家人来主人面前禀曰：“刚才相士怕老爷虎威，一时张皇相错了。何不再叫他相一相？”富贵人说：“把他放了，带来再相。”家人把相士放了，带至主人面前。相士看了又看，相了又相，端详良久说：“二爷，求你老爷仍然把我绑起来罢。他还是一个兔子。”

硬赃官

一老爷素患阳痿，最爱穿浆洗衣服。每洗衣，谆嘱要浆硬些。太太说：“你当硬的不硬，偏偏硬在衣服上。”遂用浆浆好，随扯夫阳具，也要与之浆。老爷说：“此物甚臜，浆他何用？”太太说：“浆硬了，好教他办公事。”老爷说：“浆硬的非真硬可比。若办起事来，外强中干，进退不可，周旋不能，乃汝之咎，非战之罪也。即使浆的真硬，而以齷齪之物，使之办公事，一定是一个硬赃官。”

嘲京官

孙行者与狐精在云端打仗。狐精骁勇，三日夜不分胜负。孙行者渐觉力乏，欲觅歇息之地。手搭凉篷，望下一看，见一花园，极其幽雅。翻筋斗按落云头，在太湖石旁，倚石而卧。花园有一狼精，伺其睡熟，欲暗伤之。又恐醒来，不是对手，因想悟空在五行山修炼多年，乃五百年未丧之元气。何不趁他睡熟，吸其元阳，补我真阴。狼精刚用口一吸，悟空猛醒，狼精骇窜而遁。行者大怒，急唤花园土地，问是何处妖狐。土神说：“此狐乃是狼精，非小神所管。”行者说：“明明在花园里，因何推诿？”土地说：“此狼不是园内狼，乃是园外狼（与‘员外郎’同音）。”

首县对

谚云："附郭首县，造孽千万。首县省城，恶贯满盈。"为此语者，深知首县之难也。又有人作对嘲之曰："银钱似水流出去，瞌睡如山倒下来。""问心天理少，掣肘地方多。""东奔西驰，满街上带了一群花子；前呼后拥，四轿内抬着两个债精。""借债办公，债愈多而亏空更大；择缺清累，缺又苦而弥补甚难。""论亏空原可要命，望调济苟且偷生。"均贴切可喜。

酒楼题壁

雪川[①]莫氏游月湖，至一酒楼饮。见壁上有题字云："春王三月，公与夫人会于此楼。"盖轻薄子携妓于此所题也。莫即续其下曰："夏天旱，秋饥，冬雨雪，公薨。君子曰：'不度德，不量力，其死于饥寒也宜矣。'"见者大笑。

丫环联句

一先生教读，一切饮馔皆内东供应。内东颇晓诗文，丫环亦通翰墨。一日，使丫环送汤团两个至书房。先生正在吟哦，置点心于不顾。丫环候之许久，先生不吃，丫环吃了。先生怒曰："为何吃我点心？"丫环说："先生因何不吃？"答曰："我在这里作诗。"丫环说："以何为题？"先生说："你如何晓得？"丫环说："我也略知一二，倒要请教。"先生说："以风为题。我才作了两句，诗曰：'忽听窗外竹声萧，阵阵秋声到树梢。'"丫环说："是风不露风，却是西望长安。我代先生联下句何如？"先生曰："甚好。"联曰："昨夜隔壁王老四，倒坐门坎抓卵胞。"先生大怒说："我的点心你吃了，

① 雪（zhà）川：即雪溪，在今浙江湖州境内。

还要作诗骂我。”举手来打丫环，丫环往里跑。先生忘其所以，追入内院。内东见而问曰：“先生何故动怒？”答曰：“我在书房作诗，他来送点心。问我作何诗，我将上两句说与他听，他要联下两句。”内东说：“下两句他如何联？”先生当着内东，又不便出诸口，张口结舌，总说不出。内东又问丫环。丫环说：“先生上两句是‘忽听窗外竹声萧，阵阵秋声到树梢’。我联的是‘卷地催将黄叶落，满山吹送白云高’。”内东说：“下两句甚好。先生何故生气？”先生着急说：“丫环联的不是这两句。”内东说：“他联的是哪两句？”先生用两手一比说：“他联的是这样两个。”内东说：“那是我送先生吃的两个汤团。”

医生祭文

公少读书不成，学击剑，又不成。学医，自谓成。行医三年，无问之者，公忿。公疾，公自医，公卒。呜呼！公死矣，公竟死矣！公死，而天下之人少死矣；不死公，而天下之人多死矣。爰为之铭，曰：“君之用方，如虎如狼。君之医术，非岐非黄。服君之药，无病有病。着君之手，不亡而亡。”尚飨。

联字酒令

主人宴客，出一酒令，从一字联起。挨次递加，至十一字为止。随口而出，应声而对，不许停留，如稍迟即罚酒三盅。主人曰：“雨。”首座曰：“风。”次曰：“花雨。”三曰：“酒风。”四曰：“飞花雨。”五曰：“发酒风。”六曰：“点点飞花雨。”七曰：“回回发酒风。”八曰：“檐前点点飞花雨。”九曰：“席上回回发酒风。”主人曰：“皇王有道，檐前点点飞花雨。”末座曰：“祖宗无德，席上回回发酒风。”

罗浮论道

秋蝉、蝴蝶、螳螂、灯蛾四昆虫在罗浮山讲道传徒。愈聚愈众，触类冉冉，朋飞薨薨，竟至漫天蔽日。一日，弥勒佛朝帝阙而回，路过罗浮山。访知四虫为虐，不忍不教而诛。乃见四虫而责之曰："尔等无知无识，有何德能，辄敢传徒讲道？"秋蝉曰："我出自污泥，趋于高洁。吟风饮露，深感天地之和；五德八名，幸邀诗人之誉。鸣夏惟我，道号清虚散人。"螳螂曰："我含气生火，执翳潜形。举足抟轮，颇有天马之象；怒臂当辙，曾得拒斧之名。首夏而生，道号骤首居士。"蝴蝶曰："我曾经蠹脱，化出罗裙。凤子轻盈，能回庄周之梦；春驹艳逸，堪为岭表之奇。独占花房，道号罗浮仙子。"灯蛾曰："我白衣粉面，如画曲眉。见灯花则争先恐后，无虞蹈火；逢夜宴而直前勇往，岂惧焚身。昼伏夜出，道号慕光先生。"弥勒佛一闻四虫之言，不禁浩然长叹说："孽虫呵，且慢矜夸，听我说说尔等来历。"谓秋蝉曰："你妄称'深感天和，邀诗人之妙誉'，又岂知得荫亡身，更遭螳螂之捕。"谓蝴蝶曰："你自夸'春驹凤子，逞一时之风流'，终不免燕逐莺捎，化为荔枝之鬼。"谓螳螂曰："你自称'拒辙抟轮，有天马之象'，此不过轻身妄进，难逃异鸟之寻。"谓灯蛾曰："你自矜'触炎争光，贪一时之荣耀'，我笑你趋炎附势，定遭烈焰之焚。"四虫听弥勒佛之言大怒，群起而攻之，曰："你乃摩顶放踵，以有护身之异端，何得与我等相抗？我与你同朝帝阙，面叩玉帝。"四虫与弥勒同至天宫，叩见玉帝。帝见四虫，责之曰："尔等饮和食德，不思报本。本应聚类而诛，姑念秋信将至，只余有限光阴。尔众生不必多言，各归本巢去罢。"四虫快快而回。帝谓弥勒曰："你乃佛门弟子，已修成不净不灭之身。乃与朝生暮死之虫较量强弱，多见其不知量也。"玉帝含怒，欠身而退；弥勒怀惭，捧腹而归。

吟诗受辱

一先生最好吟诗。隔壁居住婆媳二人。晚间忽闻吵闹之声，先生上墙窃窥，乃是婆媳洗澡，因争水吵嘴。先生戏改唐诗一首，以嘲之曰："婆媳争汤未肯降，骚人搁笔费思量。婆须逊媳三分白，媳却输婆一段长。"不料此诗为人传诵，竟为婆媳听见，隔壁大骂不休。一日，先生出门，又被婆媳撞见，按地痛打。有人来劝，先生曰："不必劝，我又有诗了——昨日墙头骂，今朝又打伤。诗人何太苦，遭此两婆娘。"

厨子能诗

一厨子酷好吟诗，而最爱赚钱。每作菜，隐藏诗句在内。主人因其赚钱，有意难之，谓厨子曰："我与你二十文，令你作菜四碗。不准赚钱，更要合诗，如不切贴，加倍认罚。"厨子领钱来到厨房，踌躇良久，买了两个鸡蛋煮熟。将两个蛋黄为一碗，蛋清切片为一碗，皮膜浮在碗内为一碗，蛋壳漂在碗内为一碗，用白水泡满，端在主人面前。主人一看，责之曰："蛋止两个，水分四碗，其赚钱不必说。不知与诗句有何相符？"厨子曰："一双蛋黄，是'两个黄鹂鸣翠柳'；几片蛋清，是'一行白鹭上青天'；皮膜飘飘，乃'窗含西岭千秋雪'；蛋壳荡荡，'门泊东吴万里船'。"主人怒曰："作菜合诗，乃强词夺理。赚钱欺主，于理难容。"逐之使去。一教读先生知其能诗，收留自用。一日，天将下雪，给钱二百文，令厨子治酒赏雪。至晚间，候至良久，只见厨子先送一小火炉来，后送一壶酒来，并无酒菜。先生自斟自饮，刚刚只有一杯，再也斟不出。叫厨子来问，厨子说："此乃合诗而备。菜既不可有，酒更不可多。"先生问："与诗有何相符？"答曰："绿蚁新醅酒，红泥小火炉。晚来天欲雪，能饮一杯无？"

诗客留宿

西湖胜景，尽为僧人所占，丛林方丈颇有能诗者。一方丈好作诗，杜门谢客，终日吟哦，非骚人咏士不肯相见。因避尘嚣，移居山寺，嘱沙弥候门，不准俗人擅入。一日天晚，一迷路人无处投宿，来山寺叩门。沙弥问曰：“客从何来？”客曰：“天晚迷途，欲在宝刹借宿一宵。”沙弥说：“方丈有言，非诗客不见。如果能诗，方敢相请。”其人自忖曰：“若说不能，定不见纳。只好充能，且住为佳。”乃对沙弥曰：“我乃吟坛老手，特来拜访尊师。”沙弥连忙请至客堂，去回方丈，方丈说：“今日天晚，且请诸诗客用斋。明晨再当领教。”沙弥转达请诗客用斋。其人行路饥渴，见素斋大啖。谁知吃多了，半夜起来蹲厕，连忙开门，门已倒关，窘迫之极。遂见佛前铜磬，端下屙屎。屙毕，仍放桌上。时已天明，惟恐方丈知道，不如潜逃。只得出不由户，越窗而逃。甫出山门，被沙弥看见，追问曰：“诗翁因何逃走？想是不会作诗。”其人曰：“我已作诗两首，出自别肠。饶有盛唐风味，都在磬中。”沙弥一闻有诗，放之使去。回至寺中，恰值方丈来会诗人。沙弥说：“诗客已走，留有诗稿放在磬内。”方丈说：“取来一观。”沙弥走至桌前，用右手望磬内一摸，摸了一手。又用左手一摸，又是一手。方丈见沙弥不来，问：“诗在何处？”沙弥曰：“左也是一手，右也是一手。诗（屎）却有两手，实在臭得难闻。”

小试冒籍

一童生冒籍，众攻之甚。童生忿其不容，大书通衢曰：“我之大贤与，于人何所不容？我之不贤与，如之何其拒人也？”与试者云：“我之大贤与，何必去父母之邦？我之不贤与，焉往而不三黜？”

不离本行

书吏之子，人言文理颇通，而不离本行。父因试之，以月为题。其子吟曰："凭甚文书离海外，给何路引到天涯。更有一般违法处，夜深无故入人家。"父怒其不离本行，又以庭前山茶为题，命其再咏。其子又吟曰："窃照庭前一树茶，缘何违限不开花。信牌即仰东风去，火速明朝就发芽。"其父批曰："看得后诗愈加不法，深为发指。着尔速将诗内俗字，一一开除，庶望有成。如仍前抗违，即行严究不贷。慎之慎之。"

嘲馆膳诗

一东家甚吝，馆膳只用片肉一盘，既薄且少。先生以诗嘲之曰："主人之刀利且锋，主母之手轻且松。一片切来如纸同，轻轻装来无二重。忽然窗下起微风，飘飘吹入九霄中。急忙使人觅其踪，已过巫山十二峰。"近又见一诗云："薄薄批来浅浅铺，厨头娘子费工夫。等闲不敢开窗看，恐被风吹入太湖。"

丐妓对联

乞丐与一老妓，穷极无聊，对对遣怀。丐曰："千舍万有，万舍千有，我的那多福多寿老太太。"妓对曰："朝思暮想，暮思朝想，奴的阿知情知义小哥哥。"

负固不服

督学试士，次题"杀三苗于三危"。一人问同坐曰："三苗何为而杀？"同坐者曰："注是负固不服。"其人误以"负固"为"父故"。又问曰："父故不穿孝，何至于杀？"同坐者怪其不通，诓之曰：

“爷死不丁忧，乃大不孝，当问死罪。”其人信之，竟以父故为文，宗师大怒，责而黜之。

斗叶园序

夫天地者，诸牌之至尊。光赢者，不败之赌客。而余人看梦，所得几何？古人秉烛夜博，良有以也。况芳邻召我以游胡，大块假我以恩张。会斗叶之芳园，聚输赢之乐事。群季复斗，皆怀彩钱。我竟白和，独惭仓落。头张未起，久三转钉，开牙筹以算花，飞长短而再吃。不有雅局，何伸要怀？如输不赢，罚依牙牌为数。

诗翁治病

弟兄二人，祖籍吴县，大兄卫千总，二先生捐一挂名千总虚衔，在乡读书，滞而不化。酷好作诗，吟哦俱废寝食。诗思时萦魂梦，咿唔呫哔，已入诗魔。因魔成癖，因癖成疾，竟至卧床不起。其兄知其病重，延医调治，百无一效。一日，路上遇一先生，俨然道貌，手执白布招贴，上写“专治诗词歌赋，一切疑难大症”。其兄上前施礼说：“先生招贴所治之症，与舍弟之病相符。万望玉趾辱临，拯救小弟余生。”先生曰：“治此症不必登堂入室，到门一望而知。然必须亲造贵府，方知病之深浅。”携手亲至其家，先生一看街门对联，上联是：“门藏珠履三千客，户拥貔貅十万兵。”先生说：“此症在上焦，乃气蛊之病，不治定要蔽闷而亡。”兄曰：“何所见而云然？”答曰：“你看尊寓小小门户，焉能藏得下三千珠履，拥得下十万貔貅，岂不活活胀死？我先用疏通之法，乃改曰：‘门迎珠履三千客，户统貔貅十万兵。’如此治法，外症可愈。”又望里走，见庭柱对联，上联：“子应承父业，臣必报君恩。”先生说：“此病在中焦，乃上下倒置，阴阳不和，霍乱之症。必先调其阴阳，分其上下，其症可痊。改曰：‘君恩臣必报，父业子应承。’如此分解，腑症可瘳。”退至书房，分座抗礼。先生说：“请诗翁出来看病。”千呼万唤，只见深衣伛偻，手执竹杖，踯躅而出。双眉紧蹙，二目乜邪，口内呻吟不止，面上滞气不化。来至先生面前，徐徐执礼。先生问曰：“老诗翁贵恙，却不必诊脉。只要捧读佳诗，即知病之重轻。”诗翁曰：“请教先生，此症自可分类别门，不知何者尚轻，何者最重？”先生曰：“此症有四怨、三愁、五病。诗思郁于内者，怨也；阻于外者，愁也；逆于心者，病也。三者有其一，必为癫，为魔，为癖，为疹，为蚤死。诗翁贵恙不在此列。”诗翁曰：“此论足见高明，使小子顿开茅塞。若论区区之拙作，茹古含今，中藏奥妙，旋天斡地，深造元微，岂能尽窥全豹？只好略见一斑。先将近作二首，为我先生述之，足征酝酿功深，包罗万象矣。诗曰：‘我本苏吴百，多兄纳挂官。布从阊店发，绸向浙船寒。窗菜风吹燥，床柴虱爆干。哪堪三两个，天刮吃陈团。’”先生不解所谓。诗翁曰：“无怪先生不解，我费尽千锤百炼之功，始有此掷地金声之作。庸手俗目，何能望其项背？”解曰：“我本苏吴百，言我是苏州吴县百姓也。多兄纳挂官，言多亏哥哥捐纳挂名之官也。布从阊店发，言先时家富，在阊门开布店发卖也。绸向浙船寒，言后贩浙绸，船翻绸失。寒者，人不穿绸，寒冷也。窗菜风吹燥，家贫，蓄菜御冬，挂窗棂晒晾水湿，窗破风吹而燥也。床柴虱爆干，去岁水发，市无柴买。拆床而爨，床上有虱，火爆则干也。哪堪三两个，兄三子，弟两子也。天刮吃陈团，天刮，天明也。吃陈团，吃陈姓之汤团也。”先生一闻此诗，不禁喟然长叹，说：“此病已入膏肓。四肢百骸，腐臭壅而不下；五脏六腑，诗毒闭而不通。即扁卢复生，亦束手无策也。然我别有良方，可一试之。”其兄谆求救命。先生说：“拿纸来，先开应用之药。”上写：“板凳一条，麻绳四根，干柴两捆，硫黄二斤。治法：将病人仰卧凳上，用绳缚好，硫黄加于柴上，一火焚之，其病立愈。”其兄曰：“如此治法，岂不要命？”先生曰：“烧虽烧死，却省得他再放屁。”

蒙师问虱

一蒙师见内东少艾，语言之间，常带轻薄，学生衔恨。一日早起，与学生背书。先生身上有一虱子。学生说：“这虱子好像我阿母身上的。”先生大喜，以为此说有因，忙问曰：“你妈虱子如何到我身上？”答曰：“我妈虱子爬在我父亲身上，由父亲身上爬在师母身上，由师母身上又爬在师父身上。”先生大怒曰：“你这孩子，知道的太多了。”学生曰：“师父不要生气，以后师母有虱子，还叫他爬在我父亲身上就是了。”

先生昼寝

教读先生最喜白日睡觉，学生功课日渐荒疏，东家忧之。一日来书房闲谈，问先生现讲何书。答曰：“《论语》。”东家曰：“请先生将‘宰予昼寝’一章讲与学生听。”先生已知其意，乃讲曰：“宰是宰杀之宰。予者，我也。寝者，睡也。”东家曰：“先生讲差了。宰予乃人名，分开讲岂不割裂语气？”先生曰：“东家倒不必如此费心。我与你说明了罢，你就是宰了我，我也是要昼寝。”

学师赞礼①

学官爱讲礼节，处处执礼。赞礼生常用在署，无论何事均要赞礼。一日，老师要撒尿，礼生赞曰：“站，拉裤。撒，再撒，三撒，

---

① 赞礼：举行典礼时司仪宣唱仪节，叫参加典礼的人行礼。

赞礼毕。”师母撒尿，亦要赞礼，赞曰：“蹲，撩裙。澌，再澌，三澌，挤，礼毕。”老师行房，亦要赞礼：“搂，垫枕。干，再干，三干，出，礼毕。”师母挨肏，亦要赞礼：“卧，跷腿。咋，再咋，三咋，揉，礼毕。”

先生妙喻

一乡下训蒙先生，在馆遇雨，东家使长工持伞送之回家。行至中途，先生问长工识字不识字，答曰：“岂止识字，还会作诗。”先生曰：“何不以送我为题，作诗一首？”长工说：“先生不要怪我。诗曰：‘山前山后雨濛濛，长工持伞送长工。酒席筵前分上下，下年工价一般同。’”先生大怒说：“你敢与我比较？明日一定告诉东家。”次日，来至书房，遇见奶妈送学生上学，将长工之事告之。奶妈说：“他也配比先生，我才与先生一样呢。”先生诧异，问如何一样。答曰：“我也是哄孩子，你亦是哄孩子，岂不是一样？”先生又与奶妈争吵。适东家接一妓在家，出而劝之曰：“先生不必生气。先生倒与我一样。”问何故。妓曰：“我用下头嘴挣钱，你用上头嘴挣钱，岂不是一样？”

教官保升

两教官分胙肉，共争大肠。一扯得大肠，一扯得肠油。扯油者曰：“予虽不得大葬（脏），君无尤（油）焉。”此等教官，其平日茹素，永不动荤可知。一日，教官途遇秀才，问：“吃饭否？”答曰：“吃过了。”又问：“吃甚么菜？”答曰：“吃的是东坡肉。”教官一闻此言，立刻满口流涎，馋虫上涌，气断身亡。家属以邂逅致死，送之官。官拘秀才问曰：“汝何故致死学师？”秀才诉曰：“昨日途遇老师，问生员吃饭用何菜，生员以东坡肉答之，不知老师因何身亡。”县官一闻此言，两眼望上一翻，五脏神立刻出巡去了。询悉，县官亦是由教官保升的。

白字先生

训蒙先生爱读白字。东家议明，每年租谷三石，火食四千。如教一个白字，罚谷一石；如教一句白字，罚钱二千。到馆后，与东家在街上闲走，见“泰山石敢当”，先生误认“秦川右取堂”。东家说：“全是白字，罚谷一石。”回到书馆，教学生读《论语》。“曾子曰”读作“曹子曰”，“卿大夫”念为“乡大夫”。东家说：“又是两个白字，三石租谷全罚，只剩火食钱四串。”一日，又将“季康子”读作“李麻子”，“王曰叟”读作“王四嫂”。东家说：“此是白字两句，全年火食四千一并扣除。”先生作诗句叹曰：“三石租谷苦教徒，先被秦川右取乎。二石输在曹子曰，一石送与乡大夫。”又曰：“四千火食不为少，可惜四季全扣了。二千赠与李麻子，二千给与王四嫂。”

唆卵先生

一西宾对楼教读，楼上居住内眷，时见红妆旖旎，丽姝娇娆，甚涎美之，时时对楼朗诵“春色恼人眠不得”之句。内眷转告东家，东家说：“且不可说破，诱他上楼，设法惩之。”次日，先生又对楼吟曰：“春色恼人眠不得。”楼上和之曰：“月移花影上楼来。”先生闻此诗句，惊喜若狂：分明约我上楼，机会岂可错过？憧憧上得楼来，四顾无人，只见鲛绡笼翠，锦帐垂钩，其中想有佳丽。揭帐一看，见东家赤条条坐在帐中，胯间物翘然挺持，先生大窘。东家问曰：“适从何来？”先生诡词以对曰：“特来与东家唆卵。”东家曰：“你会唆吗？如果唆的在行，放你下楼。”先生双膝忙跪楼头，两手轻执麈柄，用口一吹。东家说："此吹为何？"答曰："若不先吹，万一卵毛误入鼻孔，一打喷嚏，岂不咬伤尊体？"东家大赞说："你真在行！然而我也有不是，我一向瞎了眼，竟不知你是一个会唆卵的先生。"

小恭五两

讹诈得财，蜀人谓之"敲钉锤"。一广文善敲钉锤，见一生员在泮池旁出小恭，上前扭住吓之曰："尔身列黉门，擅在泮宫解手，无礼已极。饬门斗押至明伦堂重惩，为大不敬者戒。"生员央之曰："生员一时之错，情愿认罚。"广文云："好在是出小恭，若是出大恭，定要罚银十两。小恭五两可也。"生员说："我这身边带银一块，重十两，愿分一半奉送。"广文曰："何必分？全给了我就是了。"生员说："老师讲明小恭五两，因何又要十两？"广文曰："不妨。你只管全给了我，以后准你在泮池旁再出大恭一次，让你五两。千千不可与外人说，恐坏了我的学规。"

辞馆对联

一西宾见内东美而能文，心甚慕之，而无隙可乘。每日令学生对对，学生一时不能对出，俟至次日上学，始能对上。先生稔知系内东代对，欲借对语以挑动之，与学生出一对云："千红万紫皆春色。"学生下学，给母亲看，内东说："先生另有别意，我以正言对之。"对曰："百家诸子尽文章。"先生见对句庄重，又出对云："春色恼人眠不得。"内东见此联，知其设心不良，仍以正言对之，对云："诗书笑尔读难成。"先生芳心未艾，又出一联云："树密山高，叫樵夫如何下手？"内东一见此联，大怒说："此人品行不端，岂可留他教子？"即使人下逐客之令。先生大失所望，乃强词曰："要辞我馆不难，必须将此联对上，方可从事。”内东曰：“此乃无赖之徒，我何不借此联驱逐之语以詈之？”乃对曰：“鹰急犬快，驱狡兔赶紧离窝。”

广文惧内

一广文甚惧内，而性好赌。一日，与众秀才在明伦堂聚赌，被师母着见。一声喝断，声如狮吼，学师骇极，钻入堂鼓避之。师母指鼓骂曰：“你这老不学好的臭乌龟，难为你还是学古人官呢，如今竟成了学官入鼓（古）。”

阴间秀才

一友人假寐书斋，梦中闻哦哦之声，见一老生就月下吟诗，点首摇头，大有腐气。友人趋而问焉，答曰：“予不第老秀才也。生前屡赴秋闱，三战三北。不得已集明季先生辈文，钞录成帙，夹带入场。一时晕绝，赴冥司与诸前辈讦讼，控予秽亵经传。王悯予功名心热，尚无钻刺求荣劣迹，因得省释，命予为阴间鬼秀才，在鬼世界上教几个鬼学生，混几两鬼束脩。重理旧业，视八股生涯茫如隔世，惟五七言差觉得意。”将所吟之卷示友人。诗目中有《森罗殿应制》排律若干首：《鬼门关望月》《奈何桥春泛》《望乡台晚眺》《孟婆庄小饮》《剥皮亭纳凉》《恶狗村踏青》《血污池垂钓》；七律若干首：《刀山歌》《剑树吟》《酆都城叹》；古作若干首，又有《判官序》《牛头马面跋》二则。翻阅已毕，谓老生曰：“尔诗固佳，但以尔之运鬼斧，凿鬼胆，穷鬼工，装鬼脸，捣鬼语，鬼头鬼脑，逞小鬼伎俩，使我徒然见鬼而已。”老生曰：“予困顿场屋[①]五十余年，

① 场屋：供人休息或存放农具的小屋子。后引申为科场。

不能一第。今在阴曹仍不辍读者，乃为穷儒吐气耳。”友叩其姓氏，不答。问其居停，曰：“馆恶狗村。”言已，化一阵酸风而逝。

昼寝讲章

一村学究训蒙，讲“宰予昼寝”一节。讲句云：“昔日夫子设教于杏坛之上，洙泗之滨，方进午膳。忽闻堂中有鼾睡之声，夫子骇而起曰：‘斯何人也？其回也欤，回也不惰，殆非也；其由也欤，由也好勇，亦非也；其参也欤，参也日省，又非也。’进诘其人，姓宰名予，在言语之科者。夫子蹴之起，呼之跪，而责之曰：‘夏后氏以松，可雕也；殷人以柏，可雕也；周人以栗，亦可雕也；汝则朽木，不可雕也。数仞之墙，可圬也；及肩之墙，可圬也；即小子之面墙，亦可圬也；汝乃粪土之墙，不可圬也。吾将以击磬之槌击汝，而已失之于卫；吾将以叩胫之杖杖汝，而已失之于原壤；必须以诛少正卯之刑诛汝，方可以示众，而刀锯又存于鲁库之中。吾今用何物诛汝乎？用何物以诛汝乎？”

我也挤他

一人久客在外，多年未回。忽然归家，儿子均已长大，见他父亲竟会认生。到晚间上床，不免云雨。因碍着儿子在旁，又不敢畅所欲为，只好在妇人身后作隔山讨火之式。被小儿子看见说：“妈妈，今日来的是哪个？为何在你身后头挤你呢？”他妈妈说：“儿子不要害怕，你看妈妈也去挤他。”

夫妻反目

夫妻反目，誓不交谈，如谁说话，罚烧火一年。相持数日，妇人尚见扎挣，惟有男子欲火如焚，情不可遏，欲要直言，又恐认罚。无奈，伸过腿去，用脚指挑弄其屄间。妇人醒而骂曰："说了谁不理谁，你这是什么缘故？"男子强词以对曰："我请老八吃鸭子，与你什么相干？"

被窝风大

夫妻云雨，畅所欲为，翻腾鼓舞，把一个同被儿子挤出被外。儿子不敢再进被窝，偷偷下地，在炉上烤火。夫妻事毕，不见儿子。望地下一看，在那儿烤火。母亲招呼："快上床来，地下风不小。"儿子应之曰："我不上去，被窝里风更大。"

上轿大哭

姑娘出嫁，上轿大哭不止。轿夫抬至中途，哭得更厉害。轿夫说："想是舍不得家，我们仍然把你抬回去何如？"姑娘在轿中慢答曰："我并未尝哭。"

馋妇看雪

一妇人最馋，说话总不离吃物。一日天降大雪，男人使到外面看下雪没有。妇人一看，说："外面飞飞扬扬，落下一天重罗白面。"不多时，又使之看下了多厚，妇人看曰："有薄脆那么厚。"不多时，又使之看。妇人曰："有双麻儿那么厚。"良久，又使之看，说有烧饼那么厚。又使之看，说有蒸饼那么厚。男人大怒，正在烤火，拿火筷就打。妇人诉曰："我说的是好话，也犯不着拿铁麻花打我，打得嘴好像发面包子一般。"

双钩跷起

新人初夜，新郎以手摸其头，粉腻脂浓，颇觉可爱。摸其乳，酥松丰润，亦觉甚佳。摸其腹，细皮白肉，均甚欢喜。及摸下体，不见其足，骇问之，则已双钩跷起多时矣。

嘲张姓诗

有人嘲张姓诗云："轮星联五角，拆字识弓长。萝卜通新谱，芳邻隔后墙。追踪有米贼，称霸在浔阳。将惧衣穿白，兵来帻裹黄。骑驴饶果老，送女有姑娘。感激芭蕉扇，伤心羊肚肠。思凡传四姐，活捉记三郎。饭店沽人肉，城湾作睡乡。只知放帐好，生怕寄书忙。能使法聪羡，他时要姓张。"读者竟可一捧腹也。

姑娘说妙

新姑娘出嫁，母亲遣伴娘同往。伴娘回来，母亲问："姑娘入洞房后说些什么话？"伴娘说："只听得姑娘说'妙'。"母亲说："新过门的人，如何说得妙？"乃用纸条，写"不可言妙"四字，交伴娘带去给姑娘看。姑娘看了，亦写一纸条回复曰："妙不可言。"

相约相诱

一丫环名玉奴，颇妩媚，随侍主母朝夕不离。主母之二位少爷甚慕之，而玉奴持之甚坚，一语则咈，然二少仍多方调戏。一日，玉奴乃诳大少曰："今夜二鼓，在花园相会，以猫叫为号。"见二少亦如是约。临时，玉奴深藏他所。二少潜至花园，彼此互学猫叫。及至叫到一处，兄也咪，弟也咪，见面才知非玉奴。弟问兄曰："如此良宵，因何至此？"兄曰："我来赏月吟诗。"弟曰："吾兄只知寻花问柳，焉能赏月吟诗？我倒口占一律，特来请教。诗曰：‘空赴星前约，相思恨怎消？玉奴藏若鼠，兄弟枉学猫。’”兄亦戏成四句云：“兄也号来弟也号，号成一对老郎猫。同病若有相怜意，何不今宵㞞对㞞？”

恭喜也罢

三人同院居住，左右邻生了娃娃，同院人问左邻曰：“你家生了什么？”答曰：“生了儿子。”其人曰：“恭喜！”又问右邻曰：“你家生了什么？”答曰：“生了女儿。”其人曰：“也罢。”右邻怒曰：“人家生了儿子，你说‘恭喜’，我家生了女儿，你说‘也罢’。未免太势利了。”恰巧有一官太太经过，遂指而告同院人曰：“你看那不是四个‘恭喜’抬着一个‘也罢’了？”

死后怕风

一人阳虚怕风，虽纤细之风皆避之，临终嘱妻曰：“我在生没见过风，竟不知风为何物。我死后必须用扇扇之，叫他也见见风，看他死后还怕不怕。”妻如其言，以扇扇尸不已。邻妪见而问曰：“大娘子，天气尚寒，何必如此？”妇乃诡词以对曰：“拙夫临终之时，谆谆吩咐：‘你若嫁人，须待内冷。’故以扇扇之。”言未毕，夫忽还阳，大呼曰：“你快别扇我了，我只知生前之风可怕，谁知死后之风更凶。他才扇了几扇子，几乎把一个小寡妇扇出门去了。君子之德可从，妇人之心更狠。”言讫而殁。

学究批文

一学究与人看文，遇纰谬者，最喜批“放狗屁”三字。或劝之曰："先生批文，何必用此批，太觉不雅。"先生曰："此乃一等批。还有二等三等者。"或究其详，先生说："第一等是放狗屁，放狗屁者，人放狗屁也，尚有人言，不尽是狗屁；第二等是狗放屁，狗放屁时甚少，偶一放之，屁尚不多；第三等放屁狗，狗以屁名，简直的全是狗屁也。"问者释然。

上下倒置

阎王命鬼卒拘烟花妓女教书先生到案。王见妓女判之曰："水性烟花，廉耻不顾，流毒人间，削他阴户。"见先生判之曰："好为人师，妄施教诲，误尽苍生，割他臭嘴。"小鬼遂将二人之物割下。时值阎王有要事退堂，二人见左右无人，商之曰："我两人何不趁此时逃走？"忙将原割之物，各抢其一，安上就跑。谁知安错了，先生安上妓女屄，妓女安上先生嘴，上下倒置，逃还阳间。阎王事毕，知二人在逃，令小鬼速到阳世访拿。小鬼来至先生书房，见先生觍着妓女屄在那儿教书；来至娼家，见妓女夹着先生嘴在那儿挨肏。

待诏追影

一待诏骤富，新造祠堂，请丹青追影。画士问："用何等颜色？"曰："何样贵用何色。"画士想颜料最贵者金蓝，乃画一金眼蓝脸者。余皆点缀完备。待诏非惟不知，反觉其阔也，悬挂祠堂，请本族老幼齐来上祭，俎豆馨香。正当祭神如在之时，众娃娃见影放声大哭。众问为何哭，答曰："画士将剃头担子画在影上，娃娃怕剃头，因此大哭。"

梦掷骰子

有一老翁纳一少妾，甚为得意。夜间做一梦，梦见在鼓上掷骰子。次日，请人详梦。人说："此梦大吉。鼓上掷骰子，乃多子之兆，而且有声有色，定主吉祥。"又一人说："此梦详错了。依我看此梦，恐怕这把老骨头，早晚要断送这片皮上。"

阴阳学台

东家延师课读，惟恐先生学问不佳，商之学师。学师云："我学中秀才固多，通品甚少。若欲延请学中秀才，非设法试之，不能知其胸中学问。"延师者曰："请问如何试之？"答曰："必欲备一席。择其佳者请几人。俟入坐后，正在酣饮之际，暗使人报曰：'明日学台下马。'坐中秀才必然恐惧。如有不怕者，其学问必佳，延之课读，定能胜任。"延师者从其教，择其秀才四五人，设席款待。酒至数巡，忽有人报曰："学台明日下马。"只见众秀才有惊惶失措者，有目瞪口呆者。惟有一秀才惧色毫无，寂然不动。延师者曰："此真我师也。"近前细看，此人已气绝身亡。死者亲属闻之，欲以恐吓致命讼之官。延师者大恐，求救于学师。学师曰："千万不可动他尸身，我自有起死回生之术。"速令人在死者面前大声呼曰："阴间学台下马。"死秀才遂活。

人情若鱼

物之形与人殊，物之性与人同。举其与人相类者，比而同之，以博一粲。

太太比鲤鱼：举止大方，庄重不佻。最喜醋溜，可惜肉老。

姨太太比鳊鱼：躺下分大，立起分小。肉细味鲜，可餐可饱。

通房丫头比黄花鱼：一味溜边，既美且鲜。名同幼女，秀色可餐。

丫头比鲫鱼：活泼伶俐，轻盈体态。左右宜人，洁白可爱。

奶妈子比大头鱼：愈臭愈鲜，咸可解馋。乳香脚气，二者得兼。

娼妓比河豚鱼：美而有毒，恰比优娼。只图适口，岂顾断肠。

小旦比金鱼：并肩如玉，尤物移人。摇头摆尾，暮楚朝秦。

软棚子比刀鱼：巨口细腰，其形如刀。江南风味，令人魂销。

瞎姑比土鲅鱼：无顾盼之多姿，非娇娆之名妓。伤无目之美人，迷多情之浪子。

半掩门比蛤蜊：倚门卖俏，忽闭忽开。引人入胜，结彼祸胎。

女金斗比虾米：蹦跚跳跃，江湖生涯。满身针刺，许人纷拿。

鲤鱼讨封

皇上打江南围，船至扬子江心，忽见波浪大作，水中现出一尾金色鲤鱼，来讨皇封。皇上一见，金口玉言说："好一条金龙！"鲤鱼洋洋得意，回到水晶宫，遇见乌龟。乌龟说："你讨了甚么封来？"鲤鱼说："万岁封我是一条金龙。"乌龟说："我也去讨封。"兴波逐浪，爬至船头。万岁一见说："这是个什么东西？"忙取弓搭箭，一箭正中龟头。乌龟带箭而逃，来至水晶宫。鲤鱼问曰："老兄，你讨了什么封来？"乌龟说："封倒没讨了来，蒙圣恩赏戴花翎。"鲤鱼一看，头上有血，说："你头上红的是什么？"乌龟说："这是俺的二品诰封。"

百鸟朝凤

凤凰生日，百鸟都来朝贺。百鸟之中，惟仙鹤为长，鹤曰："每岁凤凰寿诞，要大家轮流，不必纷纷俱往。依次派定：第一年仙鹤去，第二年天鹅去，第三年鸭子去，第四年锦鸡去，第五年鸽子去，第六年麻雀去。”凤凰叹曰：“想不到我的生日一年不如一年，我们这飞禽一辈不如一辈！”

家人匾对

一跟官人骤富，假冲阀阅世家，庭前匾对，要请名人题写。一名士题曰：旦白堂。对是：家居化日光天下，人在春风和气中。或问之曰：“何谓‘旦白堂’？”答曰：“旦白者，小旦道白，未有不自称奴家者。”又问对联，则曰：“阅两联第一字，可想而知。”闻者释然。

万寿无疆

一老翁寿诞，众新友恭祝。大家议曰：“今日寿诞前要行‘万寿无疆’令。无论何事，俱要带一‘寿’字。”众然之。无何至寿翁家，于是大家请寿翁，摆寿筵，让寿坐，上寿菜，执寿壶，拿寿杯，斟寿酒，举寿箸，吃寿肉，豁寿拳，唱寿曲，打寿板。寿者醉，旋闻寿门前吵寿嘴，打寿槌，连忙叫寿童到寿门，探寿事。复闻寿童说：“寿门外有寿丐，持寿杖，拿寿碗，讨寿饭，被寿仆举寿拳，打寿头。寿丐伤，闭寿目，张寿口，伸寿腿，竟寿终。”只好请寿翁报寿官，验寿尸，买寿木，下寿葬。

龟雀结盟

喜鹊与乌龟结盟，喜鹊为弟，乌龟为兄。把兄谓把弟曰：“我二人如此莫逆，我想带你到水晶宫，看看龙门贝阙，异宝奇珍。”喜鹊说：“我也想带你到云霄殿，看看广寒兜率，月姊嫦娥。”乌龟说："你何不先带我上天，然后我再带你下海。"喜鹊应允。乌龟爬在喜鹊背上，喜鹤双翅飞起，偏遇打弹弓的，开弓一弹，正中把兄尊背，翻身掉将下来。喜鹊不见了把兄，飞到各处找寻。找了半天，忽见把兄掉在烟囱上，四脚悬空，仰头观望，上前问曰："把兄受惊。你天也没有上成，在此空了半日，想必腹中饥饿。"乌龟说："我却不饿，在此虽没得吃，还有几口烟过瘾。"

黄王联宗

江南口音黄王不分，姓王与姓黄商之曰："你我两姓既属同音，何不同谱？更觉亲睦。"黄许之。谁知日久情疏，未免凶终隙末。一日，黄见王夸之曰："你看我头戴乌纱，腰横玉带，身穿补服[①]，足踏方靴，何等威阔！哪似你三横为姓，全凭一木之支，五大虽尊，人皆耻居其后。妄自尊而穷措大，何得与我抗衡？"王曰："仰蒙不弃，忝列同宗，足感盛情。然吾兄楚楚衣冠，洵美且都，何不裒多益寡，亦使我有服彰身乎？"黄曰："有无相通，人情之常。然我这纱帽，头衔所系，不可假人；我这宝带，束玉横金，更难割爱；我这补服，攸关品级，岂可离身？惟有我这双靴儿，愿奉送足下，穿起来上下相衬，名姓相符，万勿见却。"

二匠骤富

兄铁匠，弟皮匠，一旦骤富，堂构焕然一新，要求名士题额，欲掩其出身之贱。一名士题其兄之匾曰："二酉堂。"弟之匾曰："甲乙堂。"各人悬挂中堂，自鸣得意。或告之曰："此二匾大有讲

① 补服：又叫补褂、外褂，前后各缀有一块"补子"，用以区别官职差别，最早出现于明代。

究。”弟诘之，答曰：“二匾皆像形也：二酉者，一酉立看颇似砧子，一酉横看颇似风箱，乃令兄应用之要物也；甲乙者，甲似钢锥，乙似皮刀，又为足下必需之利器也。”

口鼻相诮

相公见丫环，戏之曰：“丫环丫，笑口叉，口如此，其他。”丫头亦戏之曰：“相公相，鼻子装，鼻且然，而况。”相公曰：“我这‘而况’要与你‘其他’见一面何如？”丫头曰：“可。”“而况”与“其他”一见如故，竟成莫逆之交。相公说：“‘而况’与‘其他’已经且然如此了，这装鼻与叉口何不也令他到一处？”丫头曰：“可。”相公把鼻子放在丫头口内，丫头问曰：“相公鼻子在我口内，闻一闻有什么味？”相公说：“是臊的。”丫头说：“口如何臊？”相公曰：“是爱骂人骂的。”相公问曰：“你的口放着我的鼻子，你一尝是什么味？”丫头说：“是辣的。”相公曰：“鼻因何辣？”丫头曰：“是闻鼻烟闻的。”

怕考生员

秀才怕岁考，一闻学台下马，惊惶失色。往接学台，见轿夫，怨之曰：“轿夫奴才，轿夫奴才，你为何把一个学台抬了来？吓得我魂飞天外。哪一世我作轿夫，你作秀才，我也把学台给你抬了来，看你魂儿在不在。”

穷人借债

时值岁暮，一穷人告贷无门。或诳之曰：“真武庙前哼哈二帅有钱，何不前去央借？”穷人信以为实，竟来至庙前，见二帅而求之曰："你二位戎装华丽，气象光昌，将到年三十，敢在门前站耍，有钱可知。"二帅曰："我两人给人看大门，昼夜哼哈，大不如意，连一条冷板凳也没钱买，哪里还有钱借给你。你何不与后面四金刚商之？"穷人来至二层殿，与四金刚施礼说："你四位好高兴呵！弹唱的弹唱，玩耍的玩耍，想必是年已过去了。望四位稍分余资，救我眉急。"四金刚说："你打量我们在此开心呢！一个弹琵琶要小钱，一个打着伞各处借账，他二人一个弄蛇，一个把花胡哨打把式敛钱，哪有分文借你？你望后边张罗去罢。"望后又走，看见弥勒佛，上前打躬说："你老人家满面春风，一团和气，心广体胖，大肚无忧，不必说，年下事早清楚了。拜求通融一二。"弥勒佛说："你何苦找我。你看我寒冬腊月，光着头，连帽子都买不起，披着一件单衫，敞露胸怀，连一个兜肚也无处借，你还说我笑呢。我是冻得龇着牙打劲儿呢，快往别处去罢。"穷人又走至后殿，见两旁一边是马王，一边是玄坛，来至玄坛面前说："黑老官，你老人家大年下的骑着虎玩耍，想必账已还清。求你资助资助。"玄坛说："我乃骑虎之势，正在这里为难，哪有钱资助你？"穷人说："你老人家把老虎借我骑几天，吓一吓债主也好。"玄坛说："我离了这虎寸步难行，你别搅我，快到别处去罢。"穷人又来到马王面前求之曰："你老人家三只眼，认得人必多，总管天下马号，出息必大，何不借钱我用？"马王说："你哪知如今马号并不养马，额例马干银两，克扣入己，我有什么出息？若论他三只眼，买起眼镜来，比你们多用一半价钱呢！不要饶舌，快替我走开。"穷人又来至大殿，见真武大帝叩首曰："你老人家金身整肃，赫濯声威，为一庙之主，求大发慈悲，赏借一用。"真武曰："你疑我有钱么？你看我披散头发，连打辫子的钱都没有，在这里手执宝剑，专等债主拼命，焉有钱借与你？你与我两个跟班的通融去罢。"穷人来蛇帅前，拜而求之。蛇帅曰："你看不得我这一身花梢儿，不过是一层遮羞皮，天天到处出溜，我钻的窟窿我知道。现在冬寒日冷，我还光洞洞呢！"穷人又求其转央龟帅。蛇帅说："更不必去。那乌龟欠账更多，连一点闲事都不管，缩着脖子，在那里躲账。白白饶舌，更不必去借。"

两人同嫖

有一贩瓷器客人，在院中嫖，流连忘返，把一船瓷器，全花在院中，甚至流落娼家，暂住草房。又一贩骡子陕客，亦在此处来嫖，把几十匹骡子也花在此处，竟至不能还家。鸨儿见其财尽，欲逐之。老陕大怒说："咱的几十匹骡子都赶进去了，你要撵咱？"二人吵闹不休。瓷器客一闻此言，出草房大声呼曰："老陕大哥，你把几十匹骡子赶了进去，千万不可碰碎了我的一船瓷器家伙。"

偷儿卖杏

男女行房，夫嫌妻物太大，欲将两卵塞入以实之，纳左则右出，纳右则左出。正在兼塞并纳之际，适有两贼挖洞钻入，听床上有人说话问："两个都进来没有？"答曰："两个都进来了。"两贼知人已觉，一个先爬出洞外，一个又听床上说："一个出去了，一个还在里头。"两贼大惊，连忙逃走，相谓曰："此家莫非是神仙？不然何以知我们暗中行藏？"次日，两贼扮作卖杏儿来此家访查。夫妻正在门前，妇人把卖杏儿叫到跟前，把杏儿抓起两个，问夫曰："这两个像昨夜那两个不像？"二人一闻此言说着心病，不顾杏儿，飞奔而逃。

船家交运

人若交了好运，思衣得衣，思食得食。有一舟子，捕鱼为业，半生落魄，忽然交了好运。一日独坐船头，欲思饮酒，忽见中流有鸭子一只，负酒一壶而至。舟子连忙将鸭酒携上船来，果然一壶清香美酒，自斟自饮，顿觉高兴。然有酒无肴，殊觉无味。正思想间，细看那鸭子，竟是一只烧鸭。颇可下酒，撕而食之，肥甘适口，遂将鸭子用毕。忽又想起明日有要债应偿，非二两不可，复又踌躇。再细看那鸭两只眼睛，乃是两粒明珠，挖下来正符还债之款。

纸糊裤子

京城人好嫖土娼，流连忘返，竟至资财荡尽，衣食不周，甚至流落娼家，帮闲度口。老鸨念其在院中挥霍多金，不忍驱逐，又因天气寒冷，无卒岁之衣，劝之曰："你如此褴褛，何不进城找亲友告贷？添补添补衣服也好。"嫖客曰："你看我这样子，连裤子都没有，有何脸进城？"老鸨说："何不用皮纸糊一条裤子穿上？只要遮体，颇可去得。"嫖客应允。老鸨用皮纸照裤子样剪好，糊裱妥帖，教他穿上出门而去。娼家离城尚远，行至中途，偏要出恭。嫖客着急曰："我穿的是纸裤子，如何出得恭？只好脱下，出完恭再穿。"忙将裤子脱下来，用砖头压好。忽然一阵旋风把纸裤子刮上天去了，嫖客仰天长叹说："裤子上了天了，如何进得城？只好仍回院中，再作计较。"赤条条回到娼家，见外门半掩，房门已关，就知有人来嫖。穷心未退，色心又起，轻轻至窗前窃听。正值房中云雨，听姑娘说："掌柜的，你舒服不舒服？"掌柜的说："怎么不舒服？"姑娘说："你到底怎么舒服？"掌柜的说："我真舒服到云眼儿里去了。"窗外窃听之嫖客，忘其所以，用手拍窗大呼曰："掌柜的，

掌柜的，你舒服到云眼儿里去，你可瞧见我的纸裤子没有？”

弟兄躲账

把弟兄均欠债最多，追呼甚急，无处躲避。二人溜出城来，行至河边，见水冻成冰，可以踏冰而过。二人走到河心。把兄要在冰上解手，谁知尿热，冲了一个窟窿。把兄说：“我们叫账逼的如此厉害，我恨不得钻在那冰窟窿里头去躲一躲。”谁知冰底下有一乌龟，有一鲤鱼，在水面闲游，只听冰上有人说账厉害，要钻入冰窟窿。乌龟害怕说：“老鲤呀，我要打冰窟窿钻出头去，看一看到底这个账是甚么东西。”乌龟伸出头一看，被把兄一把抓住龟头，就往上扯。谁知这龟头又大又滑，抓不住，逃下水去了。乌龟赶上鲤鱼，说：“了不得，好厉害的账！要不是我的肩膀儿健，早叫账主把我圆桌面端去了。”

穷人娶亲

一穷人娶亲，一切喜事所用，无一不是赊借而来。对新人曰：“我为你多方设措，费尽苦心，今日见面，要与你畅所欲为，方酬我艰难辛苦。”于是携手上床，宽衣解带，正要云雨，忽听得有人喊门，忙披衣下床。到门前一问，却是来讨首饰钱的，答以明日再来，关门上床。正欲行事，门外又有人来叫，赶紧下床。到门前一问，说是来讨酒席钱的，答以改日送上，又关门上床。刚要动手，又听见叩门，穷人把新妇望旁边一推，大怒曰：“我不像娶了一个妇人，倒像我搂着一个账主。”

新立行规

一山东人爱嫖土娼，妓女恶其力大身沉，拒而不纳。山东人情不可遏，央求捞毛[1]的方便方便。捞毛的说："我们新立行规，除官价一百二十文之外，如干事时定钩儿一动，加钱二十。事毕，照数加算。"山东人情急，姑且应允。捞毛的带入房中，山东儿就炕沿抄起就干，捞毛的在旁拿算盘计数。等之许久，山东儿一动也不动。捞毛的大怒说："你别来搅我的生意。"拿算盘在钩子上就打。山东人爬起哭曰："我甚愿意动，也不是不能动，实在不敢动，可怜我只带了一百二十文。"

穷人遇贼

两夫妇甚穷，朝不谋夕，竟至断炊。妇谓夫曰："我两人腹内无食，身上无衣，何不赊壶酒来？虽不能充饥，亦可以御寒。"夫出门赊酒而归。至晚，夫妇枵腹同饮。妇人大醉，家中只有棉絮一条，妇人扯去自盖。男人甚冷，不得已拿半个破缸，覆在身上，枕瓦而眠。将要睡着，有贼撬门而入。穷人曰："我们穷得如此，你还要来偷？"顺手用所枕之瓦打去，贼呼痛而逃。穷人曰："便宜了你。我是用枕头打你，若用被头打你，早要你的性命了。"

穷鬼借债

有人性极吝，不怕饿死不吃饭，人皆呼之"啬刻鬼"。一人命极穷，剩一文钱必要花完，才睡得着觉，人皆呼之为"穷命鬼"。这日穷命鬼找啬刻鬼借钱，啬刻鬼说："你灾生，人钱并尽。"穷命

① 捞毛：旧时泛指靠操持卖淫业为生的人。

鬼说："你只管借给我，我撙节[1]着用。"啬刻鬼说："我说一个笑话你听：有一人极吝啬，岂但一毛不拔，连肚内的屎都要屙在家里。一日，将要远行，恐途中出恭，岂不白丢了一泡大粪？莫若带了狗去，以防意外之虞，遂将家中狗带之同行。行至半路，果然要出恭，其人叹曰：'人无远虑，必有近忧。愚人千虑，必有一得。其此之谓乎！'于是出了恭，那狗果然吃了。不料吃了之后，那狗也要出恭。其人指狗骂曰：'没造化的畜生，真是鼠肚鸡肠，你连一泡屎都承受不起，你还借的是什么钱？'"

家当一文

一杭人爱嫖。一分家赀，尽行嫖完，穷的光洞洞，只剩钱一文，麻布裤一条，犹自芳心未艾。来在西湖，观看游春女子。买了一文钱炒豆，独坐桥头，把豆儿放在裤裆上。忽见许多游女，姗姗而来，不禁春兴勃然，那话挺然特立，把豆儿挺立一地。杭人指阳物骂曰："我好好一分世业，都被你给我鼓捣光了。剩了一文钱的家当，还被你给我抖搂掉了。我与你何冤何仇？"抱肩弃豆而去。

穷神借饷

财神解天饷赴灵霄殿，路遇穷神，欲借银三万两。财神曰："天饷有定额，何得借汝？"穷神固索，财神念一殿之神，出小金锭与之。穷神所愿甚奢，找管城子求其协力劫饷。管城子正坐在文坛演笔阵，闻穷神语，原不欲往，因思："我终日要穷笔头，何能致富？"乃帅文坛健将，排笔阵以围之。财神拔剑迎敌。笔锋所到，众皆疲敝。财神惧，赴文昌宫求援。帝君问曰："吾与君素昧平生，

---

① 撙节：节约、节省。

何得来此？”财神告以故，帝君曰：“君等恃财傲物，应罹此祸。然以笔尖横行天下，亦非吾教之福。”命朱衣召魁星收之。魁星至，乃一白面书生，自惭面目不足以惊人。朱衣云：“乞帝君赐以鬼脸戴之，则面皮一变，何事不可为也？”又授以金斗，令同财神去。至则管城子带领羊毫子、兔颖儿，挥如椽之笔，自谓千人军可以横扫。魁星掷以金斗，二毫不能支，弃笔遁。魁星收其笔并金锭，别财神奏凯而还。帝君即以笔锭赐之，故至今魁星像蓝面狰狞，右手执笔，左手执锭，而旁竖一斗云。

利水学台

秀才家丁把娃娃撒尿，良久不撒。吓之曰：“学台来了。”娃娃立刻撒尿。秀才问其故。答曰：“我见你们秀才一听学台下马，吓得来尿屎齐出，以此知之。”秀才叹曰：“想不到这娃娃能承父志，克绍书香。更想不到这学台善利小水，能通二便。”

庸医治痢

一庸医与名医毗邻，见名医悬牌挂匾，病者盈门，请者接踵，心窃慕之。私臆：“此人必有秘传方书，始能如此得心应手。我若觅得此书，何愁不并驾齐驱？”于是逐日徘徊名医门外，欲觅此书。偏这日名医持书而出，庸医出其不意，夺之而回。逃至家中，出书捧读，即悬牌治病。有患痢者求治，庸医曰：“此病不必服药，用大蒜头一个，插入谷道，其痢自止。”病人如法治之，谁知大蒜毒发，胀满难出，连肚腹皆肿。病家以庸医害人，讼之官。官拘庸医至，问之曰：“用大蒜治痢，是何人所传？是何方所载？”庸医曰：“是名医所传，是他的秘书所载。”官传名医质讯，名医曰：“此人素昧平生，只有某日，我拿账簿出门与人算账，被他夺去，至今尚未寻获。”官问庸医：“你抢账簿当作医书，与人治病，显是有心害人。”庸医曰：“簿中实载治痢之方，上写某人利已全消，惟有算本止利。”

姑嫂站门

姑嫂二人在门前闲耍，见一和尚走过。姑谓嫂曰：“人人都说和尚那话是四方的，不知真否？”嫂曰：“都是一样的人，哪有此言？不过和尚的比俗家略硬点罢了。”

和尚抱鼓

西湖丛林，香火最胜。每逢朔望，游女如云，寺中和尚，多有不能定性见女色而动者，老和尚诫之曰：“出家人五戒三规，惟色戒最严。我看尔等见色心移，性情不定，非出家人道理。以后每逢朔望，打坐禅堂，每人怀中抱一小鼓，如见女色，怀中鼓响者，即是心动，定要打四十戒尺。我亦作如是观。”众僧唯唯。到了朔日，众僧上堂，怀鼓而坐，老和尚居中，余者两旁列坐。但见粉白黛绿，花枝招展，姗姗而来，来到众和尚面前。只听众和尚怀中鼓次第而响，冬冬不绝，惟有老和尚寂然不动，声响全无。众僧赞曰：“到底还是老和尚心空性定，坐养功深！不然，何克至此？”大家上前，打开老和尚怀中鼓一看，谁知小和尚已贯革直入，竟不能脱颖而出矣，众和尚哄堂而散。

僧人鱼腹

大江之滨，有儒释道三人同舟共济，方欲解缆，一极胖少妇亦来唤渡。三人皆曰：“波浪险恶，与少妇同载，大为不利，不如却之。”妇固请，舟人乃移舟近岸。尚离数步，妇人一跃而登，北面而坐。舟既发，妇去其里衣，出其阴户，硕大无朋，指以示人曰：“此物大吉祥，何云不利？”众益厌之。僧问曰：“何利之有？”妇曰：“嗅其浊秽之水，似是腐儒；观其短发蓬松，又像道士；而其实则和尚之窠巢也。”僧怒极，脱其帽以头撞之。妇挺腹相迎，豁然而入，灭项及肩。僧惧，急用力拔之，砉然而出，则头面濡湿，热气淋漓，与出笼之馒头无异焉。妇大笑，跃身入水，化巨鱼而逝。僧大惊，谓儒道曰：“幸亏我拔得快，稍迟则小和尚定葬江鱼之腹中也。”

一字笑话

一人善说笑话，众人有意难之曰：“你能说一字笑话不能？如能说使我们笑，情愿输戏酒二桌；如不能说，说而不取笑，要照样认罚。”其人曰：“能，然必须依我调度方可。”众曰：“听从尊便。”其人曰：“要择日先设戏酒于文昌宫，戏台前挖一池。是日我后至，我自有说一字笑话之法。”众许之。至日，如所许嘱，先设戏酒，齐集以待。其人在家与一瞎子商之曰：“我欲带你到文昌宫听戏吃酒，你愿意否？”瞎子欣然愿往。其人曰：“你要到了文昌宫，必须先在神前行礼，然后入座吃酒听戏。一切礼节，均要听我吩咐。”瞎子无不乐从。是日，即带瞎子来至文昌宫，叫他在池边站立。其人对众人曰：“列位请听我一字笑话。”众皆倾耳静听，其人曰：“跪。”瞎子一跪，扑冬跌在池内，众皆哄堂大笑。其人曰：“我这一字笑话何如？”连忙扯起瞎子，同享酒戏。

一摸之缘

一妇有淫行，阅人多，而所交甚广。一日，与邻僧有约，嘱其夜晚携酒肴来会。是夕，妇人有旧交在舍，夫知其有约，令妇他宿，而独处妇室。至夜半，和尚潜至窗外，低声呼唤。其夫假充妇人，低声应答。未几隔窗先送一盒子来，既而又送一壶酒来，其夫轻轻接进。最后和尚将其夫之手拉住，当作妇人之手，拉到不便之处，使其来摸。和尚又将自己之手伸入，欲摸妇人不便之处。其夫趁其来摸，将和尚之手拉入下部，令其来摸。觉累垂盈掬，丰伟异常，和尚大惊，连忙抽手抱头鼠窜而逃，其夫遂唤回妇人，与之欢饮。至同床之际，谓妇人曰："今日好好一个东道，虽然是大和尚作的，然毕竟幸亏了小和尚。"

画士问答

画法不行久矣，所传于世者，惟有行乐春宫。画行乐春宫者，虎邱塘最多，游此塘者，莫不喜春宫而恶行乐。故行乐之势不敌于春宫久矣。有业丹青者，因其业之甘苦不匀，乃遂哗争不已。画行乐者曰："子画令人亵，不如予画令人敬。"画春宫者曰："子画令人悲，不如予画令人喜。"画行乐者曰："床笫之私，久成俗套，奚待尔之描摹？"画春宫者曰："衣冠之辈，多属游魂，何劳君之点缀？"画行乐者曰："家家不可无行乐，人人未必有春宫。"画春宫者曰："人人必无真行乐，家家都有活春宫。"画行乐者曰："去行乐之衣裳，安知不是春宫？"画春宫者曰："加春宫之衣服，未必不成行乐。"画行乐者曰："裸体跣足，宜于夏而不宜于春，是夏宫而非春宫也。"画春宫者曰："奠酒焚香，动乎哀而不动乎乐，是行哀岂行乐哉？"两人争执不休，或解之曰："行乐为祖宗计也，春宫为子孙计也。今人为子孙计者多，而为祖宗计者少，宜乎行乐之势，不敌于春宫也。"

镜里人心

有一磨镜老叟，腰悬古镜，自云千百年物。诘其所用，答曰："凡人心有七孔，愚者塞其孔。吾以古镜照之，即知其受病之由，投以妙药，益其智而通其孔，则愚者明矣。"一富翁有一子，年十六，不能辨菽麦，延老叟以镜照之。叟曰："受病太深。仆不能为矣。"询其故，叟曰："吾能治后天，不能治先天。令郎之心，外裹酒色，病在后天，犹可治也。内裹金银，病在先天，不可疗也。"翁固求之，叟曰："姑妄治之。"令其子独居一室，朝服葛化醒酒汤，晚服清心寡欲丸。如此者半载，叟取镜再照曰："酒色气已尽除矣。但金银气从先天闭塞，奈何？"翁曰："何谓先天？"叟曰："阁下老夫妇孳孳为利，心内所计者金银，眼内所看者金银，手内所使者金银，当尊夫人受胎之时，金银堆积房内，令郎感其气，以至迷塞七孔，外似金光，内实铜臭。欲求克治之法，急取文昌宫惜字纸灰两斛，拌墨水两斗，丸梧桐子大，朝夕煎益智汤送下，或可有济。"翁遵其法。不三月，叟取镜照，见六孔玲珑，惟一孔纯塞如故。翁再求医治，叟笑曰："此名文字孔，凡富家翁堆金积玉，不肯令子读书，富家子饱食暖衣，更不肯读书，故富家不宜有读书种。开之恐干造物忌，且留此一孔，以还君家原物。"后其子聪慧胜于曩时，惟读书不成，翁为其子纳赀捐职，以佐贰终其身焉。

兽医治喘

一富翁姓吴，得一喘症，百医罔效，请兽医以治牛之法治之，立愈。从此牛医之门多病人，遂自负为名医焉。一日昼寝，有持帖来请者。导至一堂，见面黄骨立者数十人，环求诊脉。医熟视之，愕然曰："此冥府耶。"众曰："然。"医曰："请我何意？"众人曰："先生送我来，还望医我去。"医勉写一方，众曰："一剂恐不能见效，屈先生驾留此三五月再去。”医哀求欲归，众怒曰：“此地你既不肯居，曷为送我辈来？”群起缚之，裸其裩，出其臀，轮奸之。医被创猛醒，得臀风之症，逐日觅人医治，无暇复作青囊之术矣。

烟酒并嘲

王母寿诞，开琼筵，设蟠桃盛会。所有蓬岛瀛洲青都紫府各神仙，都来朝贺，神仙中有骑龙驾凤者，有跨鹤乘鸾者。遥望紫雾，众仙从云中齐下；彩霞缥渺，鹤驾自天上飞来。惟有真武大帝带领龟蛇二将，踉踉跄跄从行，后至。王母各赐蟠桃一枚，饮以琼浆玉液，食以琤笋灵芝，觥筹交错，群仙不觉酩然大醉。谁知龟帅量小，饮少辄醉，逃至瑶池，偷看仙景，被仙鹤童儿看见，骂之曰：“何物狼狈？秽亵瑶池。”上前逐之。龟帅以醉眼见一戴红帽者，张开巨口，衔着鹤头不放。良久，真武一看不见了龟帅，寻至瑶池，见龟衔鹤，大惊呼曰：“孽怪，你还不松口？”乌龟一见主人，便告曰：“我吃得大醉了，容我吃几口水烟醒醒酒。”

显者缓颊

按君访拿匡章、陈仲子、齐人，均拘案。匡章自信为孝子，仲子自居为廉士，惟齐人有一妻一妾，赂显者求其缓颊。显者来见按君，述其所来。按君曰：“此三人均是败风俗的巨魁，所以访拿。”显者曰：“匡章出妻屏子，仲子离母辟兄，老公祖访拿极是。那齐人是一个叫化子头儿，捉他做甚？”按君曰：“这齐人诈称餍富贵之食，卒乞东郭墦间之祭，既贪口腹之欲，复贻妻妾之羞，寡廉鲜耻，莫此为甚。老先生乃富贵利达之人，今与乞丐求情，岂不畏贻羞于妻妾乎？”

虱蚤结拜

蛇蚤虱子结拜，虱子为兄，蛇蚤为弟。把弟谓把兄曰：“我蹦跳自由，捉摸不易，择肥而噬，随遇而啖，何等快活？那像你颟顸成性，疲软为形，置喙不出一身，送终难逃两指，乐处毫无。”虱子说：“你不闻不见，伛偻身躯，逐猫随犬，东跳西驰，人身之妙处，未克全尝，个中之滋味，岂能领略？”蛇蚤说：“你说得却好，不知人身何处最妙？”虱子曰：“惟有胖妇阴旁不毛之地，丰润肥美，异味奇香。”蛇蚤说：“你何不领我同去？”虱兄将把弟引到妇人阴旁，大啖不已，恰巧有人行乐于房中，那话挺然直入，将把弟一顶，带入无底洞府。把弟只觉得天昏地暗，热气熏蒸，殊觉憋闷。良久，那话又将把弟带出，浑身濡湿，热汁淋滴。见了虱兄告之曰：“蒙你指引妙处。其味甚美，不想来了一个莽撞和尚，把我带入红门寺中，可恨那和尚发酒风，还了席，吐了我一身的稀饭。”

孝廉方正

孝廉方正，为我朝旷典。如今竟有夤缘奔竞而得者。有人嘲之曰：“何谓孝？逼得母亲上了吊；何谓廉？每月常放二分钱；何谓方？浑身都是杨梅疮；何为正？丫头老婆没干净。”

官场妙喻

人能出类拔萃者，无异禽中之凤，兽中之麟。《易》曰：“君子豹变，大人虎变。”此比物者充其类，非拟人者不以伦也。今之官场沐猴而冠，其卑鄙情状，竟有与鸟兽相类者，录之以为官鉴：

世守农桑燕处，亦曾奋志萤窗。原期振翮鹏程，未遂名题雁塔。遵例自糜鹤禄，希图异路猱升。分发试用蜀省，税屋移住蜗居。听鼓随衙蜂聚，童仆前后驺从。站班人人鹄立，传见宛似凫趋。挨次真如鱼贯，侧坐一一鸭听。让茶擎杯猿献，送客斜走蟹行。散衙回寓驴饮，饭后午睡牛眠。醒来难免蛙淫，娈童随便鸡奸。娶一河东狮吼，说合全仗蜂媒。带来皤皤螳腹，生子权作螟蛉。私偷婢女鼠窃，夫妇捉奸猫捕。抑郁久居蠖屈，窘迫断鬓鸿嗷。逐日夤缘狗苟，时时献媚蝇营。谄谀当道狐媚，奔走权势蛆钻。谋得酌委雀跃，调济善地莺迁。只因诸债猬集，潜行赴任鸠藏。接篆如附虎翼，入衙大发熊威。重用刁绅蠹役，婪赃大肆狼贪。办事优柔犹豫，问案任性鸱张。刮尽地皮犀利，亏空仓库鲸吞。革职拿问犴守，充军边远鹯驱。赎罪希图兔脱，触怒特旨枭首。渺渺逝矣蝶化，人口星散蚨飞。

五大天地

一官好酒怠政，贪财酷民。百姓怨恨，临卸篆，公送德政碑，上书“五大天地”。官曰：“此四字是何用意？令人不解。”众绅民齐声答曰：“官一到任时，金天银地；官在内署时，花天酒地；坐堂听断时，昏天黑地；百姓含冤的，是恨天怨地；如今可交卸了，谢天谢地。”

蚊虫结拜

蚊子结拜，城中蚊子是把弟，乡下蚊子是把兄。把兄谓把弟曰：“你城中大人，珍馐适口，美味充肠，肌肤嫩而腴。尔何修有此口福？我乡下农夫，藜藿充饥，糠秕下咽，血肉粗而浇。我何辜甘此澹泊？”城蚊曰：“我在城中，朝朝宴会，日食肥甘，甚觉厌腻。”乡蚊曰：“你先带我在城中，只领大人恩膏。然后带你在城外，遍尝乡中风味。”城蚊应允，把乡蚊带至大佛寺前，指哼哈二帅曰：“此是大人，快去请吃。”乡蚊飞在大人身上，钻研良久，怨之曰：

“你们城中这大人倒真大，却舍不得给人吃。我使劲钻了半天，不但毫无滋味，而且连一点血也没有。”

粮道观风

粮道观风，所管卫所都来应考。题出“视其所以”[①]一章，众卫弁相聚而叹曰：“我们各所，穷得如此，道宪还要添设三所。”人问何故，答曰：“又添，官愈穷。”一弁曰：“其实视其所，观其所，察其所，所愈多，他何尝不知道？业经标出来，人焉瘦哉，人焉瘦哉！”

不改父业

一皂隶骤富，使其子读书，欲改换门楣。然其子已习父业，不改父行。一日，隶兄手持羽扇而来。先生出对，叫学生对曰：“大伯手中摇羽扇。”学生对：“家君头上戴鹅毛。”又出六字对：“读书作文临帖。”对曰：“传呈放告排衙。”又出五字对：“读书宜朗诵。”对曰：“喝道要高声。”又出四字对：“七篇古文。”对曰：“四十大板。”先生有气，说：“打胡说。”学生说：“往下站。”先生说：“放屁。”学生说：“退堂。”先生“哼”，学生“喝”。

七字左钩

一官坐堂，书吏呈上名单。官将单内“计开”二字读作“许闻”，用朱笔一点说：“带许闻。”差人禀曰：“不到。”官曰：“要紧之人不到，只好问二案。”一看名单也有许闻，又点曰：“带许闻。”差人禀曰：“不到。”官怒曰：“屡点不到案，案上有名，定是讼师。”当堂

① 视其所以：指看他所做过的事情。语出《论语·为政》。

出签，立拿到案，用朱笔判签，将十七日“七”字一钩，望左钩去。书吏不敢明言，禀曰：“笔毛不顺，老爷的钩子望左边去了。”官曰：“你代我另写。”吏因签出总在次日，乃判十八。官笑曰：“你又来考我了，打量我连‘十八’字都不认得呢！”

有你没我

浙江义乌县出脚鱼，小而肥，甲于通省。每至夏季，要送上司，用大桶多装，连夜赴省，如此小心，犹有毙者。县官因公上省谒见，各宪当面致谢曰：“贵县好脚鱼，可惜毙者甚多，是何缘故？”县官忙立起答曰：“想是你挤我，我挤你的缘故。”上司曰：“大兄，有你没我。”

小班喝道

一皂隶善说笑话，老爷退堂，单留下他，叫他说笑话，把红黑帽子摘下，不说不准他戴。皂隶回：“小的不敢说。”老爷说：“你只管说无妨。”皂隶说：“有两夫妇行房，互相摸弄。夫问妻曰：‘你那里是甚么？’妻曰：‘这是衙门。’妻问夫曰：‘你那里是什么？’夫曰：‘他是老爷。’妻曰：‘何不请老爷进衙门里办事？’果然老爷进了衙门，谁知老爷办事疲软，刚到任，就撤了。妇人一摸，老爷不见了，问：‘老爷哪里去了？’答曰：‘老爷出来了。’”皂隶说：“老爷出来了。”抓起帽子戴在头上，大声喝道而出。

和尚嫖妓

和尚到娼家来嫖，与妓叙寒温谈心事。正说的入港，忽听外面有人敲门，说：“县里刑名师爷来了。”和尚仓皇失措，无处可避。

妓曰："你藏在床底下，等师爷走了，你再出来。"和尚只好钻在床下。师爷打外边走进，妓女说："为什么师爷永不到我家来？想是公忙。"师爷说："实在有事。"妓女说："我请教一事。譬如和尚宿娼，应办何罪？"答曰："不守清规，有犯淫戒，应该立决。"和尚在床底下一闻此言，战栗恐惧，不动自摇。师爷正在谈心，外面又有人敲门，说大老爷来了。师爷说："东家来哉，如何是好？"妓女说："我有新草荐一床，请师爷将草荐裹在身上，立在门后。大老爷走了，请师爷出来。"师爷忙用草荐裹好。大老爷进来，妓女在旁侍立，说："大老爷连日问案，实在辛苦。"大老爷说："分所应为。"妓女曰："请教大老爷一事。譬如和尚宿娼，应问何罪？"答曰："佛门弟子不守清规，不过笞二十，饬令还俗而已。"和尚在床下一闻此言，喜出望外，钻出床来说："和尚叩谢大老爷鸿恩。今日若不是大老爷亲临判断，和尚一定叫这草包师爷要了命了。"

化子叫城

外州县城门可以随时开放。一日，刑名师爷关在城外，叫门，守门者急忙开放。瓮城内有一化子，看见说："我们关在城外，断无人肯开门。想不到刑名师爷竟如此厉害！"一日，化子也关在城外，叫门不开，乃诳之曰："刑名师爷来了。"守门的开门一看，乃是一个化子，头戴瓦盆，身穿草荐，手携干柴。守门者责之曰："你这化子，混充什么师爷？"化子说："我怎么不是师爷？我还是一个包伙食的师爷呢。"

犬像老爷

老爷好男风，所用娈童不一而足。一日，署中母犬生了小狗，有一小狗甚像老爷，其嘴脸与老爷无二。大家诧异，不解其故，请教师爷。师爷沉吟良久，恍然大悟，说：“是了，想必是这母狗天天吃小跟班的屎生出来的。”

武弁看戏

武官与文官同日看戏，演《七擒孟获》。武官曰：“这孟获如此蛮野，不服王化，七擒七纵，犹且不服。想不到孟子后代，竟会有这样桀骜不驯之人。”众皆掩口而笑。一文官曰：“吾兄所说极是。到底还是孔子的后代孔明，比孟获强多了。”

堂属问答

一捐班不懂官话，到任后谒见各宪，上司问曰：“贵治风土何如？”答曰：“并无大风，更少尘土。”又问：“春花何如？”答曰：“今春棉花每斤二百八。”又问：“绅粮何如？”答曰：“卑职身量，足穿三尺六。”又问：“百姓何如？”答曰：“白杏只有两棵，红杏不少。”上宪曰：“我问的是黎庶。”答曰：“梨树甚多，结果子甚少。”上宪曰：“我不是问什么梨杏，我是问你的小民。”官忙站起答曰：“卑职小名叫狗儿。”

赀郎纳官

一赀郎纳官，献百韵诗于上宪，中一联云：“舍弟江南殁，家兄塞北亡。”上官恻然曰：“君之家运，一至于此。”答曰：“实无此事，只图对偶亲切耳。”一客谑之曰：“何不说‘爱妾眠僧舍，娇妻宿道房’，犹得保全两兄弟性命。”

嘲候补道

各省捐输道员，不一而足，在朝廷视之为不甚爱惜之官，在大吏弃之于投闲置散之列。故有人嘲之曰：“道大莫能容。”又曰：“道不行，乘桴浮于海。”此其善谑者也。今有人又以文嘲之，录之以博粲：

人能弘道，以财发身也。夫君子学以致其道，非吾所谓道也。本立而道生，何莫由斯道焉？今有人见候补道而羡慕之曰：“道则高矣美矣，宜若登天。然似不可及也，此则志于道，未由其道者。”或告之曰：“安贫可以乐道。”彼则曰：“君子忧道不忧贫。”果能此道矣，朝闻道，夕死可也。然则道也者，不可须臾离也，可离非道也。吾试言可离不可离之道，试用道，道之可离者也。自朝不信道，故上失其道，谓是道也，何足以臧？故望道而未之见也。特用道，乃道之不可离者也。盖获乎上有道，乃独行其道，谓是道也，方可与适道，虽小道亦有可观者也。然而道有大不相同焉：有学古之道者，尧舜之道也；从容中道者，圣人之道也；遵道而行者，君子之道也；信道不笃者，小人之道也；立乎人之本朝而道不行者，杨墨之道也。此则合而言之也。即捐道亦有各异焉：以货殖为捐赀者，生财之道也；以借贷为捐赀者，朋友之道也；以钗环为捐赀者，妾妇之道也；以泰山之力为捐赀者，夫妇之道也；以幕囊为捐赀者，夫子之道也；以御史放观察者，合外内之道也；以教官捐道分发者，去父母国之道也；屡扰而不还席者，此其为餍足之道也。此则分而言之也。嗟乎！道既不可废，道之用亦甚广。当道者果能幡然悔曰：“吾大者不能行其道，以致尽其道，而死者之多也，岂不谓之贼道乎？况道也者，并行不悖、天下之达道也，焉有仁人在位？而不行义以达其道，徒使抱道者兴‘道大莫容’之叹，岂不哀哉？”

选补并嘲

妓女与嫖客死，见冥王，王判妓女曰："养汉接人，方便孤老，功德最大。宜转男身，叫你也享享男子之乐。"判嫖客曰："眠花宿柳，败化伤风，罪孽过重。应转女身，也叫他受受妓女之苦。"鬼卒禀曰："既命男女转移，何不将嫖客之阳物旋下，补在妓女身上，岂不一举两得？"王然之。正要动手，忽有要事退堂，属左右曰："好好看守，候我回来发落。"王走后，嫖客恐其要旋，乘间脱逃。王事毕，鬼卒禀曰："候补的尚在站班，候旋（与'选'同音）的已经在逃。"

京官悭吝

一京官极悭吝。赴部当差，到署要吃点心。跟班送上面茶一碗，老爷吃了。跟班也要吃，怕老爷不肯给钱，当着众位老爷讨赏。老爷不好意思，勉强给了十二文。及至散衙，坐车回家。跟班打顶马前行，老爷在车上骂曰："好混账的东西！你又不是我的长辈，为何骑马在前？"跟班赶紧勒马，来在车旁。老爷在车上又骂曰："你又不是我的同辈，因何骑马并行？"跟班赶紧勒马，来在车后。老爷又骂曰："你在车后，踢起尘土，扬了一车，可恶已极。"跟班下马请示曰："老爷到底叫小的在何处骑？"老爷说："你骑不骑我管你？只要把十二文面茶钱还了我，你爱怎么骑就怎么骑。"

大人遗泽

富商某家，墙垣高峻，庭院宏敞。夫偶他出，其妇独坐灯下。五更将尽，忽闻东墙簌簌有声。妇从窗隙窥之，见一大人在墙上，穿方靴，足长数尺。自上而下，墙颠露其小腹，阳物翘然，长径三尺，龟头大于盎，丸垂垂如五斗米囊；脐以上则隔于窗外，不及见也。正诧愕间，旋见西墙上亦有一大人：双钩如桥，莲船盈丈，胯与檐齐，现其牝户，翕张鼓动，若合双箕，毛蓬蓬如乱发。既而两大人同至庭前，见面行平行礼，让毕而交媾焉。其冲突之骤，如巨鱼之纵大壑；其驰骋之猛，如烈马之驱康庄；其唼咂之声，如利刃之裂竹帛；其纵送之急，如野人之鼓风箱。淫精泼泼，坠地有声，历两炊时始毕事，各归墙下冉冉而灭。妇方敢大号，众奔至。举火烛之，庭中惟余两大人之所遗，洋溢盈阶。细视之，非精非血，俱不能识。逾岁，其处忽生树数株，花开如盖，结实如顶珠。始而白，继而光亮，既而青如宝蓝，至深秋而始红焉。或曰："此为五色菩提，惟佛国有之。"有旧时人述彼时商妇之所见，乃知两大人遗泽孔长，而菩提之蒙其余荫而生也。

后庭博金

流品之不齐难矣哉。商贩布衣，捐金纳粟，皆得与士大夫争衡，然犹有可原者。彼亦洁清之子也，乃混淆日甚，竟有由优而仕者。一主簿筮仕多年，岁逾耳顺，虽系优伶出身，却亦酷好男风。然以精力衰耗之人，何其乐此不疲，想为昔日捞梢[①]计耳。一日奉委下乡，馆于僧寺。僧见其所携门子俊俏，先以言调之，不肯。许以金，从之。事毕索金，僧曰："草草一度，哪能便酬？必须同宿一宵，畅所欲为，方能厚谢。"门子知为其所欺，用指鹿为马之计诳之，曰："本官卧西床，我卧东床（其实官卧东床也）。今夜请从窗上来，可尽一夜之欢。"僧喜甚，三更后僧悄然曳窗入，径趋东床。官方酣睡，僧轻探其臀，丰润犹存，熟路轻车，从容而入。老簿正在梦中，觉梦魂摇曳，恍如当年为人狎昵时也。谁知僧具甚

① 捞梢：犹捞本。梢，指赌本。

坚，纵送太骤，老簿猛醒，危声以号。僧知其误，赤身而遁。簿且呼且骂曰："恶贼秃太无礼。"众咸起，诘其故。簿又不好出诸口，惟喊快拘众僧惩治之。僧惧，请以百金为酬。簿少之，又益以钱五十贯，始允。将入城，嘱从者勿令堂上知。及谒见，令早知而笑谓之曰："三老官当此垂暮之年，犹能以后庭博多金。想当初妙龄时，不知如何高其声价也？"簿渐不能答，而其门子辞工去。

帮办公事

官太太能代老爷办公事，而性甚淫。老爷虽不能办公事，而性好睡。一夕上床，夫人见其合眼，即翻身以扰之。老爷问："何以不睡？"夫人曰："踌躇公事耳。"老爷会其意，旋与之交。夫人之愿既遂，乃安眠。至天晓，老爷执其阳而叹曰："我与他相聚一生，竟不知他有这样本事。"夫人曰："他有什么本事？"老爷曰："会帮办公事。"

临阵脱逃

姑嫂与妈妈共饮。姑娘说："我们行一令，要各说一物，像一个字，带一官名，并带一罢官之事。"姑娘说："擀面杖像'一'字，在案上擀来擀去，是巡按。因擀的面软，巡按面软，应罢官。"嫂子说："铁耙像'而'字，耙了一点屎（典史，官名）。有屎即是脏，应罢官。"该妈妈说，想了半天，总也说不出。忽然想起说："你爹卵子像'小'字。"问："是何官？"答曰："黑松林把总。"又问："因何罢官？"答曰："临阵脱逃。"

听讼异同

廉吏有讼师，贪吏无讼师。廉吏平情折狱，而讼师虽畏其明，犹可欺之以其方，故讼师留以有待也。贪吏不据理听讼，而讼师虽强其词，竟不能夺其理，故讼师去而他图也。廉吏使无讼，贪吏亦能使无讼。登廉吏之庭，杳乎寂乎，而民自无讼，是真无讼也，无情不敢逞其讼也。登贪吏之庭，杳乎寂乎，而民无一讼，非不欲讼也，无财不敢以为讼也。然而为吏者，岂能终无讼乎？两造各有曲直，不得已而质诸公庭。官则摄齐升堂，觍颜上座，无是非，无曲直，曰“打”而已矣；无天理，无人情，曰“痛打”而已矣。故民不曰“审官司”，而曰“打官司”。官司而名之曰“打”，真不成为官司也。然而彼更有说以自解曰：“听讼，吾犹人也，必也使无讼乎？有情者不得尽其词，大畏民志，此谓知县。”

望气识官

浙省候潮门，有老僧挂榜于市，曰：“能望气识人官职。”于是当道诸公微服而往。僧延之坐，候令嘘气。僧乃从旁皆审之，曰：“此木气也，为藩司；此金气也，为臬司；此水气也，为督粮道；此火气也，为首道也；此土气也，为盐运司。”言之无不吻合。忽一人嘘气久之，老僧沉吟再四，似不解其何官，曰：“异哉！似金气而不秀，似木气而不直，似水气而不清，似火气而不烈，似土气而不厚。其在不儒不吏之间欤？”询之，以大挑知县而请就教者。乃知伶官闲秩，皆无志气男子为之，推其命数，都不在五行中也。

武弁抛文

一江苏武官最喜抛文，说话最要引经据典。升官陛见，贫无资斧，徒步北上。人问之曰：“何不乘车？”答曰：“君命召，不俟驾而行。”到京召见时，值淮水涨发。上问曰：“淮河水势如何？”对曰：“荡荡怀山襄陵。”上问曰：“水势如此，百姓何如？”对曰：“百姓如丧考妣。”上大怒，马上充发。叩首谢恩曰：“惟仁人放流之，此则小臣之罪也。”

土包作阔

京中匪类，谓之“土包”。每到四月开庙，穿花梢，坐熟车，逛西顶，故意在人前卖弄，谓之“作阔”。浇风恶习，不知伊于胡底。有把弟兄三人，均要逛庙作阔，商量攒钱，每人做湖绉套裤一双，名为“套裤会”。到了四月，把兄作一双玫瑰紫的，老二作一双藕荷色的，老三作一双油绿的，雇了一辆十三太保时样纱窗的熟车，大家争坐车沿，为的是好拿套裤作脸。把兄说：“不公道。咱们拈阄，拈哪里坐哪里。”把兄拈中间，老二拈车沿，老三拈车箱。上了车，一摇鞭，如飞似水，奔西顶而来。走在热场人多之处，老二坐车沿，盘着腿，露出藕荷色套裤来，得意洋洋。老大坐车中间，现出玫瑰紫套裤来，扬眉吐气。惟有老三，一样出钱，坐在紧里头，又看不见热闹，又不能露出套裤来作脸。气闷已极，对赶车的说：“你这纱窗多少钱一块？”赶车的说：“八百五十钱一块。”老三说：“我赔你八百五十钱。”用脚一踹，打纱窗上伸出腿来，大声呼曰：“你们快看油绿套裤。”

翁妪向火

老翁好饮，老妪总不与之饮。一日天寒，老夫妇对面向火。妪兴发动，拉翁行房。翁以天寒不举答之。妪曰：“有何术能使之举？”翁曰：“非饮酒不可。”妪忙与之酒，且令翁上床饮。属曰：“如举时先要通知我。”翁曰：“你那老家伙也宜烤一烤。如烤热了，也要通知我。”翁遂上床，一味痛饮。瓶已告罄，忽闻妪语曰：“热了。”翁曰：“热了再给我斟一杯。”

妄自尊大

有妄自尊大以人王自称者。县主不忍不教而诛，拘而诫之曰：“宇中有四大，王居其一。汝僭称王，有杀身之祸。本县在‘王’字下与汝添一点，改为‘人玉’，以解人疑，而戒下次。”人玉唯唯而退。回至家中，寻思良久说：“‘玉’字上这一点，乃县主所添，岂可置之下部？我今移在‘王’字之上，以示尊崇。”于是又以人主自称。乡里闻之，无不惊疑，联名出首。官怒极，拘案下，以谋为不轨置之重典。临刑前三日，寄信家中云：“特谕乡里众卿臣，孤家不日见阎君。三日以前见人主，三日以后看寡（与‘剐’同音）人。”

大骗小骗

都中用大话薰人谓之嗙。东城有一大嗙，西城有一小骗。这一日小骗找大骗而难之曰：“你名大骗，你能骗得动老虎，我拜你为师。”大骗说：“这有何难？你不信，我们立刻找老虎去。”二人同入深山，来寻虎穴。小嗙说：“此处乃虎豹出没之地，你在此等虎，我上山去看你如何骗法。”大骗即倚山靠树而坐，忽见一只猛虎咆哮而来，大骗忙回手拔小柳树一棵，说大话骗之曰：“我刚才吃了一只豹，没吃饱，又找补了一只虎。肉老塞了我的牙。”用柳树作剔牙之状。老虎一听，回头就跑。逃回洞中，遇一猴子，老虎说：“好厉害的人，吃了一虎一豹，在那里拿柳树剔牙。我如何敢吃他？还怕他要吃我。”猴子说：“你也太胆小了。我要同你看一看，到底是一个什么人？”老虎说：“我不放心，你要同去，必须把你拴在我背上。”猴子应允。老虎把猴头拴好，套在背上。猴子骑在老虎身上，来至大骗面前。大骗一见，高声大骂说：“好一个撒谎的猴儿崽子！昨日我捉住你，要当点心吃，你再三哀求，许下今日一早送虎二只，豹二只，供我早膳。想不到天已过午，只送了这一只瘦山猫来搪塞我。”老虎一听此言，说：“了不得！我受了猴子骗了。”回头就跑。谁知老虎跑得快，猴子掉下虎来，被树枝牵挂，虎身上只剩了一个猴头。老虎逃至洞中，喘息良久，回头来找猴子。但见绳子上拴着一个猴头，老虎大惊说：“幸亏我跑得快，饶这样，还把猴子下截留下了。”

送父上学

一人问：“少爷与老太爷孰乐？”答曰：“作老太爷虽乐，比及儿子读书做了官，年已衰矣。还是作少爷最乐，老的读书做官弄钱，都是少爷受用。”其人听罢，急趋而走，追问其故，答曰：“赶紧买书，好送家父上学。”

乡人进城

乡人进城赴席，在席上看见咸鸭蛋，怪而问之曰：“我们乡下鸭蛋是淡的，城里鸭蛋是咸的，想必是腌鸭子生的。”又看见桌围椅披，叹曰：“都是你们城里人舒服，连桌椅都是舒服的。你看桌子还穿锦缎背心呢。”席散，乡人来到街前，见一太监，手携鹌鹑。乡下人问曰：“老太太，你这小鸡儿是多少钱买的？”太监曰：“你这小子，既认不得人，又认不得货。”

胡子漱口

一人最爱干净。一日上街，走在墙下，墙内有妇人撒尿，打阳沟内溅出尿水，溅在这人鞋上，大怒骂曰："是哪个混账东西溅了我一鞋水？"低头一看，水打阳沟内出来，自想道："这水不知是脏是净？"爬在地下，望阳沟里一看，喜曰："还好，却不是脏水，是一个胡子嘴在那里漱口。"

南北两谎

南北两人均惯说谎，彼此企慕，不辞远路相访。恰遇中途，各叙寒温。南人谓北人曰："闻得贵处极冷，不知其冷如何？"北人曰："北方冷起来，撒尿都要带棒儿，一撒就冻，随冻随敲，不然人墙冻在一处。冬天浴堂内洗澡，竟会连人冻在盆内。"南人曰："开浴堂主人何在？"答曰："未问浴堂东道主，但见盆内有冰人。"北人谓南人曰："闻得尊处极热，不知其热如何？"南人曰："南方热起来，将生面饼贴在墙上，立时就熟，夏日街上有人赶猪，走不甚远，都成了烧猪。"北人曰："猪已如此，人何以堪？"答曰："彼猪尚且成烧烤，其人早已化灰尘。"

大小相错

一男人阳物甚小，欲娶一阴小者为妻。然女物之大小，男子何由而知？或告之曰："如有买小尿盆者，其物必不大。"其人从之。访之许久，忽遇一女子，买一极小之尿盆，央媒用重聘娶之。上床后，不意女物之大，迥异乎寻常。夫问曰："尊物如此之大，因何用盆如此之小？"妇人曰："我不是用盆撒尿，乃用盆舀。"

一妇人阴户最大，欲嫁一阳大者为夫。然男物之大小，女子何由而知？或告之曰："如有买大口夜壶者，其物必不小。"女暗服其教，托人遍访。忽遇一男子买大口夜壶，央媒贴聘嫁之。及云雨时，谁知男物之小，竟出于意外。妇问之曰：“尊具如此之小，为何用夜壶如此之大？”夫曰：“我不是用夜壶撒尿，我乃用夜壶出恭。”

岂敢岂敢

禽鸟之鸣，竟有与人言相似者。山鸟呼名，林鸿唤妇，虽系物类相感，亦由人心体会而出。一和尚抱一雄鸡，一尼僧抱一雌鸭，同船过渡。行至中流，雄鸡误认鸭为雌鸡，上前采绒。采毕，一看不是鸡，甚觉抱愧，仰首打鸣曰：“得罪娘子了。”鸭亦自鸣得意，摆尾紧叫曰：“岂敢岂敢。”

合事老人

一读书人爱管闲事，人称之为“合事老人”。一富翁家有事，请他排难解纷。恰值大雨，连日不能回家。留宿楼上，寂寞无聊，辗转不能成寐，深悔自己多事，以致受此凄凉。乃吟诗曰：“是非只为多开口。”刚说了一句，忽要解手。天黑不便下楼，撕楼窗出具溺之。不意窗外有猫，见了尊具，上前一扑，连忙缩回。乃指阳物而言曰：“烦恼皆因强出头。”

弟兄两谎

把弟兄均爱说谎。把兄谓把弟曰：“我昨日吃极大的煮饽饽，再没有比他大的。一百斤面，八十斤肉，二十斤菜，包了一个，煮好了用八张方桌才放得下，二十几个人，四面转之吃，吃了一日一夜，没吃到一半。正吃得高兴，不见了两个人，遍寻无踪，忽听煮饽饽肚内有人说话，揭开一看，那两人钻在里头掏馅儿吃呢。你说大不大？”把弟说：“我昨日吃顶大的肉包子，那才算得大呢。几十人吃了三天三夜，没见着馅儿。望里紧吃，吃出一块石碑来，上写‘离馅子还有三十里’。你看大不大？”把兄说：“你这大包子用什么锅蒸的？”把弟说：“用的是你煮饽饽那个锅。”

臀茎相争

一浪子嫖妓犯奸，拿问到官，重责六十大板，打得鲜血淋漓。呻吟痛楚之间，恍惚睡去。梦中闻臀与玉茎争闹。臀与玉茎曰：“舒服是你，闯祸也是你。城门失火，殃及池鱼，使我受这一场毒打。万一死了，要拉你去见阎王，审审这件公案。”玉茎答曰：“我不过到他门前望一望。是你在我后头，把我一撞，撞了进去。不打你打谁？”

卍[1]花居士

一村翁力田致富，居家酷慕城中体统。而城中人有名有字有别号，翁尚未有别号也，心甚耻之。谋之于村学究，学究曰：“标题名甫，素所熟习，而别号未之前闻。”不得已强拟几条，呈于村翁。翁固不识丁，睨之茫然。举以示城中秀才。秀才视之，不过是辅君、亮臣、哲夫、硕士之类。秀才曰：“用为正号尚可，若论别号，皆非也。盖正号所以适观，宜有富贵气象；而别号所以见志，宜有山水风神。”秀才亦拟数条，不过是雪轩、菊亭、兰舟、杏江之类耳。翁仍犹豫未决，举两说以商之绪绅先生。先生笑曰：“乡间学

① 卍（wàn）：古印度宗教表示吉祥的符号。唐时武则天定音为“万”，表示“吉祥万德之所集”的寓意。

究，口角俗而不雅；城中秀才，笔墨雅而不奇。以仆视翁，非雅不足以超乎邻里乡党之外，非奇不足以震于庸耳俗目之中。试为翁拟识之。”先生乃凝神一志，苦无当意者。正凭栏徙倚间，突见一花犬摇尾而来，啣骨置栏杆之隙，以爪相搏，骨落栏外。犬探首入栏杆卍字中，啣骨而去。一触其机，而先生之神智忽开。犬来助力，而村翁之别号遂定，题其别号“卍花”。翁大悦，遂自称为“卍花居士”云。

相士言痣

一人令相士相面。相毕，问曰：“妇人下身有痣好否？”相士曰：“妇症在下身，一定作夫人。敢问何人？”答曰：“嫂嫂。”相士诧异曰：“尊嫂下身有痣，足下如何知之？”答曰：“听人所说。”相士愈讳，曰：“何人所说？”答曰：“家父。”相士遂笑问曰：“令尊又何以知之？”答曰：“是内人说的。”相士叹曰：“此等人家亦真可谓难得者矣。”

上下相同

人之手心，抓而不痒，足心则痒。盖手心通心气，心属火，喜动，故不痒；足心通肾气，肾属水，喜静，故痒。或问之日：“妇人之阴，亦通肾气，喜动不喜静，因何亦痒？”答曰：“妇人之阴原宜静，动则痒生，愈动则愈痒。譬如人之口，更宜静，不静则言多，多言则多败。动静之理，上下相同。”或遂恍然大悟，曰：“怪得人之缄默不言者，人皆谓之曰：‘此人甚阴。’盖本于此。”

老民保养

圣上打江南围，传众老民来见。有两弟兄年逾百岁，鹤发童颜，精神矍铄。上问曰：“你二人如此壮健，有何养法？”二人俯首不言。上曰：“赦你无罪，自管实说。”二人对曰：“小人别无养法。到晚间我二人同床，互相衔卵而眠，所以如此壮实。”上曰：“我只道你二人有别样法，敢情是两个唆卵子的老头子。”

龟蛇转生

真武大帝修炼千余年。当弃凡入圣之时，曾剖腹投五脏于水中，肠化为蛇，肚化为龟，所谓龟蛇二将是也。一日，真武谓龟蛇云：“你二人随我多年，勤劳卓著。欲使你二人转生下界，享受人世之福，以酬昔年辛苦。不知你二人要托生何样人，享受何等福？”乌龟说：“我要托生一富贵官。衣食要丰足，珍馐要适口，娇娆艳丽之女任我追欢，生杀予夺之权由我自主。吾愿足矣。”又问蛇，蛇曰：“全非我之所愿。我惟愿托生一尾龙睛鱼。”真武问曰：“你本是水族，因何又要托生水族？”蛇曰：“托生龙睛鱼，非为别故。我要睁着两只大眼睛，看这王八小子要怎么样折腾，怎么样享受。”

土地还愿

土地见山神，各道贫穷。山神说：“何不开门管事？收些香火才好。”土地说：“这时候像你我这小衙门，不管事也倒罢了。”山神不听，使小鬼作祟，往来行人多有染病还愿者，一时香火甚盛。土地鬼卒偶来山神庙前，见桌前遍插高烛，鼎俎满献三牲，庙貌庄严，金身整肃，不胜涎羡之至。回庙见土地，述说山神何等威阔，何等兴隆：“我们这般清苦，何不尤而效之？小鬼等亦可稍沾余润。”土地说：“我若要管事，必须大作威福，弄一分大大香火。若止寸楮瓣香，何济于事？汝等先在本境访查，如有交好运之人，摄之使来。”鬼卒在本境访查数日，不得其人。土地说：“只好越境访查。”小鬼出境，等候良久，见一骑马人，相貌魁梧，红光满面。小鬼遂将此人摄至。土地用瞌睡虫使他睡熟，梦中嘱曰：“我保佑你发财，你要大大还愿。”其人许唱戏挂袍，三牲供献。许毕醒来，却是一梦，上马寻大路而回，未及一年，果然贸易致富。路过土地祠，许回家再来还愿。土地使小鬼坐索，迷住不放。其人曰：“行路人未及制办香楮，现有铜钱二串，供献神前。你老人家喜欢吃何物，随意自买；所许神戏，只好我唱。”手执马鞭，神前舞蹈。唱毕，讨赏，又将桌上铜钱拿下，作为赏资，将行路蜡烛，拿出两枝点燃，插在小鬼臀上；将账簿拆开，贴了土地一身，即算挂袍了愿，骑马而去。小鬼见此人已走，握住屁股，诉曰：“鬼卒并未得受分文，叫我们无辜坐烛，实在难受。”土地说：“我本不愿管事，都是尔等怂恿，弄了我一身债账，叫我何日才能还清？”

护月善求

有作客异乡者，每有人请入席，辄狂啖不已。同席之人甚恶之，因问曰：“贵处每逢月食，如何护月？”答曰：“官穿公服，聚僚属设坛击鼓，俟其吐出始散。”其人亦问同席者曰：“贵乡亦相同否？”答曰：“敝处不然，只是善求。”问：“如何求法？”答曰：“合掌稽首，对黑月而言曰：‘阿弥陀佛，你老人家太吃得厉害了，省着点吃，留点与人看看罢。’”

偷肉偷油

一厨子往一富家治酒，偷肉藏在帽内。适为主人窥见，有意使他拜揖，好使帽内肉跌于地下。乃对厨子曰："连日辛苦，我作揖奉谢。"厨子知主人已觉，恐肉跌出，对主人曰："万不敢当主人拜揖，小人在这里跪下了。"厨子偷油，炼好灌在肠内。趁肠未热，围在腰间，用衣遮盖。忙忙来至二门，恰遇新姑娘回门走进。肠已透热，只好挨着疼，躲在一旁。姑奶奶一见太太，眼中落泪。太太见了姑娘，起心里心疼，说："我的心肝，你疼死我了。"厨子在旁应曰："我的大肠，你烫死我了。"

魁星教读

孙猴皈依佛教，犹在菩萨面前跳跃。菩萨戒之曰："你动而不静，坐而不宁，如何修性？必须先读书，方能变化气质。"菩萨商之于地藏菩萨，地藏王说："文昌学问甚好，何不延请？"菩萨来拜文昌，求其授教。文昌说："我如何有这工夫？我荐前院魁星。他面目狰狞，学生必怕。终日把笔，书法必高。"菩萨甚喜，即求文昌请魁星上馆。菩萨乃是茹素，魁星总要吃荤，又加之先生最喜跳跃，猴子见先生跃跳，更加跃跳。上行下效，终日跳跃不休。菩萨乃清净佛地，见闹得厉害，请原荐王来讲礼，说："你二位荐的好先生！性情乖张，举止轻佻，教的徒弟益发好动了。"文昌、地藏一闻此言，大怒说："我们荐先生是好意，你倒派我们的不是。"大家争执不休，一同上天，来谒玉帝。帝见五位而责之曰："地藏王你终日与鬼打交道，浑浑沉沉，焉知请先生之事？文昌终日讲阴骘，讲道学，亦非荐先生之人。菩萨茹素，日食黄齑淡饭，岂是供先生之馔？魁星一手拿银，一足踏地，终日打把式，那知教书之礼？孙猴心猿难锁，禀性张狂，断非读书之辈。汝五位不要饶舌，各归本位去罢。"

送行笑话

一人最会说笑话，人人见了，总要他说。这日将要远行，众都来公送。临上轿，众人拦住，要他说了笑话，方准起身。他说："有一个姑娘，在临街楼房居住。楼下有一尿池，往来人都来此处小便。姑娘在楼上偷看撒水那话，一一用纸照样画出，用剪裁下，另藏一处。楼上住久，画样甚多，常常检出把玩。这一天婆家来娶，临上轿，将纸样一火焚之，洒泪祝曰：'从今长别，不劳你们诸位远送。'"

蜂雀结拜

麻雀、蜜蜂与蜘蛛拜把子，蜘蛛大哥，麻雀老二，蜜蜂老三。这一日蜘蛛请麻雀、蜜蜂同来赴宴。酒席设在蜘蛛网上。蜘蛛吐丝绕毫，把两兄弟缠住要吃。麻雀说："你是把兄，哪有吃把弟之理？"蜘蛛说："如今拜把子，不为吃还不拜你。"麻雀说："你别吃我，我打食与你吃。"蜜蜂说："你也别吃我，我唱昆腔与你听。"蜘蛛念结拜之情，放了麻雀，叫他去打食，放了蜜蜂，叫他唱昆腔。正唱得高兴，忽然来了一个大牛蜂，被蜘蛛绕住。蜘蛛上来想吃，被牛蜂一钩子螫在肚子上，一个筋斗滚下去了。麻雀打食回来，不见了蜘蛛，问蜜蜂："大把兄哪里去了？"蜜蜂说："你走后，我正唱昆腔，来了一个穿黄马褂子的朋友，在把兄肚上一鸡巴，玩了一个翻筋斗，滚在地下，摔了一个摊塌倒坏。"

要打就骂

家眷下店，姑娘到后院解手，见后槽两个驴，一个起客，一个放胜，在那里逐赶。店家忙来吆喝。姑娘问曰："这两个在那里做什么？"店家讳言之曰："一个在那里骂，一个在那里要打。"姑娘说："呸！你来哄我，打量我不晓得呀。"店家说："我不敢明言，你因何出口伤人？"姑娘说："我骂了你，你便怎么样？"店家说："你真骂我，我就要打你了。"

胡须过人

一老爷最爱惜胡须，频频使丫环梳洗。丫环年纪日见其大，老爷胡须日见其白，遂命丫环拣白的拔去。丫环说："这胡须白多黑少，莫若去黑留白，倒觉好看。"连拔几根。老爷便将拔下胡须，用纸包好，交丫环收存。丫环说："这胡须有何好处，如此珍重？"老爷说："这胡须怎么不好？"丫环说："这胡须最爱过人。"

罕譬奇喻

一老二少，三人同行，共宿逆店。饭后闲谈，此少谓彼少曰："我把你好有一比。"彼少曰："比作何来？"此少曰："你好比我的女人。"彼少大骇，问："此话从何说起？"此少曰："我与你同店共宿，灯下谈心，颇不寂寞，与在家无异。岂不是与我女人一般？"彼少曰："我把你也有一比，好比一个驴。"此少曰："此比太觉不伦。"彼少曰："我与你结伴同行，一路携手言欢，到店中竟不觉疲倦。岂不是与驴一样？"二少谓老翁曰："我二人把你也有一比，把你比作乌龟。"老翁笑曰："你二位因何有此妙喻？"二少曰："龟为卜。我等少不更事，时时请教于你，犹如问卜决疑一般。你与乌龟何异？"老翁说："我把你二人也有一比。"二少曰："如何比？"老翁曰："好比我两个儿子。"二少说："比的太岂有此理。"老翁说："若论我的年纪，比起来已经甚像了。要论你二位这谈吐，竟把老人家比作乌龟。我若是乌龟，你二人岂不是两个龟儿子。"

富翁求须

一富翁妻财子禄皆有，惟胡须一根也无。或告之曰：“拜北斗可以长须。”富翁朝夕礼拜甚虔。梦斗姥告之曰：“尔应有一部好须。所以不长之故，尔速到某相士处问之。”富翁如其言，来访相士。相士见而异之曰：“细相尊容，原宜有须。已久大萌，遏于内，如锥处囊中，其不能脱颖而出者，脸皮太厚之故耳。”富翁曰：“眉生脸上，因何又有？毛生身下，为何孔多？上下两歧，请问其故。”相士曰：“论其下，你沟子最深，沟深多茂草；论其上，你眼皮太浅，皮浅易生毛。”

老翁四要

一老翁年过花甲，犹欲娶妾。友人劝之曰：“老兄年逾耳顺，精力渐衰，何必作此有名无实之事？”老翁不悦曰：“我老当益壮，汝何以知我有名无实？我偏要名头兼而有之。”友曰：“既要纳宠，未识要何等人？”翁曰：“我不要娇娆幼女，只要平常少妇。一要体胖，二要拳大，三要指尖，四要有七八个月身孕。”友曰：“老兄所要，令人不解。”翁曰：“六十非人不暖，体胖好给我焐被；拳大好与我捶腿；指尖好与我搔背；要七八个月身孕者，万一我一时高兴，恐那话疲软不举，好教她底下伸出小手儿来望里拉。”

何至如此

把弟兄一路同行，夜深投宿。因店房住满，惟楼房一间可住。此楼正在店东卧房之上，向不住人，亦无床铺。天气炎热，二人裸体就楼板而眠。二鼓以后，忽听楼下有声。把兄爬起，见楼板有一孔，望下偷看，见是店东小夫妇交媾。看到高兴之时，欲叫把弟同看，又不好出声，只好招之以手。把弟见把兄赤条条爬在楼板上，用手相招，误会其有臀风也，上前将那话插入臀内。把兄被窘大怒，赤身跃起，且呼且骂曰："我叫你来看人，谁叫你来玩我？"正在吵闹，店东闻之，上楼劝曰："你二位都是好朋友，何必吵闹？瞧我罢。"把兄说："呸！你还说瞧你呢，要不是因为瞧你，把弟何敢如此？我又何至如此？"

荔裳善谑

宋荔裳先生少负异才，生平善谑。都中有一市侩，本骡马牙贩，因善于趋炎附势，遂成巨富。一日，大启堂构。落成宴客。壁间处处有孔，尚未封塞，客疑而问之。答曰："此手脚眼也。盖匠役上屋，留置手足之处。"荔裳在坐，哗然曰："主人翁有妙对矣。"客问何对，答曰："手脚眼恰对头口牙。"满座绝倒。又有一人居旗籍，尝狎一妇，恣意留恋，而吝于资给。妇却之不能，恨之切齿。强与交欢，啮其舌，急走赴衙喊冤。此人抱痛几绝，半刻方苏。闻知妇已往诉矣，策马急追，意在调停，中途不及而还。荔裳闻而笑曰："驷不及舌，此之谓也。"新语流传，为一时佳话。

龟蛇结拜

乌龟与长虫结拜，龟为兄，蛇为弟。把兄引把弟拜见把嫂。谁知龟喜与蛇交，把弟见了把嫂，眉来眼去，彼此传情。把兄一见，忙撒龟尿，将把弟围住。蛇畏其尿，不敢出其圈。把兄乃放心而去。把嫂见乌龟已走，潜将把弟背出圈外，与之交。交毕，仍置圈中。乌龟回，见蛇尚在圈内，甚觉得意，乃自夸曰："若不是我把长老二装在圈子里，我这实缺乌龟早加王八衔了。"

水族过年

水晶宫水族过年，同吃年酒。大家行令，都要说恭而有礼之语，更要切自己名姓。于是大家让鲤鱼上座，鲤鱼说：“不敢当，我这里还礼了。”又让金鱼，金鱼说：“我这里请金安了。”又让鲇鱼，鲇鱼说：“我这里叩年喜了。”又让鲞鱼，鲞鱼说：“我这里磕响头了。”又让万鱼，万鱼说：“我这里道万福了。”又让泥鳅，泥鳅说：“我这里泥首了。”又让螃蟹，螃蟹说：“我这里旁待了。”又让长虫，长虫说：“我这里长跪了。”又让团鱼，团鱼一时说不出，想了半天，望众人大笑曰：“我只好在这里团拜了。”

物大物小

两夫妻，夫之物极小，妻之物甚大。每行事，夫将阳物放入，惟恐顾此失彼，乃上之下之，左之右之，四面冲突。虽已竭生平之力，犹未博半时之欢。夫问妻曰：“贵花封幅员辽阔，予小心肆应多疏。不知娘子有点知觉否？”妻曰：“却未见丝毫动静。但觉得那西北角上稍觉松动，那东南角上，你尚能极力钻研。虽未能一律通畅，则微劳足录，亦可死于荐剡矣。”

傻子赴席

有一傻女婿，丈人请他赴席。妻嘱之曰：“你到我家，话要少说。无论何物，总以古字称之，既不出丑，而且典雅。”傻婿唯唯。来至丈人家中坐下，一言不发。丈人让茶，傻婿一见茶碗说：“好一个古碗。”又吃饭上菜，看见菜盘，说：“好一个古盘。”丈人大喜说：“女婿不傻。”丈母出来让酒，现怀临月身孕皤皤大腹。傻婿一见，说：“好一个古肚。”丈人出外解手，隔窗看见丈人那话，说：“好一个古槌。”

瞎子吃鱼

众瞎子打平伙吃鱼，钱少鱼小，鱼少人多，只好用大锅熋汤，大家尝尝鲜味而已。瞎子没吃过鱼，活的就往锅里扔。小鱼蹦在锅外，而众瞎不知也。大家围在锅前，齐声赞曰："好鲜汤，好鲜汤！"谁知那鱼在地下蹦，蹦在瞎子脚上，呼曰："鱼没在锅内！"众瞎叹曰："阿弥陀佛！亏得鱼在锅外，若在锅内，大家都要鲜死了！"

呆子成家

一呆子成家日久，不知交合。妇人抱之使上，导之使入。呆子又惊又喜曰："想不到我这东西，竟会钻在他肚子里去。"乱干之下，到了吃紧之际，呆子大叫曰："雀儿要撒尿。"赶紧拔出，一看大惊，说："了不得了！他的肚子底下被我戳了一个窟窿，定有性命之忧。"匆匆出门，见一皮匠，求其速速缝好。皮匠知其呆，遂与妇私。事毕，对呆子曰："缝好了，快去看。"呆子来至房中，一看大骂说："我教你用针线缝，谁教你用浆子给他糊上了？"

惧内叼骨

把兄把弟隔墙邻居。把兄惧内，把弟尽知，而欲劝之，谓把兄曰："把嫂持家甚严，有威可畏，吾兄能不望而生畏？"把兄说："你还说呢。因为你不给现银，你嫂子所以生气了，叫我把骨头一块一块叼在你院里来，还要与我算账呢。"把弟说："你不是说不怕吗？这样妇人，如此可恶。若是叫我——"一句话还未说完，把弟妇人在房中大呼曰："叫你要怎么样？"把弟说："若是叫我，我两块两块的叼。"

学而书馆

出 品 人：许　永
责任编辑：吴福顺
特邀编辑：黎福安
封面设计：海　云
内文排版：百　朗
印制总监：蒋　波
发行总监：田峰峥

发　　行：北京创美汇品图书有限公司
发行热线：010-59799930
投稿信箱：cmsdbj@163.com

创美工厂
官方微博

创美工厂
微信公众号